文景

———

Horizon

社科新知　文艺新潮

我愿意学习发抖

十个童年故事

郭爽 著

上海人民出版社

目录

引言

一座大森林的边缘住着樵夫一家。父亲穷得连一点点面包也买不起。晚上，孩子因为太饿睡不着，听见了继母要遗弃他们的话。哥哥爬起来溜出门去，月光下，门前的白色圆石小路像一条铺满银币的大道。

第二天，父亲带孩子出门前，哥哥在口袋里塞满了石头，每走几步，就悄悄把小圆石扔在身后。

被遗弃在森林里的哥哥和妹妹等待月亮。月亮升起来，洁白，光明。哥哥扔下的圆石，像刚刚铸成的银币般闪光。"我们会找到路的。"

——维尔特家的人讲给格林兄弟听的一个故事

父亲向他说："坐在角落的人，你听我说，你长得又高大又强壮，应当学习一点东西，自己好挣饭吃。"

他回答说："唉，父亲，我很想养活自己；如果可以办到的话，我愿意学习发抖。关于发抖，我还一点都不懂呢。"

哥哥听见这话，笑了起来，心想："天呀，我弟弟真是一个傻瓜，一辈子都没有出息。"

——德来莎镇的费迪南·瑟伯特笔写下寄给格林兄弟的一个故事

为了叫你欢喜

汉斯'

坐标

阿尔斯费尔德·德国中部

~~~~~~

密码

《幸运的汉斯》,《格林童话》第83则

~~~~~~

主角

特蕾莎

（将自家五百年老宅改造成民宿的女主人）

　　汉斯小心地把石头放在身旁井口边缘。然后他坐下来。但当他弯腰喝水的时候，他没有留心，撞了一下，两块石头扑通落到井里去了。汉斯睁着眼睛看见它们落到深处，喜得跳了起来，又跪下感谢上帝，眼里流出泪来；因为上帝待他很慈悲，就用这个好方法，叫他脱离了唯一使他烦恼的石头而不必责备自己。

指
路
人
的
话

　　这里是德国最为著名的旅行线路"童话之路"的起点——德国中部。两百多年前，格林兄弟在这里出生、长大、搜集民间传说。他们走遍德国中部，让那些携带着古老神秘符码的故事钻进纸张，被墨水固定。

　　"童话之路"沿途有六十多站，包括城市、小镇和乡村，从南到北贯穿四个州——黑森、下萨克森、北莱茵-威斯特法伦和不来梅。

　　正如童话与传说本身就充沛、自由、无拘无束、天马行空，你也可以选择从任意地点开启童话之旅的体验。不论是质朴的中部田园，还是小红帽走失的松叶林，或者，在临近大海的地方，高唱不来梅镇的自由之歌。

抵
达
日
记

2015.3.8 　雨　生活是什么呢？

　　下车时正在下雨。意外的是居然有3G信号。于是拖着行李箱，按照谷歌地图指示的方向前进。没多久——大概十分钟吧，就到达了目的地。

　　这所房子很古老，也很美丽。尤其厨房和餐厅，非常复古又居家。我心情好了起来。

　　小焉发来微信，我顺手发了两张厨房和小红帽原型的照片给她。她说看起来很宜居。"宜居"这个词很好。如果生活就是跟家人居住在一起，生儿育女，去教堂，在书店买书，在广场的咖啡座晒太阳喝咖啡的话。

　　如果不是这些，生活又是什么呢？

特蕾莎是我在小镇上第二个说上话的人。

那是上午，一个高个子、刘海浓密的女人边脱手套边走进来。接近零度的空气把她的鼻尖冻得红红的，她的右手在呢子大衣上用力摩擦了几下，伸出来握住我的右手，"手有点凉。你好，我是特蕾莎。"

我的手也很凉。于是，两只手握住后又松开，都笑了。

特蕾莎打量着我的行李箱和湿漉漉的靴子，指示托马斯，跟她一样又高又瘦的金发男子、她的丈夫，把行李箱搬上顶楼我的房间。

这是一幢由祖传大屋改造而成的民宿，距离市政广场步行只需一分钟。楼梯窄而陡，踩上去老木头吱呀作响。一一指示了卫生间、厨房和暖气的用法，尽到房东的责任后，特蕾莎提议说，可以带我去一家最地道的餐厅，那里有很棒的土豆浓汤，能让我暖和起来。

后来，特蕾莎说，中国人看起来总是显小，而你，简直就像个离家出走的高中生。

只是，这个高中生跟她并肩走去土豆餐馆时，突然问，在这里，有什么特别的事可以做？

特蕾莎停住脚步，轻声说，这是一个普通得再不能普通的小镇了，如果没有那些中世纪留下来的古建筑的话。

我告诉特蕾莎，我在写点东西，需要知道点"特别的事"。

"写什么样的东西？"她问。

"一个人，怎么才能靠近童年的自己。"

"童年的自己？"

"光溜溜的，没被命名的那个你。"我说。

后来回想，也许就是我这个找点"特别的事"的要求，像投入水面的一粒石子，激起了我们都无法预料的后果。

一个人，这么冷，在德国走一个多月，你疯了吗。特蕾莎说。

这是相遇的第二天。坐在一家曾是鞋铺的咖啡馆里，我们已经交谈了两个小时。

两个多小时前，特蕾莎坐在旅游信息处柜台后面埋首整理文件。坐她右边的是一个发胖的年轻人。

这是间十几平方米的小办公室，三面墙开着高窗，窗外就是市政广场，可以看到建于十六世纪的市政厅、药房，还有打伞的居民与游人。

特蕾莎的侧脸轮廓分明，她大概四十多岁？肯定不到五十。

资料架上摆放着让人免费索取的单张、册页。其中一张是宣传小镇的童话韵味的，几个穿着古代服饰的人站在市政厅的台阶上。最高的那个，就是特蕾莎。

她似乎对我认出了她做的广告有点不好意思，并不像一个做了二十年导游的人。但在大踏步穿过小镇时，她对老建筑、街道、餐馆都如数家珍。

"五百年，"她说，"我们家族在这个镇上住了有五百年了吧。"父亲母亲、叔伯姨婶，"哎呀，你能想出来的亲戚"，都住在一公里以内。

五百年之前还有更多的五百年。小镇从加洛林王朝时代就存在了。由于位处德国正中，四通八达，统治者们对小镇青睐有加。曾有两座城堡在这里伫立，作为伯爵的驻地。但现在已无踪迹。留下来的，是那些普通市民、生意人花大价钱建起来的房子。那些精明又勤劳的生意人，痛惜一砖一木，不忍让自己的财产被政局毁灭。

特蕾莎的祖传大屋，就是其中的一栋。与市政厅同样年岁，见证着小镇的黄金时代。

民宿二楼有一堵照片墙，布满特蕾莎家族的照片。正中一张，是七八个男人一身戎装，坐在老宅门口。这是"一战"时，家族的男人扛枪上战场前的留影。也有特蕾莎与哥哥小时候的照片，两人的脸鼓鼓囊囊。还有特蕾莎的奶奶和爷爷，爸爸和妈妈。

墙壁最右是一张手绘的家谱，从上往下越分越细，就像树扎在土壤里越来越庞大的根系。五百年不曾流离失所。

家族的更迭可以让人将国土的历史看得更深远。德国被欧洲人视作"中央之土"，而小镇所在的古老图林根辖区，则是德国的"中央之土"。

当加洛林王朝在野蛮人的入侵下崩溃时，"中央之土"的居民德国人把斯堪的纳维亚人赶回海里，击退东面的斯拉夫入侵，与罗马教皇构成联合，在欧洲中心奠定了和平。而德国中部的城镇，作为最"德国"的区域，也不可避免地承受了历史上的数次崩解与衰败，是德国的"原乡"。

小镇古老，传统。居民恪守价值，重视家族，维护自尊。

也正是因为处于欧洲中央的位置，十六世纪的"三十年战争"让这里遭遇了毁灭性的打击。屠城、掳掠、占领、饥荒。特蕾莎的家族那时候已经在小镇扎根，族谱上记录了与小镇兴衰同步的家族史。"那是兴旺的年代，伯爵的封地。"

特蕾莎说。

1622年，小镇被大规模掠劫。1626年，饥荒。1635年，瘟疫。1640年，1643年，两次被外国军队占领。全镇一半的人在战争中死去。特蕾莎家族里的人口一度缩减为只剩下女人和孩子。

那些小镇曾高度文明、富裕、发达的证据——教堂、修道院、高塔以及遍布整个城市的供水系统，如今都只是残骸了。

兴旺过，衰败过，不幸过，快乐过。战争后，小镇上的人靠做小农场主、手工业和小生意开始恢复经济。特蕾莎的祖辈也是从这时候开始做烘焙，他们做出镇上最地道的面包，养活一家老小，并让家族的血脉在这块土地上顽强地延续下去。许多在战争中被毁的建筑开始重建，特蕾莎家族的大屋也经历了第一次修整。

时间转啊转，很快，另一套世界法则开始了。古典的黄金时代终结。火车的铁轨铺到了小镇，工业兴起，小农场主们纷纷变成了小工厂主。小镇居民勤劳而务实，长期战争带来的惊惧残存在血液里。他们审时度势，谨小慎微，只在意小日子。

高速公路通过小镇了。

然后是"一战"。纳粹上台。"二战"。纳粹下台。德国被分成两半，小镇划归我们所说的"西德"。之后，家族里有人竞选镇议员，有人当选。有人搬去北部的城市生活。祖屋里住的人越来越少。

然后，在一个清冷的冬日早晨，特蕾莎出生了。

像持守一份信念般，特蕾莎守着大屋。二十多个房间，上楼下楼，步履间擦出的风会带出五百年的积尘。父母早已搬去一栋小房子里。她也早已结婚生子。

可该死的房子它不会消失。它呼唤人的气息去填补空隙。

哥哥比她大三岁，去过美国读硕士，后来在瑞士做研究助理，但他定居图宾根已经二十年了。做研究，病毒、细胞什么的。图宾根离小镇三百多公里。"那是他的，怎么说呢，事业。助理，副教授，教授，那一套。"特蕾莎断续说着。

与哥哥在一起最好的记忆，都是关于圣诞集市的。这里的冬天实在漫长，从大地间呼啸而过的冷风让人脆弱得像一根树枝。但圣诞集市是那么让人兴奋。

市政广场上挂满彩灯，空气里是热红酒、杏仁糖、皮革和草药的味道。吹玻璃的匠人摆起摊子，吹出圆球状的装饰品，挂上窗户叮当作响。流光溢彩中，小镇的乐手们吹着长号，整夜不休。还有孩子们提着灯的夜游，她和哥哥混在队伍中，看见好多表兄妹堂兄妹，浩浩荡荡，环游世界般扫过小镇。孩子们的笑声像金箔漂浮在糖浆般的夜色里。她和哥哥笑得最大声。

房子的继承人是哥哥，但他走了。"你知道，不可能再管这边的事。但我不能看着房子一天天朽下去。"

她扑闪着的眼睛显示出对我这个陌生人的好奇，直至我说出自己已经在冰天雪地的德国走了二十多天。

"离家这么远……"她说了一半就停了下来，然后就是那句——一个人，你疯了吗？

我深吸一口气。

就在我们几百米外，是这个小镇的标志性雕塑——小红帽。跟她提着篮子进森林喂野狼的行为相比，我大概不算发疯。

但我还是回答说，是的，这件事太疯狂了。

话题怎么走到这里的，说不清楚。最开始，我们也像一般初遇的陌生人那样，寒暄着出生地、职业、对小镇的印象。只是，当特蕾莎说她最喜欢的故事是《幸运的汉斯》后，话题陡然加速，让我们褪去了那些虚以委蛇的客套。

"汉斯失去了一切，但他是那么幸运。"她说。

我也深深地喜爱这个故事。于是，像分享挚爱的糖果一般，我为她重述汉斯。

汉斯给主人做了七年工，工期已满，他要回母亲家。主人结算了他的工资，还送了他一大块金子。汉斯就上路了。他在路上遇见一个骑马的人，用金块跟对方换了马。走着走着，又用马换了牛。后来又用牛换了猪，用猪换了鹅，用鹅换了剪刀，用剪刀换了石头。他扛着石头走，石头压得他很难过。在井边喝水的时候，石头掉进了井里。汉斯欢喜得眼里流出泪来，因为他摆脱了唯一使他烦恼的石头而不必责备自己。汉斯叫道："世界上没有像我这样幸运的人了。"他心下轻松，解除了一切负担，跳着回到他母亲家里去了。

汉斯失去了一切，但他是那么幸运。在重述里，故事有了新的质地与温度，也似乎让我们寄托其中的思维与情感找到了来路和去路。

可我不懂，为何我说自己在发疯，特蕾莎却难过起来。她喝一口卡布奇诺，抬起脸来时，皱褶变得更深了。

是的，这件事太疯狂了。我顿了顿，淡淡说，但疯狂的定义是什么呢？

她久久没有回答，最后终于说，也许就是那些特别的事。

"一条通往童年的通道，对现在的我来说，就要合上了。"我决定直接说出口。

"童年？"

"那些精灵，那些幻想出来的伙伴，会说话的动物。你们总是玩在一起。"

长久的沉默，然后她说："我明白。"

"总被生活打得鼻青脸肿，我开始要忘了那些伙伴了。而且，一旦有了孩子……"

"一旦有了孩子……"她叹息。

我们的杯子先后离开了咖啡碟，被抓在各自手里，就像黑色海水中一块瓷做的浮板。

特蕾莎有三个孩子。二十二岁，十八岁，十岁。儿子，儿子，女儿。

第一个孩子出生后，特蕾莎开始工作。导游工作一做就是二十年。直到三年前，她决定翻新祖传的大屋，经营民宿。巧的是，她上周刚开始到镇旅游信息处上班。某种新生活的发端。

但似乎，与漫长的职业生涯相比，她更纠结于家庭内部的身份。

孩子小的时候你不能离开他们，总是这样，但一年，又一年，"他们长大了，有了自己的生活，却不再有你的空隙"。大概母亲总是会忘了自己。她的眼睛总跟着孩子的脚步，心跳比孩子的脚步更碎更快，言语更是止不下来。特蕾莎说，或许，我不是个好妈妈。

我沉默着。

"总是忙工作，忙工作，下班回家，我不太可能陪女儿，给她讲故事了。她理解，妈妈的工作很忙。"

我点头。但并不明白。

在特蕾莎小时候，跟奶奶一起住在祖传的大屋里，奶奶每天晚上会给她和其他兄弟姐妹讲童话。"你知道吗，我奶奶是一个表演的天才。"奶奶永远不只是把故事说出来而已。她一会儿是皇后，一会儿是大力士，一会儿是会说话的狐狸。她的声音流淌在房子里，让每一个衣橱都变成秘密世界的入口，每一道跳动的火苗都变成闪烁的眼睛。"我们相信着，完完全全地相信。"

那是传统大家族还住在一起的年代。虽然经历了战争，国土破碎，但家族伫立。特蕾莎垂下眼帘。

故事一旦被家人讲出来，就不只是故事而已。也不只是讲和听而已。

可是，特蕾莎的故事是什么呢？

滴答滴答，钟的指针。阳光转动着穿透她厚厚的刘海。雨雪初歇。咖啡馆的墙上装点着主人曾经制作的鞋子模型。木头镶框玻璃盒子里，一双又一双小鞋子。蹬上鞋子，架上马车，就可南下慕尼黑，北上柏林。穿越无尽的积雪与森林。古老或崭新的故事，会在雪地里留下车辙与脚印。

我们攀扶着瓷一样白得透明的浮板，咖啡勺作桨，划动黑色的海水。镀银的叉升起来，我们于是顺着叉柄爬上去，躺倒在淡绿色的浆果堆里。

浆果蛋糕是特蕾莎推荐的，厚厚一层淡绿色浆果，微酸，大小在葡萄和樱桃之间，阳光下开始变得透明。我们在浆果堆里爬啊爬。

或许，你想过离开小镇？我突然问。

特蕾莎摇摇头。

世界有多远？

一到夏天，欧洲人就成捆成捆地去东南亚。食物廉价，居民友善，还有晒不完的免费太阳。特蕾莎没去过东南亚。泰国？没有。柬埔寨？没有。所以当我说来自中国时，她没有问我来自哪个城市、吃不吃辣等一般德国人会问的问题。只是说了一句："啊，中国。"过了半晌追问："坐飞机要多久呢？"

小镇要坐飞机的话，需要去一百公里外的法兰克福。"噢法兰克福，糟糕的地方，如果不是为了坐飞机，我不会去。"特蕾莎说。

这是个小镇。有一家报馆，两家中餐馆，三家书店，两个健身房。出过最有名的人是德国社会民主党创始人之一萨穆埃尔·施皮尔。最近的城市是马堡，三十六公里外。

虽然还很冷，但已经开春了。头天来小镇的路上，车窗外滑过一栋栋小房子，翻起来的黑色土壤上是还没来得及长出新叶的树木。河流湍急，绿草如茵。

我们在冷雨里暂时告别，特蕾莎隆重推荐我一定要去逛逛市政广场上的家居精品店。"你能在里面买到全世界。"

我马上去了那个"能在里面买到全世界"的精品店。刀叉与桌布，烛台与酒杯，还有相框、玩偶、台灯，满坑满谷。复活节在即，全世界形状各异的兔子和彩蛋都在这里。全世界的兔子都贴着小小的"中国制造"标签。

外面一直下雨。雨水很冰，但雨也让一切闻起来都好极了。只有钟声是真正的旧物。

蓝的绿的红的屋顶，有三十多幢从十六世纪保存下来的木结构房子，被刷上鲜艳的油漆。像五颜六色的邮票，争先恐后要贴上天空。

"你不住在家乡吗？"喝咖啡时，特蕾莎问。

"上大学后，我就离开家了。"

"有多远？"

"一千多公里。"

特蕾莎大为吃惊，计算着开车需要的时间。

我解释说，这在中国很常见。毕业后我到了现在生活的城市，距离家乡也是一千多公里。

她抬头，问，走这么远，为什么？

我不知道该怎么回答，只好说，大概因为我对什么是失去，并不那么确定。

"汉斯，为了叫你欢喜，我要把猪换你的牛。""汉斯牵着猪走，想到一切都称心如意。虽然他也有烦恼，但是马上就好转了。"

"如果你喜欢老朋友，倾斜的建筑物，吱吱作响的地板，喜欢老梁木，舒适的半木料半灰泥墙壁的魅力，那么你就该来这里。"这是特蕾莎为民宿写的宣传语。

见我认真在读，并称赞她写得好时，她摆摆手说："哎呀，只是很简单的句子。"

并不简单。

"它经历了美好的时光，甚至战争。很多人来了又去，一次又一次。多年来，它一直为住在里面的人调整时间和需要。老房子想要留下来！"第二段。

特蕾莎是在这座房子里长大的，"那时候——"她拉长语气，声音跟着时间的转盘往回拨动——"那时候，我们一大家子人都还住在这里面呢。"

"墙壁里的稻草和黏土，需要房子的呼吸。有着弯曲走廊的这所老房子，想要保持生命的痕迹。"第三段。

我真心地称赞，说写得美极了。特蕾莎很高兴，带着我走到起居室，一整面墙挂着画作和打印出来的图片。

"这是市政厅，实际上，是哥特式的，已经有五百年历史了。你看它的尖顶，像不像一颗宝石？"

我点点头。

艺术家们有机会把宝石一样的市政厅画下来的，但他们没有这样做，真可惜！特蕾莎指着其中一幅油画说，只有维克尔先生意识到了它的美丽，看看这色彩。小镇的人群正在跟市政厅渐行渐远，就是这样一幕场景，他们背对小镇而去。

这是一幅带有印象派色彩的油画，画面深处是小镇标志性的建筑市政厅，线条笨拙、油彩浓重，但仍准确描摹了小镇市政厅的外观。近景是一群正要远走的人，面孔像蒙克著名的画作《嚎叫》一样，是抽象的扭曲。

"维克尔先生这幅画，是讲逃离？"我自言自语。

"他的画作简直惊人，不是吗？不仅会让你微笑，还会让你思考。"特蕾莎的手指悬在半空，一幅幅滑过这些画作，"如果你想比较画得像不像，下楼，走几步路就能看到原型。如果你想找到替代维克尔先生的艺术作品，我想，得去博物馆里。"

"这位维克尔先生，还住在镇上喽？"我问。

"他这几天不在镇里。平时，他在镇上的高中教书，但他的画，可是在奥地利和瑞士都展出过呢。"随后，特蕾莎神神秘秘地补充了一句，"维克尔先生没有结婚。要知道，他比我还大十几岁呢。"

她把一个世界向我敞开。撬开记忆的罐头，放出回想时的脚步声和笑声。那些真正特别的事。

我们快步走过市政广场，看到一栋跟铅笔一样瘦长的老房子。她说，广场附近的土地都很贵，所以在很小的地块上，房子修得高也能解决问题。我说，那你们家房子那么大，买地应该也花了不少钱。她笑笑说，那都是老黄历了啊。开民宿可不是只有情调就行。要精确地计算各种投入与优势，才能吸引客源。

很快到达小镇景点"童话屋"。特蕾莎带电工来检修电路，就"开后门"把我放了进来。

"童话屋"里有一张特蕾莎的照片。她跟"童话屋"的主人、一位白发的老太太坐在一起。两人之间的小茶几上摆放着不同种类的花草茶。

"噢，这个，"特蕾莎笑着说，"我们一起办了一个'草药与女巫节'。"她解释，不同的草药有不同的功能，野菊花对眼睛好，薰衣草可以治失眠。主妇们一起喝喝花草茶，然后聊聊天。孩子们在"童话屋"里玩得很开心，有了花草茶，主妇们也有乐子了。"让她们从家里走出来后，除了教堂，还有些别的去处。"

家族纽带之外，小镇有别的方式把人和人连在一起。

不用说没完没了的社区节日，光看看这些类别：教会、唱诗班（此外还有各类合唱团）、乐器、纸牌……年龄上也做了细分，比如给老年人的滚木球俱乐部，以及给青少年的青年公益联合会。像特蕾莎办公室里那个发胖的年轻人，就是镇男声合唱团的忠实成员。至于特蕾莎自己，从小到大参加过的俱乐部数也数不清，篮球队、读书会、编织会、镇历史协会、博物馆小组……这些组织严密、规矩，对一切外来者都心知肚明、保持警惕。

特蕾莎轻描淡写的"草药节"，在小镇旅游指南上被重点推介。这个由她一手创办，已是小镇在圣诞集市之外最大的活动。"充满了浪漫气息。"指南上写着。

身份，头衔，这些东西加诸于身。特蕾莎曾是镇议会外围人员、妇女与儿童协会成员、青少年发展协会成员。她背负着古老家族的姓氏，与小镇牢牢绑在一起。

而此时，电工不过是穿着蓝色的背带裤，又高又壮，在特蕾莎的指挥下，换灯泡、查电箱，忙个不停。

"童话屋"里，超越现实的布景里，装点着一个个被定型的角色。所有玩具里最精美的，是女孩们从小都想要的模拟屋。一幢幢小房子，家具摆设一应俱全，墙纸与窗帘同色系，茶具与桌布也应和着。然后，房子从剖面切开，一览无余。一个家的形状。简直就跟被特蕾莎精心布置的老房子一样。女孩们练习着主妇之道。除了模拟屋，最受欢迎的玩具还有洋娃娃，给她们打扮、喂饭、哄睡觉。女孩就这么长大，以后变成女人，妻子，母亲。

那天我回答特蕾莎，说我对什么是失去，并不那么确定。她说，汉斯把金子换成一匹马时，最初很高兴，"骑马真是一件好事！人好像坐在一把椅子上，脚撞不着小石头，又省鞋子，不知不觉就向前走了。"可当他胡乱对马呼号，被马摔下来时，他说："骑马不是好玩的事，摔下来差点跌死。我永远不骑马了。"汉斯忘了他骑马的快乐时，就是失去了。

后来我们又坐了很久，直到她说要去接女儿，才在冷雨里推门而出。

"童话屋"后面是一个斜坡。一个小女孩在玩独轮脚踏车。地面凹凸不平，铺着石子。她双手扶着龙头，右腿蹬着地面，从坡上冲下去。对于她的身高而言，坡度和速度是很惊人的。可小女孩似乎根本没想会受伤的事，冲下去，又回来，再冲下去。金色的发辫被风扬起来。

对小女孩来说，这是特别的事。因为，还没有谁教会她什么是禁忌。

像大部分南方人一样，特蕾莎不喜欢北方人太过"标准"的口音，也不喜欢他们混杂着外国、犹太和法国风格的做派。南方是甜美的，就像德语的Gemüt（情感）一词就意味着"南方"一样。真正的德国人在这里，温柔、亲切、热情、充实。远离大海，亲近森林。

某个晚上，住在特蕾莎以"睡美人"为主题装修的民宿房间里，我做了来德国之后最密的梦。

墙上的玫瑰藤蔓延伸进了梦里，我梦见自己从未离开父母身边，生儿育女，归顺于出生时就属于我的命运和身份。

醒来后，是即将破晓的清晨。被子外的空气是冷的，我伸手让手机靠近门的方向，搜寻多一点的Wi-Fi信号。

大概是特蕾莎的生活，她的言语和笑容都是我没有的方式，我的梦才像马车失了控。

可对她而言，我那些不稳定的、任性的、执拗的，在她看来"特别"的事，让她新奇而振奋。尤其是——我登上了地区的报纸。

那天，刚推门走进寒风里，就听见背后有人叫我。是特蕾莎。听我说要去书店，她立马说，我带你去。

特蕾莎说，她看见报纸上关于我的报道了。我说是啊，大概小镇的报纸对一个来寻访童话的中国人感兴趣吧。她笑着说，照片拍得很好，我的笑容很好。我告诉她，刚才我一个人吃中午饭，跑堂的小伙计居然拿出报纸指着照片问"是你吗"。她大声地笑着说，这是个很小的小镇，好事坏事，只要发生了，所有人都会知道，然后以肯定的口吻说："我读了好几遍，那位记者写得很好呢。"

书店老板蒂亚斯正在门口整理旧书，阳光照在他的面庞上。特蕾莎帮我们介绍彼此，希望蒂亚斯能给我一些帮助。

这是一间古雅的书店，我在书架上认出里尔克、黑塞、莱辛、歌德的名字，就像遇见了老熟人。蒂亚斯给我展示着跟传说、民歌和童话有关的书。

"她知道所有的《格林童话》。"特蕾莎夸赞我，想让这个才认识我两分钟的书店老板喜欢我，帮助我。仿佛我在做的是什么了不起的大事。

蒂亚斯起身去招呼一个顾客，特蕾莎问我："你觉得还好吗？"

我说，挺好啊。旧书店的味道真是好闻。

特蕾莎语速急促，似乎要回应与认可。她也喜欢旧东西，喜欢逛二手市场。一般的音乐盒，都是一个芭蕾舞者在玻璃上滑动，但她淘到了一个特别的。打开盖子，一颗金色的太阳在玻璃上滑动。太阳表面的金色涂层有些脱落，但仍然是一颗金灿灿的太阳。"这是我从小在冬天里的盼望，天气就要暖和起来了，一切都要好起来了。"

还有一次，她发现了一个旧手提箱。"你知道吗，箱子上面写着名字，箱子里有一张小小的卡片。上面写着，箱子的主人是个女孩，'二战'时，她带着这个箱子在儿童福利院工作。"

她兴奋得脸红起来。在日复一日的生活之外，她遇见了能容纳想象的故事。

现在，她说，在我的启发下，她想做一条徒步的"汉斯小径"，"做一点特别的事"。

在小镇外的森林和草坪上，夏季和秋季那些阳光最好的日子，你可以骑上马或者驴子，走一趟"回家之路"。身上背些要舍弃的东西，一路走，一路扔，到了终点，你双手空空，只剩一个自己。她笑着说，希望我回来小镇时，可以一起去郊外走一走那条"汉斯小径"。

你觉得怎么样？特蕾莎问。

好极了。我说。

特蕾莎背后的书架上，摆着好几本里尔克的书。此时我脑海里徘徊不去他的一首诗：

> 玫瑰，你花中之花，在古代
> 你是有单层花瓣的花萼。
> 可在我们眼里，你丰盈繁复，
> 是花，是不可穷尽的对象。

　　　　　　　　　　　　我愿意学习发抖　|

女性的，神秘的。玫瑰投下的阴影可以发动一场风暴。

很久很久以后我才知道，德国女人做母亲后如果继续工作，会承受很大的社会压力。而此时，我困惑于特蕾莎未说明的痛楚，她说自己不是个好妈妈的疑惑。以及，她因我的到来，我的旅程，我在做的一切而得到的鼓舞与欢乐。

"你知道吗，二十岁的我，第一次去了另一个世界。"我突然说。

"事实上，我二十岁时也去了另一个世界。"她说。

东西德统一后，西德人要支付"团结税"，拿钱给东德搞城市建设。特蕾莎说，最初没问题，慢慢地就怨声载道。嘲笑东德人口音的漫画、笑话也随处可见。"但在德国统一时，感觉真是另一个世界，所有东西都是灰的。"她去德累斯顿，油画一样美，萨克森州曾经的皇城。但"二战"后修的建筑却像在丝绸上打上了粗布的补丁。为了不那么资本主义。

"那时我正是二十岁。"她笑了。

二十岁的特蕾莎，衬衫的大领子翻在毛衣外面。民宿二楼有一张她高中毕业的照片。红色的领结衬得脸色好极了。黑色半截裙勒出少女的细腰，肉色丝袜下一双黑色牛津鞋。小镇当然没有另一个世界里的灰色。

"我总担心会弄丢通行证，隔几分钟就摸一下口袋。"我回忆第一次去"另一个世界"的旅程。

"丢了会怎么样?"她问。

"那时我真的担心,失去了证明,自己就成了没有身份的人。"

失去身份会怎么样呢,特蕾莎说。

也许是件奇妙的好事,我说,想想看,如果你不再是谁的女儿,不再是谁的妻子,不再是谁的母亲,甚至,你不再是你自己,那会怎么样?你可以是任何人。我声音响亮起来。

特蕾莎被我突如其来的亢奋带动了,两颊的红升腾起来,像怀揣了大秘密。

你可以是任何人。

夜里,风声开始大起来。第二天早晨,能看到更多被吹绿的新叶。

每天上午或下午,特蕾莎会到民宿来,有时我在,有时不在。遇上时,我们就站在楼梯间简单地交谈。偶尔,我们会一起散散步。特蕾莎是个很好的伙伴,擅于表达,更擅于倾听。

所以,在我离开小镇的前一天,她问:"有时间去散个步吗?"我也欣然同意了。

在等她的半小时里,我走上不知已经走过多少遍的小镇石子路。路边锃亮的窗玻璃上，多半挂着白色的窗纱。房子里的人各怀心事。

在这里，有一间办公室在等着特蕾莎回去处理工作，有一座房子里有她的丈夫和孩子们。还有更古老的一座房子，装满她诞生以来的记忆。还有父母，七大姑八大姨，跟第一个男朋友吃冰淇淋的甜品屋，小学，中学，结婚的教堂，"能买到全世界"的精品铺。甚至，还有一家最地道、"能让人马上暖和起来"的土豆餐厅。这些都巨细靡遗、无比真切地环绕在我四周。

前一天晚上，回民宿时，我发现托马斯一直待在屋子里。民宿的二楼是他的办公室。他从上午九点到傍晚时分，都在这栋房子里。通常，他都坐在办公室的电脑后面，显示器上端露出他带灰的金发。

"一切都还好吗？"托马斯问。

我一边应声一边走向厨房。

托马斯也跟着走了进来，招呼我保温壶里有他煮的咖啡。说在等一个八点才能到达的客人。

我告诉托马斯，镇上的两家中餐馆，都不是中国人开的。"你吃到的中国炒面，其实是越南炒面，或者印尼炒面。"

玩笑让气氛松弛下来。托马斯也从两三米外的柱子边走过来，坐在了我对面的椅子上。

托马斯是本地人，出生在离这里十几公里的另一个小镇，两岁搬到了这里，之后基本上都生活在小镇上。像绝大多数德国男人一样，他热爱足球和啤酒，会为了看球赛去大城市慕尼黑，非常疼爱他的小女儿。

他毕业后曾在斯图加特工作过两年。"那里有全德国最聪明的人，做着很多不可思议的事。"托马斯淡淡地说，他只高中毕业，还是回到小镇比较好。

五十米外，教堂的钟敲了起来。钟声乘着夜色的翅膀穿透玻璃，直接进到屋子里。我分辨不出长短钟声的不同，也不明白其意义。只是由衷地称赞道，多好的小镇。

"是的，这是个幸运的小镇。"托马斯说。从慕尼黑过来，会路过一个叫吉森的邻镇，那也是个建于中世纪的小镇，曾有着跟小镇一样美轮美奂的古建筑。石头垒成的山墙，幽深的骑士小巷，隐居者的寺庙与庭院，镶着玫瑰色玻璃的酿酒屋。但"二战"一开始，局势就失去了控制。人跟动物一样流离失所，天空中密布或敌或友的飞机。"房子都毁了。"英军的一次轰炸中，从中世纪就存在的小镇变成了一具残骸。托马斯说，统治者是愚蠢的，因为他们决定把毁了大半的小镇整个推平。"老房子全没了。就地重建。"

我说，统治者倒是在柏林保存了一座残骸。闹市正中的威廉皇帝纪念教堂，在"二战"中被炸成了"断头"，却保存了下来，像是一个见证。

托马斯耸耸肩，"有多少人看得见柏林，又有多少人看得见这儿呢。"

我以为他会怪罪炸毁小镇的英国人。但他很认真地说，不，英国人当时必须这样做，"毕竟，战争是德国人肇始的"。

托马斯真了不起。这也是我们最长的一次谈话。让我甚至有点放心的感觉。之前，我总觉得，在太太家祖传的大屋里做民宿的经理，似乎不是一个多好的事业选择。自然，这些我都不可能告诉特蕾莎。

我与特蕾莎最后一次散步的这天，天阴沉沉的。

沿着石子街往前走，我们穿过下富达勒巷，路过立音塔，越走越远。先是遇见特蕾莎的小学数学老师，一位白发苍苍的绅士。然后遇见特蕾莎在市政厅的一位女同事，亚麻色的短发。又遇见与特蕾莎同住瑞塔街的一位女邻居，两人嘘寒问暖。这些人就像河狸在溪流里筑起的堤坝，拦截住我和特蕾莎顺流而下的小舟。

在《柳林风声》里，就是这样春风把一切吹绿的时刻，鼹鼠第一次出门，见到了河。也第一次遇到河狸，并跟他交谈。河狸邀请鼹鼠坐上自己的小船。那是一艘船身蓝色，内里白色的小船，刚好够两只动物坐下。鼹鼠完全沉浸在一个新世界中，为河水的波光、涟漪、芳香、声响而陶醉。河狸对鼹鼠谈到什么是河，"在河边、在河上、在河里、与河在一起。河是我兄弟姐妹，是我的阿姨我的伙伴，河是我吃喝的来源，自然也是我洗东西的地方。对我来说，河就是整个世界，除此我别无他求，河所没有的不值得有，河所不知道的不值得了解。"

我们的小船一路向前，摇着桨。芦苇丛被风唤醒，吟唱起来，经久不息。

一次，特蕾莎跟我聊起生意上的事。老木屋、苹果酒、香肠、野餐篮子，夏天最好的时候，还可以骑着驴子去郊外。我们可以提供野餐服务，当然，这是生意。要说有多少意思嘛，也没多少意思。"但生活就是这样，对不对？"她抛出问题，等待我的回答。

"没错。"我清晰、肯定地告诉她。

即使在我们的船已经漂得很远，空荡得天地间只剩下我俩时，我仍决定，不改变这回答。有什么关系呢。在肉体衰朽的永恒面前，一点蒙蔽和贪恋又算什么呢。

"汉斯要回母亲家。"只要记住这个事实，就可以了。

特蕾莎跟我说着些琐碎事。民宿顶楼的小天台得换排水沟，如果下一场雪猛一些，融化的雪水一定会渗到屋里来。女儿开始在意打扮了，而且屡次抗议她遗传自特蕾莎的深棕色头发，"为什么不是爸爸那样的金色？"又说，书店老板蒂

亚斯不是本地人，而且——她语调拖长，他的儿子还在柏林玩乐队！"当歌手，弹吉他，天知道……"

我说起这些天在小镇上结识的人，上巷面包房的苏西女士、麦池巷咖啡馆的乔安娜、地方博物馆的布朗茨先生，等等。

当然，特蕾莎每一个人都认识，说起他们来活灵活现。苏西女士是寡居的老太太，曾经，她与丈夫是镇上人人羡慕的好夫妻，善良，热情，总是把面包留给赫斯福特巷里的那些"穷鬼"。丈夫去世后，女儿来给苏西帮忙，面包房当然也继续开了下去，但对那些男顾客来说，昔日坐在店里喝咖啡、吃馅饼，跟男主人吹牛的欢乐一去不复返。慢慢地，女顾客们集中起来，点心也越做越精致，简直成了小镇的一个据点啦，如果你想打听点什么的话。

至于地方博物馆的布朗茨先生，他是小镇上数一数二的有学问的人！大家都尊称他布朗茨博士。取得博士学位后，他应聘了博物馆的职位，然后，以本地人真正的热情和勤勉，对小镇的历史和文化做了最全面的整理。布朗茨先生可不是书呆子，他会办展览，其中有一个刚过去不久的，是一个摄影展。布朗茨先生有两个孩子，小女儿跟特蕾莎的女儿一样大。美满，非常的美满。尤其重要的是，布朗茨先生是个好脾气，你见过报社的主编，你知道那个人可是冷漠得很。这就是真正的小镇人和其他地方人的区别。

就在我默默地听着，想着这就是最好的沟通时，她突然停住了脚步，没有任何预兆，"为什么所有的故事里，都不告诉人，好东西是会消逝的？"

"好东西？"

"好的事，好的人，好的感情。一切配得美好的东西。它们不仅会消逝，会像肚腩一样走形，还会像河流一样分岔。

"苏西太太会失去丈夫。布朗茨先生的一只眼睛快要瞎了。当你到了我的年纪，你认识的人都经历了人生的大部分事情后，你会发现，什么都有可能发生。我们根本不能控制任何事。"

我们静静地站在路边，再往前，就要离开小镇的地界，就是野林、草丛与荒凉。我推开了桨，让我和特蕾莎的小船搁浅。

"更可怕的是，我们会变得不像以前。不像它们还完整，还饱满，还有力的时候。"

特蕾莎的语言美极了，让我完全进入她的世界中。不可思议。

"可你仍然美极了。"我说。

特蕾莎笑了。河狸与鼹鼠呆坐在船上，河就是整个世界，它们倾听着河的一切。

"汉斯扛着石头走，石头压得他很难过。在井边喝水的时候，石头掉进了井里。"

"得相信点什么。"我说。

"相信点什么。"她重复道。

我们继续安静地站了一会儿，突然她扭转身来，轻轻地抱住了我。直至一辆经过的皮卡车用喇叭声惊动了这片静谧。司机隔着窗玻璃指了指我们。

"我的表兄。瞧，我们走不远。"特蕾莎说。

我们对那次止步于小镇边缘的散步只字不提。

那天我回到民宿时，托马斯从办公室里走出来迎接我："啊，冻坏了吧?"我揉了揉冻僵的脸，笑了。

跟我来小镇时的凄风冷雨不同，离开的这天是个晴天。

托马斯帮我把行李拿下来，太重了。我们用力地握手。好人托马斯。我和特蕾莎站在屋檐下话别。阳光擦过我们的发梢。我知道我们交换了什么，留给了对方什么，只是似乎这些都不重要了。她塞一个信封给我——礼物。

没有当场拆开，我只是拥抱住她，让眼睛盯着她背后的墙壁，而不是她的眼睛。我会想你们的，我说。万事如意，生活幸福。中国式的祝福总是说得很满，以为能用言辞填满虚空。

"汉斯欢喜得眼里流出泪来，因为他摆脱了唯一使他烦恼的石头而不必责备自己。"

半年后，我回到德国，给特蕾莎写邮件。

一个傍晚，我接到了她的电话。

我们说起这半年来各自的生活。特蕾莎说，我现在很忙，很忙。不过这个夏天真是很棒，热的时间很长。你知道，德国总是很冷，我们太期待夏天了。所以这个夏天我们花了很多时间在外面，长长的散步，聊天。"你知道的。"

我说，是的，是的，我知道的。

窗外是柏林万湖，白色的风帆在暮色里反射着夕阳的光照。一片澄明的金色。看不出一点时间的痕迹。跟在小镇时，一睁眼即是历史与时间的印记完全不同。

"汉斯叫道：'世界上没有像我这样幸运的人了。'他心下轻松，解除了一切负担，跳着回到他母亲家里去了。"

离开小镇后，我终于拆开了特蕾莎给我的礼物。叠得整整齐齐的剪报，上面是我在小镇接受的采访。剪报用特制的小红帽信封装起来，信封一角写着——"爱你的，特蕾莎。在小镇。"

我一只手握住话筒，一只手推开窗户，初秋的空气涌进来。半年前还是初春，住在特蕾莎那里时，我一次也没开过窗。只是无数次站在窗前看着街道和行人。那些似乎从加洛林王朝深部走来，穿过瑰丽的中世纪，金色的文艺复兴风格，匍匐过二十世纪的炮火与崩裂声，一个个向我走来的小镇居民。

聊了半天，最后我想起，就随口问，托马斯好吗？

沉默了几秒，特蕾莎蓦然说，我们分开了。托马斯已经搬走了。

我恍惚了一下，手压在窗玻璃上支撑住身体。那些又贵又白的风帆沾上了我的掌纹，变得浑浊起来。

你上次来的时候，是二月份吗？三月份，我们就分开了。我现在带着小儿子和女儿住。特蕾莎干干地笑了几声。

几道闪电划过我的脑子，留下炽热的烧痕。那民宿怎么办？我想到办公室在民宿二楼的托马斯。

现在我上午去旅游信息处上班，下午就在民宿里上班。特蕾莎说。

哀恸会让言语支离破碎。而我说的是并非母语的英语，句子断成一个一个的词，捡都捡不起来。我像复读机一样，一遍，卡壳，又一遍，停顿，终于说完了——你要好好照顾自己。没有什么是要紧的，但你要好好照顾自己。

特蕾莎在那头笑了。比电话里的电音更干燥。

我从未觉得自己如此愚蠢。当她为我一意孤行的旅途而担忧时，我懂得什么？当她说最喜欢的故事是《幸运的汉斯》时，我又能了解什么？压在她身上真正的负累，我根本无从了解。哪怕是此刻，面对生活整个的巨大与未知，我却什么也说不出来。那些静默的时刻，忐忑的时刻。她那些真正特别的事，我吝于赞美。她对生活的热望，我弗能将之点亮。

我们乘小船远去的那天，谁往河流里扔了石头。谁把脚伸进河水里。又是谁把耳朵贴在船身上，听河流拍打、撞击着我们的世界。那是一条蓝色船身，白色内里的小船，只容得下我们俩。

好一会儿的时间里，我们都没有说话。当沉默就要变得尴尬起来的时候，特蕾莎说："我想你会明白，事实上，世界上没有像我这样幸运的人了。"

你在清凉的井边

向我说过的话

坐标

阿尔斯费尔德·德国中部

克罗伊茨贝格·柏林

~~~~~

密码

《青蛙王子》,《格林童话》第1则

~~~~~

主角

蒂亚斯

（教师、泉水书店老板）

约拿单

（独立音乐人）

44　　　　　　　　　　　　　　　我愿意学习发抖　|

"最小的公主，

给我开开门。

你不记得

昨天你在清凉的井边

向我说的话了吗？

最小的公主，

给我开开门吧。"

指
路
人
的
话

　　在格林兄弟出生、成长、求学的德国中部，存在着真实的"小
红帽"。那是阿尔斯费尔德小镇附近，古老的少女装束。像纸杯蛋糕
一样袖珍的一顶小红帽，端端正正戴在少女的头顶。如若长成、出
嫁，小红帽就会变成小黑帽。

　　这则从法国舶来的童话传说，也因与现实的景象呼应，经格林
兄弟之手改造，变成了扎根于德意志黑森林的著名童话。

　　在这里，小镇幸运地避开了"二战"的炮火，保留下数十幢有几
百年历史的砖木混合建筑。与德国北部相比，这里更恪守传统、尊
重古老价值。

抵
达
日
记

2015.3.10　晴　这个人有在书页中沉淀下来的沉静

　　吃完饭我往住处走，去看那家我路过了N次、观察了N次的书店，发现它会在今天下午两点半开门。

　　两点半还是三点钟下的楼，遇到了我的女房东特蕾莎，我告诉她我要去隔壁的书店。当我大踏步往书店走时，特蕾莎提出她可以跟我一起去书店。于是她给我介绍了书店老板，看起来很儒雅的一位中年人，果然他是一位老师。

　　这个书店新书旧书云集，主要是文学和社科类。所以我真诚地赞美他的书店有品位。

　　怎么说呢，这个人有在书页中沉淀下来的沉静。特蕾莎告诉我，他不是本地人。然后她说，要不我们在这里喝咖啡好了。

卢卡上台时，我已经喝了两杯啤酒，上了两次洗手间。

买票时我才知道，这是一个筹款酒会。"为了心脏病儿童"。我从来都不是爱心人士，虽然会捐款"献爱心"。所以在白发苍苍的爱心人士和满脸青春痘的志愿者之间，只能猛灌啤酒。

所谓舞台，不过是在木地板上搭起十几公分高的小台子。没有椅子，人们端着一杯酒或水，倚着窗台闲聊。

两个少女歌手来暖场。黑色短裙上漾着大红唇，婴儿肥的脸庞下是一把木吉他。歌声甜美，平滑，没一点褶皱。

卢卡跟地铁里那些背着琴盒，袖着手或驼着背的年轻身影并无二致。他穿得糟糕极了，简直可以说是邋遢。灰色短袖T恤扎进深灰色裤子，皮带垮在腰上。弯腰下去，就露出大半截后背和黑色的内裤。他把小提琴固定在麦架上。再插线，调试大小音箱，花了至少二十分钟。

我盯着那把小提琴。几天后，卢卡的弟弟托比告诉我，这把琴是卢卡十岁生日时，他们的父亲蒂亚斯送给卢卡的礼物。

　　快歌暖场，慢歌抒情。卢卡唱了几首，反应既不热烈，也不平淡。他当然学会了表演，就像每一个进城的孩子学会了搭地铁穿西装吃日本菜一样，是我们套在身体上那层被允许入场但其实并不太合身的新衣。

　　就在气氛快要变得尴尬起来时，突然，卢卡拔掉了吉他上的传导线，走下舞台。端着啤酒说个没完的人们，被一把吉他冲散。面对面，卢卡盯着他们的眼睛唱，就像彼此不是陌生人。

　　没有了麦克风的扩音，卢卡的声音突然有了某种真实。歌声从他的喉咙里发出，在鼻腔和胸腔里共鸣，攀越过空气，进入同样的血肉造成的另一些身体里。那些陌生的身体开始鸣响。身体与身体共振摇摆。卢卡的手指按压在琴弦上，琴弦按压在听者的胸口。奇异的静谧。人们屏气息声看着这个突然剪除了距离的吉他手，突然沉默，突然被说服。

　　这是一首痛惜相爱却不得不分手的情歌。卢卡一遍又一遍地唱着"亲爱的，别走"。歌词就像他藏在大胡子下的娃娃脸一样，稚嫩，平凡，过目即忘。于是，不多一会儿，摄魂术失效，兔子洞闭合。台下被定格的人又开始胡乱走动，举

50

杯,说话。

演出结束,卢卡把所有乐器、插板、电线、适配器收进两个大箱子。只有我一个人站在台边上看着。

"嗨,约拿单。"我开口叫他的名字。

卢卡是艺名,蒂亚斯原本呼唤他的大儿子作约拿单。这个名字最著名的出处来自《圣经》,大卫王的挚友约拿单。

休息室亮如白昼,化妆镜上镶了一圈灯泡,连毛孔都无所遁形。我们寒暄了几句。我问,你哪天有时间?希望能跟你聊聊你的父亲。他略吃惊——我父亲?

我说起在"泉水书店"认识蒂亚斯的经过,然后留了彼此的联系方式。"那么,你先走吧。我还要跟经纪人谈一谈。"卢卡指了指旁边沙发上一个穿格子衬衫的胖子。

电梯已经停止运行,从刷着灰色油漆的楼梯下去时,在三楼的转角,那个画着大红唇的暖场女歌手在抽烟。三两个男人围着她,开着不咸不淡的玩笑。女歌手仰头大笑起来,比在台上时不羁得多。

路上空无一人。午夜的冷空气冲击着人的头顶。我伸手截住一辆出租车,司机载上我后往前开了百来米掉头。

路上空无一人。所以街对面那个背着琴盒,左右手各拎一个黑箱子的身影让视线无从躲避。他实在高大,发髻下面的额头光洁白净,像浮标在夜的波浪里。

卢卡就站在路边，并没有注意到一辆快速滑过的出租车上，我那双认出他后盯住不放的眼睛。

浮动的夜色里，他是一个抽象又具象的黑影。跟他的吉他，小提琴，适配器站成的一支队伍。人三三两两从他身边经过，并没有停留。我知道他说要跟经纪人谈话是撒谎，但并没有生气，只是隔着玻璃看他。

突然，他放下两个箱子，摸出一个面包之类的东西，在路边大口地吃起来。呼出的热气在午夜的黑色镜面里凝结成白色的叹号。直到疾驰的的士把视线切断，他都在大口吃。一个又一个缩小的叹号被拉远，被夜的黑色吸入。

我终于转过头去。

半年前，从德国回国后，我发出了给蒂亚斯的第一封信。

亲爱的蒂亚斯，谢谢你送给我路德维希·贝希施泰因的书。希望有一天，我的德文能让我看懂它。谢谢你，美好的下午。爽。

第二封是我重返德国前。

亲爱的蒂亚斯，你好吗？我是二月时跟特蕾莎一起到你书店里的中国女孩。找童话的那个，你还记得吗？……爽。

蒂亚斯的回信总是礼貌而热切。
第一封是打招呼。

　　亲爱的爽，原谅我，我的英语口语太差了。很高兴能在书店里遇见你。欢迎回德国……蒂亚斯。

第二封就是邀请我去卢卡的音乐会。

　　亲爱的爽，当然，我记得你。希望你在柏林度过一段好时光。祝写作顺利。我的儿子卢卡住在柏林。他是个很棒的音乐家……

　　遇见蒂亚斯的时候，他已经五十多岁，头发斑白，在离家不远的一个小镇当老师。我们遇见，是在他开的二手书店里，书店取名为"泉水"。店名出自《小王子》，"使沙漠如此美丽的，是它在某处藏着一眼泉水"。

名字一经诞生，就会变成日常的盾牌。这股"泉水"是灌溉蒂亚斯的生活以及我得以理解他的渠道。

　　蒂亚斯为"泉水"搭建了一个小小的网站，上传书店动态及文章。去见卢卡之前，我看到最近的一篇上传，是蒂亚斯接受小镇报纸采访，谈起自己正在书店里进行的夜读计划。读朱利恩·格林，读希尔德·多敏，读帕斯卡·梅西耶，读圣埃克苏佩里，读格林兄弟。书店每周经营三天，而在有"夜读计划"的夜晚，蒂亚斯常常会邀请音乐家们同场。小提琴、大提琴、吉他，跟读者、音乐家一起踩着台阶踏进泉水书店。

　　谈到自己对音乐的爱好，蒂亚斯告诉报纸记者："我的儿子卢卡是一位音乐家，他在首都柏林做一些国家级的表演。"

　　半年前，蒂亚斯不是这样说的。至少，不是"国家级"这样的词。

　　那是我被小镇的阳光所关照的最后一个下午。阳光的颗粒穿过厚玻璃降落在衣袖上。特蕾莎也在。她压低声音说，蒂亚斯的儿子在柏林"玩音乐"。于是过了会儿，我侧身问蒂亚斯，是什么样的音乐呢？并随口一问——小提琴？

　　蒂亚斯沉吟："他确实从四岁开始就拉小提琴了。但现在他在做一些'时髦的音乐'。"然后回身，从抽屉里翻找出一张印有卢卡头像的卡片递过来。一头狂乱的长发、刻意蓄出来的大胡子似乎想要掩盖还很稚嫩的娃娃脸。

"看起来像搞摇滚的。"

"不，不是摇滚，是……"蒂亚斯寻找词汇，然后说出，"独立乐团。"

谈到儿子时，蒂亚斯并不怎么开心。不是德国中老年男性那种常见的"严肃脸"，而就是，不怎么开心。"我倒是希望，他是拉小提琴……"他轻声说。

半年后，在柏林的两场音乐会上，我见到了好些年轻的小提琴手。他们西装革履坐在乐池里，黑白分明，秩序井然。也有狂放不羁的小提琴手，一位年轻女孩，手臂上亮出耀眼的文身。那是蒂亚斯可以预期的生活，高雅、有序、古典。

在蒂亚斯转身去招呼客人的时候，特蕾莎说，蒂亚斯不是本地人，不知从哪里搬来的。在这个几乎每人都如邻居般熟悉的小镇，蒂亚斯有种格格不入的气息。

那位客人想把自己家里的二手书统统搬到小店来寄卖，蒂亚斯低着头听他说着，嘴角一点模糊的微笑。他想拒绝，可仍只是低头微笑着。

不用特蕾莎细说我也明白，蒂亚斯并不富裕。格子衬衫，毛线背心，眼镜是过时的款式。皮肤是读书人那种缺少户外活动的特殊苍白。也可以说，是太多纸张的折射而成的一种黯哑。

再仔细看那张卡片，卢卡被茂盛的胡须和头发遮盖的脸上有一个很深的酒窝。蒂亚斯没有。除了蓝灰色的眼睛，这两人几乎没有任何相似之处。蒂亚斯的衬衫规规矩矩，纽扣扣到倒数第二颗。卢卡却穿着低胸的T恤，外面随随便便套一件黑色连帽衫。人总是以自己认同的社会角色来装扮自己，虽然父子二人在意的事都有明确的精神指向，但显然属于不同的领域、价值和风格，并不只是年龄的差距。

火车开出小镇时，我把疑惑也打包进了行李。

所以，半年后，当收到蒂亚斯的信，让我去看卢卡的音乐会，并称赞卢卡是个"很棒的音乐家"时，我觉得，蒂亚斯只是像我或者其他人那样，把以前说过的话忘了。又或许，由于人类的自我保护机制，不断涂抹着自己的记忆，把不愿意记住的部分慢慢篡改了。

那句不以为然的"时髦的音乐"，也当如此。

第三封信。

　　亲爱的爽，我昨天跟卢卡通了电话，他说门票还没卖光，希望你能度过一个美妙的夜晚。蒂亚斯。

这是适合表演的季节。渐深的寒意里，人很难抗拒进入一个明亮的房间，享受几十人体温蒸腾带来的和煦。肩擦肩，背对背，像几千年以来的那样，在一起。

在去看卢卡演出的路上，我掏出口红，补了一点妆。一点伪饰，或者武装。狩猎前的准备，窃取前的仪规。有些时候，我会为因写作而来的厚颜无耻而沉默。但这时候，我没有。

柏林的时间和气息已经在我身上碾压了两个星期，但这个区域仍让我陌生。红砖的新教教堂在暮色里播撒钟声，一声紧过一声，裹挟着穿长袍的穆斯林妇女匆匆的脚步。妇女从黑色长袍中伸出钥匙来，拧开一幢旧公寓的灰色铁门。更多的人影从公立图书馆的玻璃门上擦过。

叮咚。

电梯门开了。保安靠在吧台上，举着小纸杯喝咖啡。酒吧入口大门紧闭。吧台里正在给保安找钱的姑娘告诉我，七点半开始售票。"不，不，还有很多票。不用担心。"

演员未到，观众欠奉。连舞台也是简陋。根本不需要武装。

这里甚至不算个酒吧。卫生间里一个涂鸦也没有，从瓷砖到洗手池再到隔板，都是医院一样的纯白色。

时间只过了五分钟。

认识蒂亚斯的那天，是初春，小镇的空气里有冻结了一冬天的土壤被犁破开的凛冽气息。我、蒂亚斯、特蕾莎三人相距半米。咖啡相伴，言语踩踏着空气。而此时此刻的柏林，是深秋的树叶被雨水打湿被狗的脚爪踩过的味道。

说实在的，我渴望见到小镇来客。

第四封信。

> 亲爱的爽，卢卡告诉我你们在音乐会见面了。谢谢你的前往。
>
> ……
>
> 对了，冬天见面时，你问我有没有最喜欢的《格林童话》，当时我一时无法回答，因为好些都挺喜欢。但现在我想可以回答了。对我最重要的一个故事是《青蛙王子》，在里面，有很多深刻的人性问题及欲望。它关于家庭和陌生感、欺诈和变幻，以及爱……蒂亚斯。

我没有马上给蒂亚斯回信。事实上，在音乐会之后的几天，我打过卢卡的手机两次，没有人接。

我见到多尼，特蕾莎的大儿子。他马上就要大学毕业，正在柏林的一家银行实习。我们握手的力度和频度都带着热情。

多尼高大英俊，西装革履。我们语速飞快地掠过一个个关于小镇的话题，兴奋的气泡从彼此脑袋上冒出来，此起彼伏，就像把小镇的彩色屋顶拼贴进了柏林的淡灰色背景中。

多尼从小就是不用人操心的孩子，在小镇上完高中，去了海德堡读大学。现在大四，顺利地找到了柏林的实习机会。女朋友也在柏林实习，两人都觉得，柏林是个好城市，以后会考虑定居于此。

我问他是否认识卢卡。

他们当然认识。两人是高中同学，但不在一个班。高中读到一半卢卡就辍学了，然后考上了曼海姆的音乐学院。多尼说，卢卡在小镇时就组过一个乐队，去曼海姆后也组过，还带着乐队回来小镇的酒吧演出过。那时，卢卡留着很长很长的头发，披散在肩上，吉他弹得很噪。

至于卢卡有没有从音乐学院毕业，多尼并不确定。他们并不相熟。或者说，他们简直是截然不同的两种人。吃卡路里均衡的商务午餐，西服与头发都整洁得多的多尼，以及裤子垮在腰上，在午夜街头啃一个冷面包的卢卡。

我沉默了一会儿，然后说起蒂亚斯的邀请、卢卡的音乐会，以及后来的联系不上。

多尼吞下一片芝麻叶，"也许，他觉得你能帮卢卡？"

"我能帮他什么呢？我一个外国人。"

"卢卡去过中国。"

一个惊叹号在我脑袋里劈开。

多尼说不清具体情况。大概四五年前，还在上高中时。一天，蒂亚斯在小镇奔走相告卢卡要去中国演出的消息。比起自己的事，卢卡的事似乎更让蒂亚斯兴奋。他的脚步踏过那些古老石头砌成的巷道，要把这好消息急急散播。微微伛偻的背也因激动而挺直了。

多尼说，他几乎不算认识蒂亚斯。泉水书店开张的时候，他已经上大学了，只是听母亲说起，这是家很有品位的书店。跟多尼家一样，蒂亚斯的家庭也是两个儿子一个女儿，这几乎是小镇最普通的家庭样式了。

临别前我们拥抱。多尼的周到让人备觉安慰，也让卢卡的刻意回避更显鲁莽。

索尼中心的穹顶过滤了光线，投射在喷水池里，是波光流动的墨绿色。我决定给卢卡打最后一次电话。

水声在耳朵外面，长"嘟"音在电话里面。

就在我要挂断的时候，对方说话了。我说卢卡你好，对方说他不是卢卡，他是卢卡的弟弟托比，卢卡出门忘带手机了。托比，我默念了几遍这个名字。

听我简单说明来意后，托比让我现在就去找他，"你有手机地图吗？"

亲爱的蒂亚斯，谢谢你的回答和帮助。如果你不介意的话，能否告诉我，这个故事为什么对你那么重要？爽。

我跟着泉水一样的人流走出地铁，一眼就认出了托比。他长得更像蒂亚斯，清秀，安静。笑起来有几分腼腆。

之后我知道，他跟蒂亚斯确实更相像。甚至，托比学的也是神学。

"喜欢吗？"我问。

"神学？"托比狡黠地笑了笑，"我讨厌所有学校，上大学不过是为了证明我的智商正常。"

"向谁证明？"

托比张了张嘴又闭上了，没有回答。

正在放暑假的托比，借住在卢卡的公寓里。四层高的旧公寓楼，他们住一楼，推门进去有鞋和袜子的味道。两间卧室，一个厨房一个卫生间。阳台上，木板合围成半人高的墙。

"你工作时，需要不断地发问吗？"托比问。路上我告诉他，这次在柏林我主要在听人讲故事。

"在脑子里问。我更喜欢做个倾听者。"

"是吗？"

"最好的谈话，是让对方放松地愿意自己说。"

"我母亲。"

"什么？"

"你刚才问我上大学是为了向谁证明，是向我母亲。"

我不知该说什么，只好暂时沉默着。讲述与倾听的关系，也是人与神的关系。地上卑微沉重的小事，借由不断的祷告，进入神的天际中被加工处理。托比跟我强调这种关系，人和人之间，人和神之间的联结，就形成了关系。这里面伴随着从怀疑到信任，从信任到信靠，以及从信靠到信仰的过程。"人和人之间，做不到。"托比说。

那么，妈妈呢。我说。

托比从冰箱旁边的架子上抽出一张唱片，上面写着"奥菲利亚"，以及卢卡的名字。卢卡喜欢莎士比亚？我翻看那张唱片，曲目并无关联。

托比是在小镇上出生的，卢卡不是。在小镇的职业学校找到一份稳定的教职前，蒂亚斯一直带着家庭搬来搬去。

出唱片之前，卢卡一直想不到一个好名字。一天，他在

　　　　　　　　　　　　　我愿意学习发抖　|

电话里跟母亲说，不如就叫"无题"吧。妈妈反对。卢卡说起"奥菲利亚"这个名字，觉得跟唱片里的爱和复杂情绪贴合。妈妈激动地告诉他，你知道吗，这就是你的名字。当你还在妈妈肚子里时，我们以为你会是个女孩。

托比问，你有兄弟姊妹吗？如果你的哥哥是母亲最宠爱的孩子，你的妹妹又是整个家的小天使时，有时候，你会觉得自己是透明的。

我摇摇头，看着托比说，父母的行为很多时候是不值得细究的，就像水流过去了，你就让它流过去。"何况，现在连你都叫他卢卡。"

我们都笑了。

托比试图从冰箱里翻找食物给我。里面有一盒橙汁，一盒鸡蛋，两盒牛奶，芝士，还有些胡萝卜、洋葱。他们吃得很随便。

"有红茶吗？"托比让我想念蒂亚斯。他们都善良，腼腆，对我这个陌生人毫无戒备。我想为他做点什么，哪怕是煮一杯奶茶。

托比从橱柜里拿出装茶叶的罐子，里面是杂七杂八的袋泡茶。路易波士茶，绿茶，伯爵茶。我选伯爵茶。扔两个茶包到奶锅里，水汽氤氲升起来。

"小时候，我经常听见爸妈在讨论，要不要离开小镇去别的地方生活。直到妹妹出生，蒂亚斯开了书店，他们似乎就不想搬家了。"托比回忆。

我数算着年份，"所以你们已经在小镇住了二十年？"

托比的回答让我意外，他说："我可以想象任何其他家乡。"

"什么意思？"

"只有平庸的人适合小地方。"

亲爱的爽，要回答《青蛙王子》为什么对我最特别，要从我的阅读经历讲起。很小的时候，我就喜欢阅读，虽然家里并不能找到很多书。十岁的时候，父母把我送到相邻城市的学校寄宿。读书成了我在运动之外，最能投入热情的事。几乎每一分钟，我对书的喜爱都在加深。特别是历史类和古典经典。

作为一个热爱阅读的年轻人，我梦想着能在书店或图书馆工作。然而，总是没有合适的机会。你知道，这种工作相对钱也比较少。

有了孩子后，一些事情慢慢起了变化。以前，我并不喜欢朗读。但我很喜欢给我的孩子们读。通常在晚上睡觉前。有时我也讲自己的故事和自己瞎编的童话。

平时，我是一个在职业学校里教宗教和道德两个科目的老师。我明白，"宗教"不等同于"信仰"，"信仰"与一个人的存在和方向有关。它也可以独立于任何特定的宗教教派。我知道我的能力和责任，主要是让年轻人能思考和搜寻，在你的生活中什么是重要的，什么能陪伴和安慰你，这里面包括信仰、哲学和文学。

接手这个二手书店后，最初我只是在努力维持收支平衡。慢慢地，发现自己竟然有能力做些别的。跟旧书打交道很有趣，但人们能进来这里阅读，阅读在这里发生，更让我振奋。

文学可以治疗我们。我相信你明白这一点。在书店，我们分成角色阅读一些文学篇章。在阅读童话的时候，我最愿意扮演的角色，就是《青蛙王子》里的青蛙。如果要分析这个角色，我想，这是我在这个时代里做出的古典的选择。试图去理解平凡的意义，转换的意义，承诺的意义。

希望能解答你的疑问。一切的祝福。蒂亚斯。

奶茶都还没喝完，卢卡就回来了。背着吉他箱，穿的还是演出那天的衣服。

我和托比都没有对这场景做任何解释说明，连尝试都没有。因为就在卢卡推门进来的那几十秒里，他表明了在这个空间里的角色和立场，与另两个人的关系。以及，漠然。

　　"蒂亚斯真的为你骄傲。"在第一次见到卢卡的时候，我说了这句话。现在看来，这句话蠢极了。这里面预设了两人的父子关系，而我指望能以这句话拉近与卢卡的熟悉度。无论我们承认与否，父母口中的我们，与真实的我们是不同的。被提起的我们，是被父母感情修饰后含着热望的表述。塑造这个形象的，有父母的谎言和我们的谎言，以及经年累月的记忆修改。

　　"卢卡去过中国？"我问托比。

　　"对，上海。"

　　"演出？"

　　"一个大型展会上的表演，是什么展会来着……"

　　"世博会？"

　　"应该是吧。蒂亚斯告诉你的？"

　　我耸耸肩。

　　小镇上没有其他人去过中国，卢卡是第一个。虽然他只是几十个乐队中的一个，但他也到达了父亲想象中美丽的远东。在书店里，蒂亚斯告诉我，他读过《论语》。托比则说，蒂亚斯甚至读过村上春树，一定是这个日本名字太难发音了，他才没有告诉我。

"真人有意思的作家多吗？"托比问。

我想起在柏林参加的那些作品品读会，摇摇头，"或许作家只该待在纸上，或许当他们在一个房间里开口说话时，他们就不再是写作的那个人了。"

"变得跟文学无关？"

我耸耸肩。作家，是啊，他们总是在铺垫、解释、迎接、争辩，为那个已经被他们在纸上建造的世界做注解。

托比说，蒂亚斯是个很棒的读者，也是个很棒的父亲。小时候，他常常会给孩子们读着读着故事就演起来。投入虚构的世界里，让真实的自己承担起一个角色，对孩子们来说，虚构与真实则没有清楚的分界线，只是跟着父亲的身体和话语，就一起跑进了一个世界。

"这是对文学最大的善意。"我说。

就像托比跟我解释信仰的分层一样，我说，这样的举动里，也包含了信任、信赖和信仰。还有父亲对孩子的爱与传递。我想不出更好的事。蒂亚斯是了不起的作者，如果我们把讲述者、重述者也纳入"作者"的范围来看待的话。

"你的心不可任他死亡。"托比说，这句话虽然是《圣经》里用来劝诫父亲管教孩子的话，但他觉得，这是水面一样辽阔的情感。

卢卡突然走进来。

他绕过我们，拉开冰箱门，然后问托比，意粉呢。托比说，我中午吃掉了。然后他们就嚷嚷起来。德语淹没了我，我就像溺水的人一样只能抓住几个单词。有一秒钟，我甚至希望他们能吵点跟食物无关的事。有点艺术家的样子，有点成年人的样子。可是，两兄弟在一起，这种从抢玩具和棒棒糖开始的竞争，似乎永远会持续下去。

在我准备离开，即将跨出大门时，卢卡突然说："不要告诉蒂亚斯那晚的事。"

我回头，"什么事？"

"我知道你在的士上看见我了。是，我是说谎了。我没有经纪人。也没有助手。"

我只是看着他。

"难道你就从不对父母说谎吗？"卢卡说。

　　亲爱的蒂亚斯，谢谢你对我的信任，能花这么多时间，把这些事告诉我。而我，不过只是一个偶然路过的陌生人。

　　我真的感激这一切。你字里行间的情感和真挚。

　　柏林就像一团松软又便宜的棉花糖，我很自在，但也想念南方，想念我在小镇那些无所事事的时间。想念你们。想念你美好的书店。

这些天，我刚读完了一本黑塞的书。我知道，黑塞是你最喜欢的作家之一。在我刚刚写完的一个故事里，引用了你爱的里尔克的诗。

能跟你分享这些事，让我觉得美好。文学就是这样神奇的东西，它能让我们理解彼此。即便我们说着不同的语言，但我们能在同一个世界里相遇。

要告诉你一件有意思的事，我在柏林历史博物馆里买到了一个金球。准确地说，是一个玻璃球，里面蹲坐着一只戴皇冠的青蛙。但特别的是，玻璃球里填满了金箔，只要你晃动一下，青蛙的世界里就会下起黄金雨。这只青蛙是不需要等待承诺的青蛙，因为它的世界里就有奇迹。这也是我所理解的平凡。

愿一切的幸福与快乐伴随你。

爱你的，爽。

摆着床的房间是卢卡的，另一个堆着乐器的房间里有一张很薄的床垫，"我住这里。"托比说。

我伸手在电子琴键上按了一下，托比则从地板上捡起一个沙锤。两种乐器的声音碰撞到一起。

琴架上放着一把小提琴，托比说，这是卢卡十岁时，父亲送给他的生日礼物。至于他自己，小时候印象深刻的礼物则是《罗马史》。

"世界是通过阅读和想象完成的。"托比说，当他们一家人在小镇上安顿下来后，蒂亚斯开始了非常规律的教学工作，母亲则因为孩子相继出世而当起了全职主妇。

这个家庭没有多少客人。偶尔，蒂亚斯的朋友从外地来，或是路过小镇，就成为异常珍贵的座上宾。与卢卡早早就发现了自己对音乐的热爱不同，托比说，他是一次在聆听父亲与朋友的谈话时，才发现了自己的可能。

那是一位父亲小时候的邻居、兄长。"六八一代"。当他离开家去哥廷根读大学时，蒂亚斯还是个少年。这位卢卡口中的"伯父"，在哥廷根参与了二十世纪六十年代末席卷全球的学生运动。虽然他出身保守的中产阶级家庭，成长于稍显闭塞的德国中部小镇，但那股政治热情和气流让人无法保持冷静与旁观。他们狂热地传阅共产主义的理论著作，对德国在"二战"后的姿态颇为不满。与全世界的年轻人一样，他们相信，改变就要开始了，改变就从走上街头开始。

古典的、经典的传说、神话都被扬弃，被视作现代性的大敌。甚至古典的道德楷模、家庭结构中的角色典范也被否

定。当年，这位伯父就带着这些汹涌时髦的理论，对还在读小学的蒂亚斯进行了一番教育。

"也许蒂亚斯那时年纪太小了，根本没听进去。"托比乐不可支，而多年后这位伯父已经褪去了年轻时的激情万丈，在法兰克福的银行任高层管理之职。所以，那个他突然造访的晚上，两位老朋友之间的对话与争论，也就围绕着"古典的功用"而展开。

这位伯父因为经历了刻骨铭心的学生运动，所以原本在语言与哲学系就读的他，选择了以马克思主义为研究对象。但他毕业后的七十年代中期，找一份做研究的工作变得非常困难。他只好继续深造，并转向了经济学。他开玩笑地说，命运让他拥抱金钱。

对蒂亚斯来说，政治运动只是耳闻而非亲见，他延续了古老山区的知识分子的传统，信仰虔诚，对文学、哲学和音乐保有挚爱。

那个晚上，"伯父"对蒂亚斯说，有时候我为你惋惜，有时候我羡慕你。

蒂亚斯先是沉默，后来激动地背起席勒的诗来。"在你温柔的羽翼之下/人人都彼此称为兄弟/大家拥抱吧，千万生民！"

托比说，他分辨不出，是沉默寡言的蒂亚斯更笃信一个理想世界，还是这位曾热血地奔走于最前线的"伯父"更盼望那个被承诺的家园。他相信，有些更辽远更神秘更恒久的事，等待着他。

　　亲爱的爽，你说得对，文学作品确实能拉近人和人之间的距离。谢谢你跟我分享你对《青蛙王子》和"平凡"的理解。对我来说，一切生活所需，就在学校、商店、工作、娱乐和教会里。此外，小镇的半木结构房子很漂亮，也有不错的自然风光。当然，还有我们的书店。

　　但如果说我有没有想过一个"理想的居所"，我想是有的。我在米切尔·恩德的一首诗里找到了关于我心中的这个图景最准确的描述：

在那个世界有一个湖，

那里汇聚着那些应哭却未哭的人的泪水。

在那个世界有一座谷，

那里回荡着那些应笑却未笑的人的欢声。

在那个世界有一间屋，

那里住着亲密无间的孩子们，

还有我们那些应有却未有的思想。

在那个世界盛开着鲜花，

那是由我们应予却未予的爱所生成。

当我们有一天来到那个世界，

阳光将驱散阴暗，

等待我们的是那应得而未得的一切。

非常亲爱的问候。蒂亚斯。

"蒂亚斯真的为你骄傲。"纵使看上去再蠢，我也决定说出这句话。

卢卡抬抬眉毛。

"真的。"我坚持。

几秒钟吧，有那么一会儿，卢卡的眉毛松弛下来，然后是脸颊，然后是眼睛。然后，整个身体像是变轻了，靠在门框上。

"你问我有没有跟父母说过谎。当然。"我口袋里揣着的都是托比的话语、蒂亚斯的话语。

我告诉卢卡，蒂亚斯在书店里做童话朗读的活动，你知道吗，他最喜欢的角色，是《青蛙王子》里的青蛙。

那是一只被诅咒的动物，当他遇到公主时，承诺叠加在了诅咒上。如果这承诺不兑现会怎么样？如果来自陌生人的只有恶意怎么办？青蛙将永远无法完成转化。它会被锁在丑陋的外形中，永远不能成为真正的自己。

但信任的一刻是多么珍贵，就像金球跌落进水井中的那一秒钟一样，金球的光照亮了幽深漆黑的水井，让青蛙看到了盟誓的希望。只有相信，否则一切没有可能。

而当青蛙登堂入室，成为公主的座上宾时，一切更复杂了。我们对陌生人不负责任的善意与许诺，此时就必须做出决断与回馈。还有什么，比在家的屋檐下做出的行为更惊天动地的呢？

      "因为我哭得很伤心，那只青蛙就把金球给我衔了上来。"
      "最小的公主，给我开开门。你不记得，昨天你在清凉的井边向我说的话了吗？"

"我说谎，可我承认说谎。"
卢卡不回答。
我决定离开，"再见，卢卡。"
他说："好了，叫我约拿单。"
我伸出手："好的。约拿单。"

亲爱的蒂亚斯，关于"理想的居所"，中国人通常会说，是桃花源。

那里跟恩德的诗里描绘的图景很像，要溯水而上，途经山谷，那里繁花遍地，是一片平原。"黄发垂髫，并怡然自乐。"

但奇怪的是，人们从来找不到进去的路。

愿所有的欢乐都伴随你。

爱你的，爽。

敢在夜里行动的花

坐标

希尔塔赫 · 德国西南部

~~~~~~

密码

《话谜》,《格林童话》第120则

~~~~~~

主角

安娜希特

（意大利风味餐馆老板娘）

英格丽德

（古本书书店老板）

我愿意学习发抖 |

　　三个女人变成了花,生长在田里,其中一个敢在夜里回家。有一次,天快亮,她应该回到田里她的伙伴们那里,再变成一朵花的时候,她向丈夫说:"如果你今天上午来摘我,我就可以得救,然后就可以永远和你在一起了。"丈夫就按她说的照办了。现在问题是:三朵花完全相同,没有分别,丈夫怎样认得她呢?回答是:"因为她夜里在家,不在田里,她的身上不像别的两个一样沾满了露水,所以丈夫认得她。"

　　绚烂的南方，黑森林如《格林童话》的布景平移到了现实世界。群山闪耀，教堂的尖顶在黑色枞树林和冷杉林间跃动。山脚，砖木结构的村庄、绵延的河谷。远处，乡村公路连接起葡萄园、巴洛克式宫殿、温泉小镇和中世纪的城堡。

　　这是一个冻结了时间的奇境。

　　中心城市斯图加特象征着点燃一切现代文明的创造力——博世发明了火花塞，戴姆勒发明了内燃机，斐迪南大公发明了齐柏林飞艇。而整个巴登-符腾堡州，则孕育了爱因斯坦和开普勒。

抵达日记

2015.2.26　晴　河岸上立着天堂般的村子

我要赶火车，就坐在海德堡火车站的站台上把苹果吃了。在卡尔斯鲁厄换乘，再到豪萨赫换乘，已经是很小的市镇了。

从豪萨赫到希尔塔赫一路上的风景实在太美。沿着金齐希河谷蜿蜒向前，森林、木屋和村庄，我几乎是目不转睛地盯着窗外。

这里当然是童话的发生地，而且是那些很美好的童话。因为这里看起来是那么天然纯净，一点不像有不好的事会发生的样子。

也许几百年前，工业没有那么发达的时候，这里会更容易发生恐惧？

但一个个立在河岸上的村子确如天堂般完美。

夜晚的降落在这里静谧如尚未解冻的河流。黑森林腹地，金齐希河谷。手机地图上闪烁的蓝点提醒着，这里已相当靠近瑞士，所以你可以想象一切积雪与深谷。

有一个关于夜晚的古老故事，主角是一朵花。应该说，有三个女人都变成了花，长在田里。其中只有一个敢在夜里回家。要破除被变成花的魔咒，需有人在白天的田野中认出她，摘下她。要怎么才能认得她？回答是："因为她敢在夜里行动，回到自己的家，不像其他田里的花一样沾满了露水，所以你认得她。"

关于这个无数夜晚中寻常又不寻常的一个，我们的花儿叫作安娜希特和英格丽德。

17:00

安娜希特

"通心粉、水管粉还是蝴蝶粉？"

"水管粉。"

"红汁、白汁还是青汁？"

"红汁。"

"埃扑瑟？"

安娜希特一边重复着"埃扑瑟"的发音，一边把食指和拇指卷曲成一个很小很小的圈，想说明这叫"埃扑瑟"的东西到底是什么。显然这是一种对于这盘意面很重要的调味品，或者关乎人的口味喜好。而安娜希特想要我明确自己能否接受它。

我摇摇头。

她起身，走进厨房，端着一盆青翠的豌豆走了出来。

这下我点点头。

餐馆连我在内只有六个客人。自然，时候尚早，天才刚黑下来。其余五个客人也还在享用餐前酒。最角落的方桌坐了三男一女，爷爷奶奶的年纪。另外一个跟我一样的独行客人，坐在吧台上慢慢喝酒，一个中年男人。店内没有音乐。橘色的灯光让有些陈旧的桌椅和墙纸显出家常气氛的暖意来，隔绝了窗外的冷雨与严寒。

安娜希特后来说，小镇上的东方游客不少。但这个星期以来，只有我走进了她的餐馆。"你明天会来么？"后来她问。之后的每天，我都来。部分是因为德国菜的分量让我恐惧，意面多少能让我的胃不那么紧张。部分是因为，这个夜晚发生的事，搅拌出了我对这个小镇的某种深层情绪。于是我一次次地来确认其中的细节。

这是安娜希特寻常的一天。

天边的阴云暗示了这一天的雨和雪。猫跃上窗台，像往常一样蹲坐着打量这条通往火车站的石子路上偶尔闪过的人影。河不远，简直可以说近在咫尺。只是冻了一整个冬天后，刚开始解冻的水流平缓得像是定格的电影。

安娜希特步行穿过铁桥。

铁桥边上，正在维修福音派教堂的几个年轻工人在早晨的冷雨里抽烟。教堂据说要五月份才能完成修缮。这是镇上最大的一座教堂，比安娜希特常去的使徒教会教堂气派得多。使徒教会的教堂不过是一座小房子。在小镇市政厅发行的年度大事手册上，作为三个教派之一，使徒教会列在最末，通常只有两行说明文字。福音派教会和天主教教会占的篇幅则多得多。在河谷两岸绚丽得像是童话世界的木结构房屋里，福音派教堂的棕色砂石外墙朴素得就像悬挂于房屋正中的木头十字架。

虽然在小镇居住了二十年，但关于小镇的若干细节，安娜希特仍讲不清楚，或许，也并不是那么在意和关心。比如，为何这座福音派教堂是拜占庭式？会想这种问题的人，大概不是安娜希特。

穿过桥，往前再走五分钟，就能看到火车站背后的仓储式超市。她的口袋里有一张写满字的采购清单。纸片的一角沾了一滴黄油油渍。今天早上给小女儿和丈夫做馅饼时溅上的。小女儿正放寒假，晚上在邻街的德国菜馆打工。那是个带旅舍的餐馆，总有晚到的客人，或者喝酒喝到很晚的客人，小费因此也大方一些。女儿跟安娜希特一样苗条，还继承了父亲的一头金发，如今是镇上数一数二的漂亮姑娘，虽然吃馅饼的时候还是会把拇指放进嘴里吮一吮。

自家餐馆的生意不好也不坏。房子是丈夫的祖产，因此省掉了房租，但也不能说没有竞争。在小镇，有七家客栈都兼营餐馆。夏天，或者雨雪没那么严重的时候，客栈里多少有些客人。住店，吃饭，生意就可以做下去。如果人们想尝尝地道的德国风味，镇上也有两家有点年头的餐馆可以选择——磨坊餐馆和弗里茨餐馆专营德国菜。如果想喝两杯，找酒友聊天，可以去小酒馆，有茨威格小酒馆和木屋小馆两家。糕点铺则分布在黄金地段，错落着避开彼此的生意——咖啡豆糕点铺在市政广场上，班贝克糕点铺在河岸，魏德乐咖啡馆在半山腰。装修得富有情调，甚至可以说带着艺术品位。无论是班贝克糕点铺里展示的传统新娘头饰和首饰，还是咖啡豆糕点铺里的藏书与油画，与咖啡相佐的糕点似乎更能让主人有空余享受和展示品位。如果说还有什么值得一提的，那是出镇的公路边，土耳其人开的"小城肉夹馍"，据说生意还不错。安娜希特就见过来镇上洗浴博物馆参观的中学生，在土耳其人开的店门口排着队买肉夹馍。

安娜希特与丈夫经营的这家小餐馆，是镇上唯一一家意大利菜。谈不上有什么特色，至少从外表看来如此。对于一个小镇来说，或许也不需要那么多特色。餐馆从十几年前开业到现在就没有重新装修过。墙上挂着的几幅喷印出来的梵·高画作早已发黄。只有意面的味道是真不错。大概，让小店熠熠生辉的还有美丽的安娜希特。安娜希特并不是意大利人，甚至也没去过意大利。"我在慕尼黑附近的一个小镇长大，是亚美尼亚人。"安娜希特的皮肤白得透明，灰蓝色的一双眼睛。

总之，小餐馆还是能运转下去，让他们养大了两个女儿。但更多的钱也没有了。一家人就住在餐馆楼上。安娜希特曾想搬到山上去。那些靠着树木和草丛的独栋房子，炊烟升起时看起来就像一幅真正的油画，而不是喷印画。但自从开了餐馆后，丈夫就辞去了洗浴用具厂的工作。阳光好的日子，工人们会从厂房里走到铁轨或河岸边晒太阳。安娜希特在餐馆后厨里总是能看见他们。这让她想起，第一次见到丈夫时，他穿的也是那样一身蓝色工装。

芝士筒旋转着，下雪一样把红色的意面酱掩盖成乳白色。安娜希特转动芝士筒的手势不急不忙，无名指上一枚金色的戒指发出微光。二十五岁，后来她告诉我，嫁到小镇的那一年，二十五岁。婚姻、生育、劳作、家庭，像每个女孩被告知被训诫的那样去渴望，去生活。安娜希特用二十年的时间，雕塑出现有的生活。这生活可浓缩为无名指上的一枚金戒指，每天清晨和夜晚把手浸泡进水池的一个动作，或者，沿着通往火车站的道路走去超市采购完了再走回家拧开门锁上楼放下重物的身姿。

"为什么到小镇来？"安娜希特看着我，不说话。明明是我问她的一个问题，当她沉默下来时，问题的来路和去路却变得可疑。

她只是说，夏天来临的时候，小镇的男人们会把木材扎成几十米长的木筏，沿着河谷向下漂流。这是为纪念本地最古老的产业与传统而例行的仪式。几百年间，黑森林的木材

我愿意学习发抖 |

都是这样成捆地扎成木筏，沿着河谷顺流而下，到达某地后被搬上岸，用于房屋或者船坞的建造。

一旦木筏堵塞在河道里，最先感受到的是鱼群。顺流而下的鱼群会堵塞在木筏前逡巡跳跃，几百米长的白色阵列激起河本身所没有的浪花，简直要将河水沸腾。

木筏漂流的时候，全镇的人站在岸上看热闹。木筏入水的一刻，几吨重的木头激溅起巨大的水花。虽然制成需要两个月以上，但木筏仍散发着新鲜刺鼻的芳香。然后，"轰"一声，木头归于水。

只要有木筏漂流，安娜希特都会去河边。孩子小的时候，就抱着孩子去。古老的事物让人低下头来，让人敬畏。当这古老之物是一条河，一条非人力所能左右的河流时，它激起人的渴望，但又给予安慰。

河为了庆祝夏天的来临，总是在两岸的草地上奉上一簇簇鲜花。比起河里的动静，怀里的孩子总是要伸手去抓那些或黄或白的花朵，仿佛它们才是庆典的主角。花自然不会讲话，但它们会做表情。就像《小意达的花儿》里说的那样，安娜希特告诉孩子，你一定注意到，当风在微微吹动的时候，花儿就点起头来，把它们所有的绿叶子都摇动着。这些姿势它们互相明白，跟讲话一样。

孩子听得认真极了，原来妈妈能听懂花语！而人群中，安娜希特看起来不过像其他抱孩子的女人一样，对着孩子喃喃细语，几乎悄无声息。

更引人注目的图景是，男人们穿着灯笼袖衬衫，马甲上有精美的刺绣，皮革宽檐帽迎风微微颤动。用力撑长篙，让木筏滑出去。就是这样，如果你的渴望是让木筏往前漂，那你就得用力往后撑。

木筏漂动起来声势浩大，带动着河水的激流，形成特殊的水流回旋。孩子们尖叫着跟着男人们唱起歌来，歌声跟水花一样脆亮。

安娜希特说，对，就这样，顺流而下。

18:00

英格丽德

只来了十三个人。

英格丽德将祖传老屋的一楼改建为书店。2007年2月2日，晚上六点，正式开业。店里还没有多少书，至少不像日后我见到的那样，所有的墙壁都被书柜占据，书密密麻麻站到了天花板下，构成了书的洞穴与知识的秘境。选择2月2日来作开业纪念日，英格丽德有自己的考虑。那是从凯尔特人开始，用来纪念女神布里吉德的节日。冬天即将过去，第一朵鲜花从爱尔兰雪地里冒出来，春天即将到来。布里吉德女神是光明、启发和治愈，以女性的力量给世界带来疗救。

镇长哈斯先生是仅有的十三位客人之一。在黄油椒盐脆饼和木柴缓慢燃烧迸发的香气中，哈斯先生像其他十二位客人一样，礼貌地说了几句。欢迎一家书店在小镇诞生。

那个夜晚之前，英格丽德听得更多的，是来自小镇居民的闲言碎语。"一家书店？小镇本身的历史我们已经读得够多啦！"倒也不是讽刺，人们多半是抱着同情，在路边停下来跟英格丽德交谈。一次次的交谈不过是带来更多的失望，但英格丽德已经执意去做。她已经四十岁了，对于何为失败，何为挫折，自觉已经有了一些认知与承受。正如每年雪都一次次地来，但人们清楚，冬天总会过去。而她不过认定，第一朵花终会破雪而出。花的力量，或许正如莎士比亚的诗句：

> 带着这样的狂野，美如何保持了一种呼吁
> 而它的行动还没有一朵花更为有力。

十三位客人中，有人带来了单簧管。有人带来了捐赠的

书籍。有人带来了鲜花。香槟斟满。老木地板吱吱响着给这个夜作见证。英格丽德把西塞罗的名言"一个没有书的房间就像没有灵魂的身体"制成海报放在壁炉旁边。音乐流动。语言从人们的身体上漂浮起来，抚摸着旧书的扉页，唤醒其中被固定成文字的词。那么一瞬间，英格丽德确定了，在这个旧书店里，自己要做的一件事，就是守护。而这一切的核心，就是书店的理念——词语，书本与写作。

自然，焕发出巨大的热情。不论是英格丽德自己，还是围绕书店慢慢形成的一个小圈子。第一年，这里一共举行了十二场活动。第二年，第三年，第四年，每年也都有十场以上活动。每个月总有这样一个夜晚，书本与阅读让人们聚拢，成为最关心的事。世界在其外，又在其中。

这一度成为英格丽德倾心而往的世界。正如当她还是个小女孩时，就痴迷于手指抚摸书页，文字从嘴里诵读而出时的快乐与安慰。

她长了一头火红的头发，皑皑雪地里就像一团移动的火苗。每周四次，她从附近的小镇开车过来，开门营业。其中三天是上午十点到下午三点，还有一天则是晚上六点开始的读书会。

开车过来的路上，窗外一直可以看到与公路并行的金齐希河。不那么冷的日子，摇下车窗，河流的声响与气息就涌进来。河与森林，就是河谷居民的一切。跟她共享这一路风景的，还有鸭子、牛、狗和各种昆虫。他们不像英格丽德的车行进得这么快，甚至走着走着就停下来，跟河流为伴。

称心如意。如果问起其他人对英格丽德生活的看法，大概会得到这么一个答案。丈夫哈罗德是本地活跃的知识分子。写作，宣讲，公益事务，户外运动，是个大忙人。本地报纸上时不时就能见到他的踪影，最多的一系列报道，是他跟几个朋友，徒步到阿尔卑斯山。"壮举！"知道的人都这么说。孩子呢，一男一女，西蒙和凯拉，都已成年，长得足够漂亮，也继承了父母的好头脑。还有什么。住在邻镇的农场里，大房子，大草坪。确实，生活得称心如意。

如此之下，我那些以"为什么"开头的问题多少显得刻意，带着一个陌生人窥视般的好奇，和些许质疑与挑衅。但英格丽德似乎不太介意。不想回答的时候，她只是捧着手中的茶杯，沉默不语。为什么是一家旧书店？因为有意思的东西都有点历史。为什么做读书会？因为文字需要宣读，需要唤醒，需要人通过人来完成交流。为什么选择在这个小镇开？因为这里有祖产，可以不用付房租。

也不是所有事都称心如意。不少热心人总是把家里不要的旧书一股脑地送来书店，英格丽德花了很多耐心与口舌解释说这是一个"古本店"，而非旧货店。但小镇居民还是倾向于认为，把不要的书送给英格丽德，就是给书找到了归宿。堆积如山的废品一度让英格丽德心生厌恶。幽默杂志、工具手册、编织教材是最多的。没有什么比在你喜欢的事上蒙上一层错误的假面更让人烦心的了。分类和搬运让她腰疼得厉害，再怎么，已经四十多岁了。最后的解决办法是，每年参与市政厅举办的公益活动"书籍圆桌"，把其中尚有价值的书进行展示，任由人们取走。剩下的书储存在市政厅的仓库里。那些书慢慢就朽成无意义的纸张。

不需要的东西源源不断地涌来，期待之事却并不一定会发生。

英格丽德喜欢童话。她着迷于纯真的想象与阴暗的世界间碰撞出的奇幻之地。

开业头一年，她就组织了五场有关童话的活动。"世界童话之旅"，"气球里的童话"，"童话里的女性"（邀请全国著名的童话学者席格丽·弗尔来书店）。还有一场精心策划、从2007年底持续到2008年1月的纪念阿斯特丽德·林格伦诞辰百年的展览。林格伦是《长袜子皮皮》的作者。

林格伦所有德语版本的书籍都展示了出来，其中有很多是初版。另外围绕林格伦作品与生活的各种著作、照片、报道、传记、海报、电影等也都一一展示。德国南部不少童话迷都前往小镇看展览，最远的人来自博登湖、图宾根。还有五所学校组织了孩子们前来参观，上户外"德语课"。

这次成功振奋了英格丽德，所以在开业第二年年初，她精心推出了一场关于童话的讲座，邀请了席格丽·弗尔来讲授"童话里的死亡——关于生命的思考"。预售票价八欧。倒不是为了盈利，而是要支付弗尔前来小镇的路费和住宿等费用。英格丽德花了不少功夫在金齐希河谷沿岸的小镇张贴海报，也联系认识的童话迷们帮忙扩散消息。

但只来了二十个人。

弗尔坐在英格丽德精心布置的讲台上，被蜡烛和松枝环绕。弗尔讲得很好。但那之后，英格丽德不再组织收费的讲座。

但这些失望，跟更大的现实相比，终究只是小事。所谓更大的现实，是你可以长成一朵花，可以在冬天尚未结束时就第一个钻出来，但你不能让雪地上鲜花盛开。

开业五年后，书店的读书会活动已减少至每年只举行三次。而我推开店门、认识英格丽德的这一天，正是2015年的第一次读书会。

参与者比我想象的更参差不齐。不只是年龄，也包括阶层。其中一个男子看起来像个流浪汉，毛线帽子和衬衫都脏成了黑色，他进门后安静地坐在最后一排。我在外围坐着，看英格丽德已经开始忙碌起来。跟每一个人拥抱、寒暄、奉茶。

"如果不记得渴望的感觉，就想想露水。"英格丽德熟稔那个关于走夜路的花儿的古老故事。魔咒被破除，是因为花儿身上没有露水。而之所以没有，是因为花儿敢在夜晚走路回家。再回到田野里时，身上没有夜气凝结出的露水。露水被勇气驱散。

而没有被驱散的露水，无声无息地挂在花身上，变成了身份的标记。英格丽德说，书店开业前，丈夫帮忙做了许多准备，比如他劈了许多木柴，堆积在壁炉旁。木柴垒得整整齐齐，一直顶到天花板，就像一个装置艺术作品。木柴后面，她整理出了一个小小的办公室。执意要开书店，只是想有一个真正的属于自己的空间。不只是捧上书本就可以拥有的想象空间，也有社交的空间，人和人关系的空间。那些木柴似乎知道她的心意，整齐地站立在办公室的门口，像在守卫。

丈夫自然会帮助她，比如把木柴垒起来。可是关于木柴被投进壁炉，噼啪作响地燃起来，直至变成灰烬的一切，英格丽德只能自己见证。她说，火燃起来的时候，火苗蹿升让温暖猝不及防的时候，或许，就蒸干了露水。

19:00

英格丽德

这个夜晚没有月亮。

与花苞在雪地里迸开让人产生的渴望不同,月圆让人产生的渴望情绪更隐秘深层,以至于被称作"月之迷醉"。有这样的逐月人,在夏季,那些最适合在户外看月亮的时候,追逐着月亮到山顶上去。月亮巨大,洁白,辉照在黑森林的落叶松与冷杉顶端。漆黑的树冠被镀成近银色的白。风穿过树叶与树叶连缀而成的秘密图景,折射到月亮表面的凹陷处发出回响。裸露出的皮肤承接着坠落的月光。一种温柔的触感。要绝对的专注与静默才能感受到那黑暗中的灼热。

英格丽德的"月圆之夜"读书会,就吸引了一些愿意在月亮下晾晒自己的人。

与平日在书店里的读书会不同,"月圆之夜"虽也设定主题,也读书,但更像是返老还童的游戏,为寻找萤火虫或号角而进行的露营冒险。一朵花想要寻找更多的花。

通常从七点开始,先是自助晚餐,然后点燃篝火围坐在一起。与小镇规整的石子街道和斑斓的中世纪半木结构房屋不同，山上的世界呈现出的是另一种古老。与土壤，与风，与雨水，与月亮和太阳共生而出的古老。除了必需的长凳、桌子外，英格丽德精心布置了很多细节来迎接月亮。比如老油灯，手摇的铃铛，还有抵御夜晚寒气的毯子。

那是些什么样的夜晚呢。英格丽德想出了如下主题——

愚蠢的问题（像孩子一样发问吧，愚蠢的问题才是勇气与智慧的开端）；

会说话的石头（童话故事里那些无声的见证者）；

幽默之夜（让我们开怀大笑的故事才是好故事）；

神秘之夜（我们又爱又恨的另一个世界）；

恐怖之夜（看看谁先吓破胆）；

东方之夜（佛陀与菩提树的智慧）；

印度之夜（时间在那里停止）；

非洲之夜（部族史诗与古老神话）；

小镇历史之夜（谈谈我们最熟悉的地方的陌生之处）；

音乐之夜（带上你的乐器来一场演奏吧！）；

太阳之夜（关于太阳的故事、诗歌、传说）；

月食之夜（今夜22:01一起见证月食）；

……

成群结队，会让人兴致高昂。在"月圆之夜"活动的大部分时候，人们从山脚步行而至，沿着小路攀爬，越过树丛，来到这曾是城堡所在地的林间空地。以一场聚会的名义，人们走出家门，让头顶被晚风吹拂，暴露自我于旷野之中，结成短暂的联盟。

自助晚餐一般在木头搭建的廊桥上举行。廊桥有结实的屋顶，横跨山涧，就像一座巨大的成人树屋。一次，月亮还未破云而出时，淅淅沥沥下了些雨。朋友们躲在廊桥的屋檐下，有人攥紧了领口，有人无所谓地喝着啤酒，等待雨过去。时间的痕迹在这里不依赖钟表的提示，只来自自然赋予的信号。比如，风，或者雨。英格丽德跟丈夫并肩站着，对这一切感到满意。

他们创造出了一个时空，用于盛放文字、想象、情感和盼望。而这种相聚与另一种更大的相聚融汇在一起。不止是这几十个小镇居民，还有与人类诞生以来理智与情感凝结而成的伟大作品相聚。朗读、交谈、复兴、再生，英格丽德知道，对这种相聚的渴望，是她一次又一次奔走与努力的动力所在。是她，一个普通读者，在今时今日，对古典价值的恪守与爱护。

但是，月食发生的那个夜晚，就暗示了之后的衰败。往常，木匠詹森也会带狗来。那是条牧羊犬，年纪有些大了，

　　　　　　　我愿意学习发抖　|

总是耷拉着眼皮趴在詹森脚边。如果有麻雀从树林里惊飞掠过，它也只是猛地竖起耳朵、瞪大双眼，却不肯离开主人放肆地追逐一通。那晚，詹森也带了狗来。照旧是简单的自助晚餐，芝士、香肠切片、面包。矿泉水与啤酒，还有热茶。朗读进行了一阵，关于月亮的诗歌、故事与歌谣。狗突然吠个不停，冲着英格丽德身后的树林。詹森试图喝止这条老狗，也起身望了望，饱满的月亮照得林间空地一片雪白，一览无遗，只有松针和苔藓铺就的软绵绵的土壤。如果真能看见什么，那只会是雨后冒出来的蘑菇群。但老狗却仍叫个不停，冲进了小树林。

詹森也冲了进去，但显然，他的腿脚并没有老狗利落。很快，狗就消失了。再几秒钟过后，詹森也消失了。云何时蔓了过来，遮住了月亮，谁也不知道。有三两个人提议，该进树林去帮帮忙——老詹森没有带电筒。

简单商议后，三个朋友结伴走向了森林。常规被打破，人们开始谈论镇上的其他怪事。比如斯塔西家后院里种的那株奇怪的植物，叶片带刺，茎干也张牙舞爪像外星人的触须。暂时还没结出什么果实来，可是谁知道呢，也许那就是能通天的魔豆。更奇怪的是彼得的鼾声，每次礼拜日总是从后排座位上响起，他睡得就像一个婴儿，沉静又安稳，鼾声既不高亢也不低沉，有节奏地跟着牧师的讲道在教堂里低徊。据说他常常说些镇上人们从不知道的奇怪事。诸多琐事，从朋友们的嘴里吞吐出来，让林间空地上突然升起了人间烟火。

英格丽德问，要不要继续朗读呢？没有得到积极的响应。玩乐的心，或者好奇，或者只是月食来临前的疲惫？让剩下的人都纷纷放下了书本，只懒懒地摊在长椅上，看篝火噼啪作响。

有谁率先唱起歌来。一首月光与摇篮的小调。又有谁跟唱了起来。歌声作桨，在森林中推出一条路来。更多的人跟着唱起来。歌声齐整而洪亮，在天地间留存下转瞬即逝的澎湃气息。一位老妇人突然垂下头做起祷告来。英格丽德也受到了强烈的感染，与往常聚会里智性带来的火花与愉悦不同，这种感召与愉悦，几乎是纯生理性的，却那么强烈。

是什么呢。直到四个男人（其中自然有老詹森）与一条老狗从林子的另一头出来，大家都在一首接一首地唱着歌。有多久没这样整齐大声地高唱了呢？英格丽德后来回忆，大概从自己不再是唱诗班的成员之后，就没有了吧。为何齐整的歌声让人忘忧，让人忘我。她转头看看身边的丈夫，他也在忘情地唱着。

十点零一分。月亮一点一点被阴影遮盖了。大家都仰头看着这奇迹。月亮硕大，洁白，近在咫尺。而地球也开始显出自己的形状来，蔓延、滑动，用黑遮盖了白。风吹得树林

　　　　　　　　　　　　我愿意学习发抖　｜

"沙沙沙"地响。英格丽德只觉得平静。

那是最后一次"月圆之夜"的活动。第二年，虽然像往常一样贴出了布告，宣布今年仍将举办三次"月圆之夜"，但报名者寥寥，最后活动只能取消。

大概是詹森的狗冲破了理想的氛围，某种略显紧绷的矜持，然后琐碎与日常就涌来，身体被唤醒，继而长久地松弛。也无所谓打败，只是在日常面前，什么都显得微弱，而已。

在童话里，关于花的枯萎有很多讲法。比如那株赶夜路回家的勇敢之花，因为没有露水的痕迹而被认出、摘下，花儿变回女人，魔咒破除。生命在物像内部转换，并未中断。而在另一些故事里，花儿渐渐枯萎，是因为它们头天夜里去参加了盛大的舞会，跳得腿也疲惫，脸也疲惫。这样盛大的舞会要一夜接一夜直跳到花完全死去。舞会是葬礼的前奏。但无论是一枝花的怒放，还是一整个花园的寂灭，生命的秘密与欢乐，都在花的内部，最里面最里面。是花最后的秘密。

之后，英格丽德将更多的精力转向内在的自我，不只是依赖书本的慰藉。她整理了家族中"一战"时上前线打仗的家人们往来的明信片，一共一百三十多张，在小镇上展出。她还策划了一次"被烧毁的书"展览，将"二战"期间禁书的名单做了完整的呈现。也期许交流与沟通，但展示思想，单向道地展示，更轻松些。

月亮会告诉你很多事，英格丽德说，月亮会缺损，会充盈，会被阴影覆盖，又会瞬间再度饱满。就像那些真正的渴望，你从不可能得到它们。只是在人们的交谈声中，某些微妙的时刻，孤独被稀释。那也只是某些微妙的时刻。

在后来我知晓这一切之前，那个我站在书店里的夜晚，晚上七点，英格丽德像往常一样，开始拿起一本书，讲述当晚的主题。那是艾瑟·施温卡格（Else Schwenk-Anger）的传记。这是一位上世纪三十年代出生在金齐希河谷小镇的童书作家，女性。除了拿画笔，从事出版业，她也终生致力于帮助孤儿和被遗弃的儿童的生活。她创作，更在生活与抗争，不甘于已有的现实。

这是个没有月亮的晚上，细雪降到人身上前就融成了雨。但离2月2日，第一朵鲜花从雪地里钻出来的日子，也不远了。

英格丽德拿着书，开始讲话："一位伟大的女性说，我要生活。而这，就是我的生活！"

20:00

安娜希特

　　向日葵在河谷并不常见。在冬日，花店里售卖的主要是黄水仙。安娜希特的餐馆里，每张餐桌上也装饰着几株水仙。与东方的水仙不同，这里的水仙并没有香气，徒有水仙透明脆弱的外在。但在户外，偶尔你也能撞见野生的水仙，鲜嫩的花瓣在寒冷的空气里抖动，展示着春天的美意。

　　向日葵长在餐馆的墙上。这世上最著名的向日葵，由梵·高的画笔涂抹而出，喷印成可复制流传的装饰画，进入一个个渴望燃烧的房间，慰藉某些时刻将视线投于画面的灵魂。安娜希特墙壁上的向日葵，也是如此。

　　这些向日葵被视作梵·高画作里最具装饰性的作品，炽焰燃烧般的黄，人的痛苦与煎熬掩映在植物的花瓣与茎叶之间。静物画总是这样，让时间与情感都被物的美态定格并化解，徒留彼此凝望时的静谧。安娜希特如此热爱向日葵，以至于当我提起它们的时候，她激动地举起手指，似乎要穿透空气与墙壁，指点出那些印刷出来的叶片背后的秘密。

　　悖谬也在于此，这幅流传甚广、在复制传播过程中被消解了神秘的画作，原本寄托着梵·高最强烈的感情之一。那是1889年，高更到达阿尔小镇前，梵·高为装饰挚友高更的房间，用最简陋的颜料铭刻下对朋友到来的雀跃与亢奋。铬黄，赭石黄，维罗纳绿，没有更多的颜色了，但每一笔却如琴声般诉说着幽微又激昂的情绪。只有在对同类诉说时，在我们以为孤独会像俄罗斯方块一样被一点点消除时，才会如此诉说。

无论如何，向日葵都装点着安娜希特的墙面，寄托着她的渴望。至于这渴望的所指，显然不在夜深后越来越多的酒客身上。也不是酒客荷包里可以掏出的钱币，以及钱币积攒后能换来的更好的房子、更好的食物、更好的布匹。

因为安娜希特餐馆的名字实在是奇怪——"到十字架去"。白色的字体涂抹在当街的落地玻璃上，暗示着这貌不惊人的小餐馆最大的不同。

安娜希特说，亚美尼亚的传统面包由小麦粉与水糅合而成，面团被碾成薄层，放上椭圆形垫子，贴在传统锥形黏土烤箱壁上。说是面包，它却扁平而细长。而且一个人做起来也很困难，通常是一群女人接力完成，又快又好。只烤三十秒，面包就好了，从烤箱壁上取下来，可以放好几个月。但这面包最独特的地方，是在婚礼上，会像新娘的洁白头纱一样，披挂在一对新人的肩膀上。小麦粉的清香传递出古老质朴的寄寓，像面包一样长存吧，像面包一样予人饱足和安慰，像面包一样让生命延续，代代不息。

安娜希特的肩上搭过这样的面包。那时她还没离开慕尼黑旁边的小镇，她出生和长大的地方。新郎是同学，是邻居，是亚美尼亚后裔。她一度以为，自己会像外婆和母亲一样，在离家不过一百米的地方，延续女性的命运和喜乐。

面包再好，最多也只能保存六个月。大女儿出生后，不幸开始加速降临。父亲母亲突然相继去世，家里的毛料店开始经营不善，哥哥到餐馆去帮厨，嫂子生下了第三个小孩。安娜希特说，从没有人告诉她，孩子会带来如此的痛苦。生产的痛苦只是先兆，与哭闹的孩子对峙的无数个不眠夜真正撕裂了她。肉体的痛苦让精神极度孱弱，怀中那一坨幼嫩的血肉，从破损的乳头里永不休止地索取乳汁。

这些，没有预示就怆然发生。安娜希特说话时喜欢打手势，跟我坐得很近，说话时直视对方双眼，语速缓慢。但说到这些，她的双手静止，语速提升，灰蓝色的眼睛里漾出悲哀来。离家不过一百米的幸福生活，原来是这个样子。

钱，当然是问题，但也不全是。更多的问题，藏在衣橱的缝隙里，木地板的空格里，婴儿床的扶手里。安娜希特的抹布一遍遍地拂过这些无法进入的角落，正如这座房子里没有谁的情感能填补她内心日益扩张的缝隙。女儿也不能。

可以说，来小镇是一场逃离。挣脱离家方圆一百米的咒语，去一个陌生的地方开始新的生活。女性对生活的抉择，往往就是这样一次又一次的出逃，折返，渴望，寂灭。摒弃原有的定义，鼓足勇气推门出去，似乎，一生中总要遭遇这样的时刻。行李不多，最重的是已经五岁的女儿。安娜希特沿路看见森林，河，木屋，牛，蜜蜂和花朵。

第二段婚姻比之前的平顺，不知是真的平顺，还是上一段失败的婚姻让人学会了隐忍。丈夫继续在卫浴用具厂工作了几年后，小女儿诞生，两人于是决定开一家小餐馆，一家人可以在一起工作和生活，更多的时间可以彼此陪伴。

在小镇上生存并不算艰难，对于一个外来者而言。安娜希特友善，礼貌，很快就被使徒教会吸纳为核心成员。这对生意也有帮助。与更多的人交谈，了解他们的喜好，做出更受欢迎的食物。

安娜希特说，食物美味的秘密在于情感。用心地揉制面团，耐心地切割，每一个步骤都带着心和对食物的感恩的话，食物不会难吃。她常常带自己做的面点到教会去作为事工的奉献。这些面点跟自己餐馆里会送给客人做小点的面点略有不同，没有坚果和果仁，也不刷黄油，只是最简单的白面点。

从家出发去教会，需要经过火车站大街和市政广场，沿着山势往高处走，路越来越陡。走到后面，几乎是在攀爬。

安娜希特从没回过亚美尼亚，只是听哥哥说过。有一年哥哥突发奇想，决定回去看看"真正的老家"。中巴车在山路上盘旋，车里多半都是跟哥哥一样的归乡游子，男人们高声唱着歌，对着窗外不甚优美的景色评头论足。哥哥说，不好也不坏呢。

在陡坡上爬了一遍又一遍后，安娜希特觉得餐馆名字应该叫作"到十字架去"。热腾腾的食物，干净的床单，女儿的呢喃，这些固然是安慰，但永不止息的河流，沿着陡坡往上攀爬时可能到达的地方，向日葵般炽烈燃烧对上帝的信念，让她更深地平静。

看着木筏漂流时，安娜希特总是想，木筏被放进河水里，是为了到达某个地方，被人捞起来后，木筏被拆解成木头，木头会完成各自的使命。这些都是我们的知识和想象，我们不是木头，所以要这样来解释它们的命运。但对于木头本身来说，在土壤里长成，被砍伐，沿着陌生的河漂流，最惊心动魄的事情都已经在这个过程中完成了。木头从作为一棵树开始的渴望，也许永远不会有人知道。

快九点了，餐馆里喝酒的人们开始松弛和喧闹起来。在我离开餐馆去书店后，原先那桌客人已经消失了，只剩独自在吧台喝酒的男人还在。又来了更多的男人女人。

酒意一上来，桌与桌之间的藩篱就被打破了。原本也都是熟人，这下更放心大胆地喝起酒来。安娜希特把音乐调大声了些。有人推开椅子，在地板上"笃笃"地踱步，像某种笨拙的舞蹈。又一个人推开椅子站起来。安娜希特的手指也在桌面上跳起舞来。戴着戒指的无名指与拇指合扣起来，食指和中指则交替着舞步。在吧台上沉默了太久的男人，突然转身举起酒杯说——干杯啊干杯！

在一幅幅向日葵画的映衬下，这里平凡得就像梵·高在阿尔勒住过的黄色小屋。但正如梵·高的眼睛看见的不是平凡无奇，这一刻，每个人眼睛里看见的，都不是一家平凡无奇的小餐馆。安娜希特尤其如此。

离到十字架去餐馆一百米，自由之书旧书店里，另一群人正在进入另一个世界。与这个世界的欢乐并无二致。

2 1:00

露水

越往镇子外面走，雪就越深。有些地方，雪地上完全没有人的痕迹。雪第一次降落在人类世界的时候，那个绝对的第一次，声音和颜色都是新的。土地和雪第一次彼此接触。之后，动物和人类的眼睛第一次看到白色的漂浮物，缓缓降落。

圆月光耀河谷。自古以来如此。

安娜希特和英格丽德，都听见过露水在花瓣上凝结的声音。声音时而微弱，时而巨大，让她们屏住呼吸，直至穿透身体，让心脏的律动加速。渴求在身体里滚成越来越大的雪球呼啸着要冲过所有阻碍，让人不能低眉垂眼视而不见。

一次次地变作一朵花，一次次地被看作一朵花，站在田野里。直至某一天，听见露水淹没茎秆的声音时，再也不能止息，花儿静静走进夜里。

年轻人
在礼拜天跳舞

坐标

阿尔皮斯巴赫·黑森林·德国西南部

密码

《冷酷的心》,《豪夫童话》

主角

本尼

（修道院改建而成的电影院的老板）

我愿意学习发抖 ｜

木架上摆着装满透明液体的玻璃杯,每只杯子里都放着一颗心。杯上贴着标签,标签上写着姓名,彼得好奇地念了起来。这儿有地方官的心,舞厅之王的心,林务官的心,还有六颗粮食商的心,三颗交易所掮客的心——总而言之,这儿搜集了方圆几百里之内最有名望的人物的心。

"你看!"米歇尔说,"这些人都把一生的烦恼和忧虑抛掉了,没有一颗心再因烦恼和忧虑而跳动了。它们以前的主人把这些不安宁的客人清出体内,感到浑身舒畅了。"

"可是现在他们胸膛里放着什么呢?"彼得问,他看到这一切,几乎晕倒了。

"就是这个。"米歇尔从抽屉里拿出一样东西递给他,一颗大理石的心。

指路人的话

　　黑森林腹部、金齐希河谷边的小镇，就像当地女士的传统装束——黑森林大绒帽一样，是一颗颗草帽上铺满的鲜艳毛球，让人惊奇、过目不忘。

　　无论是电影《查理和巧克力工厂》取景地根根巴赫，还是有世界最大布谷鸟钟的特里贝格，或者拥有建于十一世纪的本笃会修道院的阿尔皮斯巴赫，在夏季和秋季都会迷人得让人不忍离开。

　　鹿肉搭配芦笋，伯黑斯鸡加上黄油坚果，也少不了阿尔皮斯巴赫最著名的啤酒。毕竟，传说中，这个小镇正是由一杯啤酒而命名。一位爱饮酒的天主教僧侣把手中的啤酒倒进了河里，他大喊："All Bier in den Bach！（啤酒都在河流中！）"

抵达日记

2015年2月27日　雪　再见列宁

　　天气不好，我遇上了上海来的一男一女，自驾。我们决定去十公里外的另一个村子阿尔皮斯巴赫。

　　村子里实在什么都没有。结果我们在一座楼底避雨时，一个高瘦的年轻男人下来招呼我们，说欢迎我们上去参观。原来是个电影院。我很高兴，告诉他我曾是一个电影记者。

　　顶楼上还有他们的工作室，很棒。还有胶片冲印的设备，还有很多品客薯片。

　　这个叫本尼的年轻人（后来看他名片知道的）去过香港。他看过王家卫和李安的电影。他说香港和中国内地有一点不同，说广东话，我告诉他我来自广州，又一个说广东话的城市。一下子就聊得热烈起来。

　　他激动地在阁楼里翻来找去，终于找到了《再见列宁》的海报

我愿意学习发抖　|

（我说我最难忘的德国电影是这部），我们拿着一起拍了照。后来他又去找《卧虎藏龙》的海报，结果他没找到，我找到了。

钟塔让整个河谷仰望。不仅因为它是河谷居民视线所及处最巍峨的存在，也在于它诞生六百多年来堆叠出的历史感与超凡的精神指向。这座红砂石外墙的建筑，属于本笃派修道院遗址之一。与森林和河谷共生，日复一日，年复一年，终究写就河谷居民的爱憎表。

八月的风携带着森林深处的甘香，被河水涤荡过滤，让钟塔的赭红色外墙浸染上了湿润的绿色。在小镇成片的红屋顶矮房子中，这座耸立了六百年的高塔不再干燥得令人生畏。如同祈祷词经由童声沾湿就变得柔软。

庭院中的草也长得足够浓密，把椅子的腿无声地吸住，固定。上百张椅子安然在庭院中等待全河谷的居民前来。不是宗教集会。整齐摆放的椅子前，一块白色大幕悬挂于修道院外墙一壁。入夜，淡黄色射灯照亮故事的舞台，一年一度的露天电影放映就要开始了。

如今，修道院变身为河谷地区居民热爱的娱乐场所——苏比亚科电影院。电影院的老板本尼三十出头，像所有河谷居民一样，他端着本地产的"小僧侣"啤酒站在大幕前。

钟塔俯瞰众生。本尼抬头，八点，钟声准时响起后，电影就要开场了。

在本尼还小的时候，当然，得足够得小，小到身体还没成熟得可以支撑他的意念。用人类世界的记时来说，是二十世纪八十年代。那时，镇上的修道院还只是森严的宗教建筑。

说是修道院，但僧侣、学生与本笃派的戒严修行，都已渐行渐远。福音派教徒与天主教徒共用这幢中世纪的红砂石建筑。长大后，本尼会跟远方的游客介绍说，教堂的哥特式拱廊有多美多美。但当他还是个小男孩时，每次被逼着上教堂去，都觉得实在是太无聊了，简直无聊透顶。妈妈所在意的坐在第几排，帽子的颜色与款式，到底有什么意思。而牧师讲的那些证道，又哪里比得上在河边扔石子或者在森林里挖苔藓来得痛快。

跟河谷的其他小镇不同，本尼的家乡小镇几乎被铁路切割成了两半。铁路以北，最巍峨的建筑是修道院和教堂，以及有两百年历史的啤酒厂旧址。它们脚下，镇上最古老家族的半木结构房子沿着山势匍匐蔓延至森林边缘。铁路以南，不知道是不是吸纳了更多的阳光，则多半是没有历史负担的现代建筑。阳光下，玻璃闪闪发光，透着现代派建筑的理性与冷漠。并行的公路与铁轨切割开小镇新与旧的两侧。公路之上，车流呼啸着似乎要与河流的声响一决高下。

在河谷，小镇们长得多半如《查理和巧克力工厂》里一样古老梦幻，让踏足此地的游客充满对童话世界的期待。但事实上，这里的主人自古是制筏工、玻璃匠和皮革匠。人不依靠农业营生，就更需要精明的生意头脑。此外，本地也产出大名鼎鼎的黑森林钟，月光下，日暮里，一旦敲响，就在提醒人——时间这亘古存在的事物，绝不以人的意志为转移。哪怕河水冻结，或者奔腾湍急。

修道院的钟声则是另一种存在。

圣本笃是在意大利罗马附近一个叫苏比亚科的地方，躲进悬崖峭壁间的山窟隐修得道的。他主张修士应祈祷、研读《圣经》、工作，在院长领导下共度团体生活。他鼓励体力劳动，反对折磨身体的苦修。

一千年前，苏比亚科修道院作为圣本笃派的标志之一在河谷被建造起来。新教勃兴后，被复兴为宗教学院。十九世纪、二十世纪的剧烈政治动荡，改变了宗教体制在河谷地区的统辖方式。如今，除了开放给小镇信徒使用的教堂，苏比亚科修道院只作为历史建筑留存。

冬天，有雪的时候，庭院正中倒扣着的大钟，会提醒人这里曾被视作离上帝最近的地方。曾有一代又一代的修士，在河谷居民的眼前修筑通往迦南之路。这口钟曾悬挂在钟塔上，以截然不同于黑森林钟的方式，被一双双手敲响。身体，手，木桩，撞击出钟声。也叩响河谷居民的心扉，带来不同于太阳金子般光线的另一种光照。

而对于孩子来说，修道院与钟声，并不能带来精神的所指。暂时的，它们还只是陌生而又不能忽视的所在，正如铁轨通向的远处、枞树林最深处的暗影和这世上其他神秘未知的事物一样。

小男孩本尼没什么烦心事。他虽不如其他男孩长得壮硕，甚至可以说瘦弱得很，但在小镇中学做数学老师的父亲赋予了他们家庭一种宽松自在的气氛。本尼对知识的好奇得到鼓励与点拨，父亲的耐心增长了他的信心。是啊，即使不是这个家庭里或者整个班级里最聪明漂亮的孩子，但他仍有自我的价值。就是这个词，自我的价值。本尼清楚地记得，当还是个小男孩时，他梦想当一名图书管理员。与书的海洋在一起，整理它们，阅读它们，一切都有条不紊。这大概就是最美好的生活图景。就像钟塔统辖河谷一样，有严整的秩序。

但迪克出现后，这原本如牧歌一样恬静的童年场景突然加入了变数。

他们是在铁路边上相遇的。本尼跟弟弟喜欢沿着铁轨寻宝，说是寻宝，其实找到的多半都是被火车碾压后变得光滑的小铁片，或者不知从哪个旅客手里扔出来的小纸条。那时候并不像今天，家家户户都有一辆汽车，可以自由穿梭于河谷小镇之间。尤其对于孩子而言，火车体型庞大，声响震天，带着一种来自远方也将去向远方的仪式感。哪怕这远方只是距离家乡仅十几公里的另一个小镇，那也足够远了。

通常，本尼发现了小东西后，就捡起来用衣角擦擦干净，然后交给弟弟。弟弟总是亦步亦趋地跟着他，就像磁铁。本尼特别喜欢玻璃小件。也就是那些不知怎么遗漏下来，被打磨得圆溜溜的玻璃残片。

玻璃制品是小镇自古以来的名产，匠人们坐在大而阔的木头工作台前，吹制出形状各异的玻璃器皿。杯子、瓶子、碗碟，还有可以装饰窗户和圣诞树的玻璃小挂件，也有男孩爱玩的玻璃弹珠、女士们装点时髦的玻璃胸针与戒指。但这些玻璃都有完整的形状与意图，被赋予名称与功能。本尼捡获的那些玻璃小件，则不知来路。他和弟弟会猜测这片玻璃来自哪里，甚至编造出一个故事来。比如他们常常听过的传说，黑森林的枞树坡上住着"玻璃老人"，他身上的衣服由最柔软的玻璃做成，流光溢彩，比丝绸更柔软。每个在礼拜日出生的孩子，都可以找到玻璃老人，他会满足你的三个愿望。这种时候，本尼就会压低声音说出传说中的咒语：

藏宝人在绿色枞树林里
已经有了好几百岁的经历

凡是你的土地上都有枞树挺立

只有礼拜天生的孩子才能见你

  然后兄弟二人就咯咯笑个不停。简直太有意思了。

  所以，当迪克在铁轨那头，举起手中一个巨大的玻璃球，对着太阳转动，光斑在他脸上摇曳奔跑时，本尼一下就被吸引住了。迪克那头像太阳光线一样的浅金色头发暴露了他的身份。本尼当然听说过他，那个法国女人，带着一个八岁的男孩嫁给了啤酒厂的某某先生。她烤的甜点只有咖啡勺那么大，你一口，不，半口就能吞下。妈妈和她的朋友们说起过这个新来的家庭，以及他们的古怪做派。做礼拜时，法国女人总带着儿子坐在最后一排。妈妈们于是又窃窃私语——原来她还是个新教徒呢。她的儿子可以说长得极漂亮，一头金发，但神情极其粗野，总是恶狠狠地盯着你，简直不像这个年纪孩子该有的样子。

  光斑从迪克脸上移走，他转过脸来的神情确实吓着了本尼。本尼也不知道自己为何说出了这么一句——你想要什么？

  当然是玻璃。

  可是你已经有那么大一颗玻璃球了。

  它会变得更大。

迪克带着本尼钻进他家的后院。在继父的工具间里，迪克积攒了一些做玻璃的工具，主要是镊子钳子坩埚什么的。但让玻璃可以任意变形的关键是加热器，迪克没法搞到。他曾试着把玻璃放到火上烧，可是任凭他烧得再久，玻璃也只是从内部炸裂，并不能像玻璃匠人手中那些玻璃那样任意扭曲变形，柔软得像丝带一样。

你为什么要融化它们？本尼问他。

现在它们只是一片一片的废物，融化在一起，就可以变成一个最大的玻璃球。迪克说。

多大？

跟地球一样大。

与日后迪克展露的狂野相比，这颗像地球一样大的玻璃球，虽然算不得什么，但仍给本尼以强烈的震撼。以至于多年以后在跟我讲述时，本尼激动地在我们头顶的空气中用手臂画出大大的一个圈——像地球一样大的玻璃球。

迪克继父的工具间比自己家的有意思得多。尤其，继父热衷于向迪克展示男子气概——嘿，别总像个法国佬一样！迪克也着力模仿着成年男人的做派，甚至不明就里地，就会岔开双腿站着，抖动裤裆，再伸手挠一挠。对本尼来说，这个世界新鲜刺激，与自己家的温和严谨截然不同。特别是当迪克偷偷给他看了继父的猎枪和亮铮铮的子弹后，他更坚定

了这一点。

通常，他们碰头的地方都是在钟塔下。在全镇人都得仰起脖子才能看到尖顶的钟塔下见面，让他们凭空就多了些男子气的荣耀。而教堂的钟声则在空气中拖曳出一条条淡蓝的丝带，把整个小镇，整个河谷，捆扎得严严实实，规规矩矩，做成最受上帝喜爱的礼物。似乎真有一双手，从钟塔的尖顶之上更高的地方，温柔抚摸着世间一切。

每天都去钟塔脚下报到，让本尼觉得钟塔日渐亲切。虽还不能将钟塔与信仰或生命联系到一起，但对于男孩来说，没有什么比一个气派的地标更能彰显每次冒险的意义了。后来，本尼知道，正是这一次次的抵达与重返，让钟塔成为记忆中独一无二的存在。不同于小镇上任何别的建筑，而是能牵动所有童年的气息、味道、声响、色彩的存在。是构成之后你整个世界那个最基础的圆心。

而快乐是如此简单。如果说与迪克在一起那些最初的年月，对本尼来说有什么最重大的意义的话，他说，应该就是男孩之间纯粹的玩乐。逮捕昆虫，像警察一样对他们执行刑罚。折断草木，像林务官一样对木材进行管理。一次次地烧制玻璃，像最得称赞的玻璃匠人一样精工雕琢。男孩的游戏，总是伴随着力量的展示、统治与驯服，像女孩学习如何照顾一个洋娃娃一样，他们也模仿着现实世界里那些让他们心生羡慕的大人，学习如何与这个世界交手。

在伸手试探世界的底线这件事上，人总是不知餍足。孩子则因无知与好奇，在试探这件事上更没完没了。

在偷喝了迪克继父的啤酒，偷看了本尼父亲的人体解剖图册后，两人觉得务必要做点新的事。在工具间里自封为国王，或者在铁轨边捡获至宝，都是快乐的，但似乎跟河谷里那些响当当的人物并没有什么正面较量。"要走多少路，一个人才能成为一个人。"那时候自然不懂得这些，只是着急怎么才能向上帝投出一颗能吸引他注意力的小石子。

迪克想出了一次绝妙的冒险。很多年后，本尼将之称为"冒险"。但当时，他们的行动代号是——占领者行动。

那时，修道院已经没有修士或学生入住，只是作为历史建筑留存。但作为镇上最大型的建筑，以及宗教本身的戒严气息，仍充满了神秘感。本尼和迪克都曾在礼拜时无数次地走进修道院紧挨着的教堂，瞥见过牧师或神父脚步匆匆从庭院里穿过。孩子们总是传说，其实修道院里仍住着些穿棕色袍子的修士，他们严守着中世纪的戒律，据说只吃面包和清水过活。夜里，那些从修道院方向传来的"咔哒"声，据说是他们捆在脚上苦修的铁链，在地板上拖动发出的声响。这些传说，多半是孩子们掺杂了想象的流言，却具有摄人心魄的魔力。想想，近在咫尺，高墙之内，就有一群怪物一样的人，和魔法师一样的人生。

迪克的目标很简单，闯进修道院，偷走修士们最重要的东西——面包。至于面包为何是最重要的宝贝，迪克也含含糊糊说不清楚。

他们试过从正门进去，门重得让他们差点折了手腕。两个男孩断然不可能破门而入。更别提那些高耸入云的塔楼和开在墙壁最高处的窗户。据说修士们的耳朵像狗一样警觉，脚步声像猫一样轻。一旦被捉住——啊！迪克紧紧抓住本尼的肩膀，两人又恐惧又兴奋，但最终兴奋盖过了恐惧，像英雄一样大声笑起来。

"占领者行动"实施的那天，迪克显得异常亢奋。他们先伏击在修道院背后的树丛中，观察着进出的人。这是个礼拜日，教堂大门敞开，教友们进出自如，播撒着爱与信仰的气息。阳光暖融融。教堂与修道院之间那道神秘的小木门还关着。据迪克观察，礼拜日接近中午的时候，神职人员会把门打开，将干净的水从修道院那头抬进来。这天暖融融，也就是说，需要更多清凉的水。

手脚利落点，迪克对本尼说，记住我们的目标——神圣面包！

修道院的回廊比想象中的更幽深狭长。本尼和迪克的脚步声起落回响，让静谧显得更深。跑进去后，本尼突然后悔了，该怎么出去？如果被困在这漆黑一片的房子中，没等被修士赶出去，也许自己已经被吓死了。迪克的额头也紧张得出了汗，但仍坚持两人先躲在楼梯下的阴影中，等门关闭，人散去后，他们再出来。

　　黑暗中，脚步声从他们头顶上掠过。面包应该储存在厨房里，可是厨房在哪里呢。他们想象的伟大冒险，实施起来比想象困难一百倍。比如，什么时候该跑出去，又怎么才能在这迷宫一样又黑又大的建筑里找到厨房的位置？

　　等待的时间过得无比缓慢，也许并没有多久，但本尼却感到每一分每一秒都延长了。迪克冷静得像个大人。直到确认最后一个修士把门关闭后离开，他才转头对有些虚脱的本尼说："面包，傻子，你简直忘了最重要的事！"

　　这里一定是按照迷宫的样式建造的。所有的房间看起来都一模一样。每一扇门都紧闭着。走了很久很久之后，本尼已经不知道自己是在第几层楼。大概就是那时候，他知道自己比迪克的意志力薄弱得多。迪克虽然也累得拖着步子，但仍像猎犬一样警觉地试图嗅出猎物的踪迹。

　　本尼的声音里带着哭腔，他希望不要再这样绕下去了——放弃吧。迪克猛地回转身来，警告他说，只有懦弱的人才会选择放弃，难道你不知道我们的目标是什么吗？

本尼说，我并不是那么想要得到面包。

迪克说，笨蛋！

这句带着愤怒的话打破了他一直压低的音量，屋檐上扑腾着飞下几只似鸟似兽的动物，黑乎乎地向他们撞过来。

天哪，蝙蝠！本尼扑倒在地。迪克也被扑得措手不及。

走廊的尽头传来脚步声，抬起眼来时，本尼不出意外地看见了棕色的长袍。

本尼和迪克被带到一间房间里坐下，夕照的强烈光线让他们睁不开眼。眼前的男人穿着衬衫与西裤，并不是棕色长袍。本尼疑惑是自己在黑暗中产生的幻觉，还是这男人有神秘的魔法？现在，这个站在他们面前的男人看起来并不像一个只吃清水与面包过活的人，头发短短地贴着头皮，脸色红润。他微笑看着两个男孩，似乎在等待他们先开口。

本尼憋不住，先开口问了好。

男人也很礼貌地回应，自我介绍说叫吉哈德·博朗，是天主教执事。

迪克挑衅般地说，我们都是北面的孩子。福音派与天主教共用教堂，但将庞大的修道院建筑做了"势力范围"的划分。北面属于福音派，南面则给人数较少的天主教徒使用。

执事不作回应，询问他们的名字。本尼报出了全名，迪克则不作声。很多年后回想，本尼觉得，在被执事"捉"住后，迪克跟自己一样多少被吓到了，只是他不想自己流露出软弱或胆怯。而对执事的敌意，也并非迪克真觉得"北面的孩子"就意味着某种身份，更像是刺猬被袭击后蜷缩起来拱出的刺。但这也是第一次，本尼跟执事有近距离的接触和谈话。说不清楚，执事的手势和笑容里，本尼模糊地感到一种不同于其他人的友善。他在尽力让这两个吓破胆的孩子安定下来。

热牛奶，面包。"神圣面包"没有以孩子想象中的英雄劫掠的方式出现。不过是博朗执事将面包端到他们面前，切成片，让他们在回家之前不至于太过饥饿。

本尼问执事是否住在这里，执事告诉他，是的，他住在这里，问他们想不想参观一下？

本尼想，但迪克不想。本尼看见迪克偷偷藏了一个小圆面包在裤袋里，他似乎并不在意这座神秘建筑里的其他事情。

执事询问他们的年龄，找出两本小册子送给他们，说如果他们有兴趣了解教堂，可以再来参观。

本尼说，其实他很想上钟塔去看看。

执事告诉他，钟塔可不能随便上去。钟塔比修道院晚诞生五百多年，十六世纪宗教改革后，一度，修道院回到了僧侣们的手中，他们修建了钟塔，像是要向天空发射勇气。但没多久，公爵再度"复兴"改革，将修道院改制为新教的宗教学院，招收男学生。钟塔和整个修道院都保留了下来，只是，变成了一个遗迹。人对信仰的追求与信念，世俗权力的倾覆与改变，都刻进了这座钟塔里。它所被冀望的意义却随时间变幻，每个仰望它的人，心中所想也不再是最初它被修建时所期待的价值。

"谨问，我们在教堂里，被给予了什么？我们与教堂同在，又被给予了什么？"博朗执事的这句话，很多年后将再对本尼说出。

而此刻，两个孩子不甚明白这句艰深的话的含义，于是暂时沉默下来。

本尼和迪克回到家后，事情才真正开始发生。

父亲与本尼谈了一次话，告诫他必须尊重信仰，但也称赞他在执事面前表现礼貌得体。迪克的情况则糟得多，母亲认为他彻底学坏了——怎么能跑去教堂里亵渎神明呢？母亲的歇斯底里没有任何预示，似乎迪克平时的闯祸与捣蛋都算不得什么，而这个小小的事件，却点燃了这个家庭内部一直埋藏着的引线。

那个迪克从修道院偷出来的小圆面包，原本以为会让虔

　　　　　　我愿意学习发抖　|

信的母亲高兴，却被狠狠砸在墙上。继父则咆哮着喷出许多脏话来。诸如——你这个手脚不干净的小杂种。母亲或许流了几滴泪，但对于迪克是不是杂种，或者迪克就是个杂种这个事实却不作辩解。

迪克只有八岁，任凭他可以神情凶恶、叉开双腿耍无赖，他也只有八岁。成年人的暴力，哪怕只爆发出来一点点，其力度已足以让一个孩子战栗。就像被一头野兽捕获，根本无反抗之力。恐惧的附加品是绝望。每天，迪克还是如约到钟塔脚下去等本尼，等待他们的大冒险。但就像被抽走了部分灵魂，他不再对那些游戏表现出兴奋。

之后好几天，迪克都没有出现。本尼跑到迪克家的后院，试图像往常那样在工具间里找到迪克的身影，但是没有，房间里也没有。整个屋子空荡荡，似乎这一家人凭空消失了。

本尼仍按照约定去钟塔脚下等待。如果有一个用玻璃、树枝、小石子、废纸搭建而成的王国，那这个钟塔就是他们王国的入口。

你想过死吗？后来迪克问本尼。

死？

我想离开这鬼地方。迪克说。

去哪儿？

迪克没作声。他把那颗最大的玻璃球放到本尼手中——

你是我最好的朋友。

迪克出事的那天没有任何预兆。像任何一个黄昏一样，母亲在厨房准备晚餐，弟弟和本尼在看电视。夕照的光线透过玻璃窗进入屋子，让空气里的灰尘神经质地跳动。吃完晚餐，本尼照旧要奔跑出门，在钟塔脚下跟迪克开始他们真正的一天。

最初只有一两个人在街道上大声讲话，慢慢人声越来越多，似乎一整条街的人都站到了街面上。母亲推开门走出去，喧哗涌入屋内。本尼的眼睛舍不得离开电视，可是人声越来越响，他只好也出去望望。大人们谈论着钟塔那边似乎发生了什么。没有人确定到底是什么，于是三三两两开始往那边走。本尼也裹挟进人流，沿着坡道往下走。远远地，已经可以看见钟塔附近围聚了更多的人。

除了狂欢节面具游行，本尼想不出小镇上还有其他日子能让这么多人沸腾。可人群的喧闹中又弥漫着一种奇异的安静，让他感觉这绝不是小镇的欢庆之日。本尼挤了进去，发现博朗执事站在人群正中。

围成一圈的人盯着博朗执事脚下的空地，似乎那里埋藏了一罐金币。什么也没有啊，本尼垫着脚张望，想要从大人嘴里听到更多的线索。母亲则一把抓住他，紧紧按住了他的肩膀。

那块空地，在十几分钟前，承接了从钟塔上坠落的迪克。

迪克是怎样欺骗了执事、进入修道院、偷偷攀上钟塔，再失足跌落下来，大人们都试图从执事口中知道个究竟。但执事并没有说太多，只是安抚着惊慌失措的父母们——孩子们不会再被允许进入修道院。

本尼蹲了下来，眼前的泥地松软、沉默，看不出任何八岁孩子坠落后发生的惨剧。迪克肯定没有死。可是，迪克去哪里了？

他伸手摸着泥土，抓一点在手里，泥黏在指头上不肯跌落，是无声的证人。本尼伸手抓起更多的土，似乎土里有迪克的秘密。更多的土黏上了他的掌心，填平了他的掌纹，仍旧跌落。他没有哭，他要表现得像一个大人一般冷静，才能听清关于迪克的所有细节——他，哪里去了？

母亲担心本尼是吓坏了，抱起他立马带回家。更多的父母意识到这对孩子是个多么有效的惩戒，纷纷拉起孩子回家。

在母亲怀里，本尼抱着头，想从记忆里打捞所有可以拯救人的魔法与咒语。他们离森林如此之近，不是只要走进森林，奇迹就会发生吗？玻璃老人会听到孩子的祈求吗？

藏宝人在绿色枞树林里
已经有了好几百岁的经历

凡是你的土地上都有枞树挺立

只有礼拜天生的孩子才能见你

迪克到底为什么要爬上钟塔去。他到底看见了什么，他是真的想往下跳吗？在自己短暂的生命中，本尼第一次感到了绝望。

博朗执事被人群围住时，一只手默默举向天空，他又是在祈求什么？

后来，迪克出院了，但小镇的人们传言都说他摔傻了。以前那个最捣蛋的男孩，变成了最沉默的男孩，让人无法相信一切如常。父母们言之凿凿，似乎都亲眼见到了迪克如何坠落、如何摔到了脑袋、如何变成了一个人所共知的傻瓜。

本尼知道迪克根本没有变，让他沉默的，是其他事。只是他甚至不愿意对本尼开口说了。本尼始终不明白，迪克的家，为什么在那天下午，突然变得空荡荡的了。

时间怎样流逝，黑森林钟比人类更清楚。你伤心时，它敲钟。快乐时，它也敲钟。齿轮与链条由金属造成，严丝合缝，谨守秩序。不像那些由人类之手敲响的钟，总是浸入了过多的感情。

这里比想象中更热，而且潮湿。雨豆树从道路两边伸出宽大的树冠，像合围的手。还有在鲜嫩的绿色细小叶片上长出火红花串的凤凰木，身姿绰约，树干结实扎进土里。至于空气里海水、咖喱、沙茶与知名不知名的热带水果混合而成的芬芳，更让本尼迷醉。这趟远东之旅，是他迟来的成年礼。

只是，本尼从未想过，他和迪克，会在远离家乡的这个东南亚城市见面。跟六岁时相比，自己似乎并没有成熟许多。面对陌生人过于沉默，一旦说起话来又过度热情。据说小地方长大的人，多少都带着无法收放自如的秉性。性格之外，身体也并没有随着年龄增长而长出更多能彰显男性气质的肌肉，还是瘦，而且那么高。在汹涌的黑发人流中，简直就像一棵行走的枞树。要说成年后的本尼有什么让人过目不忘的第一印象，大概是他不幸地继承了父亲秃顶的基因。虽才二十出头，但头发已经变薄了。外表的种种缺陷，让他愈加确定了自己只是个普通人的事实，倒也轻松起来。与同龄人相比，本尼身上见不到荷尔蒙汹涌流动所造成的狂躁或焦灼。

这个城市固然燠热，但秩序井然。本尼很快适应了地铁的接驳方式，以及寻找目的地的快捷方法。尤其从香港过来，这里的一切都显得简单而清晰。这里也有钟塔，但本尼知道，这世界上固然有许多钟塔，但没有一座能像小镇的钟塔那样，牵动自己的心思意念。他与钟塔之间的相互凝望，成千上万次，这些凝望结成了情感与记忆。而当迪克失足从上面滑落时，记忆的熔铸达到了沸点，终生不能遗忘。

迪克一家从小镇搬离后，他们几乎就没见过面。后来有了脸书，两人又慢慢联系起来。

迪克在电话那头说，这个城市太闷了，他简直就要待不下去。也许，跟迪克待过的其他城市相比，新加坡只能排在末尾。本尼猜测，迪克的排序应该是，纽约、洛杉矶、约翰内斯堡、汉堡、上海、新加坡。迪克终究做到了，离开了那个让他并不怎么快乐的鬼地方。

至于本尼，除了高中时摔断腿病休了几个月之外，几乎是不痛不痒地长大了。大学毕业后，在电视台工作了一阵，目前打算回小镇去，接管博朗执事创立的苏比亚科电影院。是啊，修道院的一角被博朗执事改建成了电影院，没想到大受欢迎。

这些，大概迪克还会略为关心？

博朗执事，现在是博朗神父，已经到了退休的年纪。十年前，他把原来修道院院长用膳的大房间，改造成了一个小小的电影院。房间保留了原有的圣像雕刻和彩绘玻璃，但放了沙发和椅子后可以容纳四十多个人同时看电影。

去奥芬堡上大学后，本尼看了很多的电影。在黑漆漆的影厅里，身体放松，陷进座位里，眼睛跟着银幕上的光影浮动去另一个世界，这种感受太美妙了。电影里的世界看起来无比真实，但又跟绝对的真实有所距离。

绝对的真实生活是枯索的。本尼赶时髦在"沙发客"网站注册，结果第一个客人是个大腹便便的卡车司机，把家里搞得一团糟。父亲退休后，跟母亲开始周游亚洲，两个老好人却在途中遭遇了无数次骗局。至于他可爱的弟弟，竟然成了一个激进的青年领袖，正准备进入政界。

所以一天，博朗神父问他，是否愿意来电影院帮忙时，本尼觉得很高兴。

"谨问，我们在教堂里，被给予了什么？我们与教堂同在，又被给予了什么？"神父说，建电影院，看起来是太世俗的娱乐方式了。现在，人们似乎把所有的聪明才智与金钱时间，都拿去研究如何变着花样地让人得到娱乐。固然人生不过生老病死，但娱乐让时间加速——你忘忧。或者让时间变慢——你享乐。但是——对美的感知就是通往上帝的荣耀之路。

电影，你坐在椅子上，灯光暗下来，你一次次下沉入海的过程，进入一个不那么真实的世界的过程。本尼想，在绝对的真实与艺术的真实之间，就是博朗神父所说的"美"吧。

迪克看起来好极了。衬衫、鞋子，款式入时，质地高级。

太阳光线一样的一头金发梳得妥帖极了。本尼觉得自己确实是个乡巴佬，但他很高兴能见到迪克。从小开始，他们就是截然不同的人，但这并没有妨碍。

与迪克见面比本尼预想的更快乐也更悲伤。快乐的原因部分在于他们拥有回忆，那种你幸运的话，会跟为数不多的几个人可以共享的童年记忆与秘密。另外也因为迪克很有钱，他以自己感觉痛快的方式带本尼享受了几天属于这城市的浮华声色。螃蟹与生蚝，夜场和酒吧，赌场与妓院，以及最带劲的烈酒和大麻。清醒的时候，本尼知道自己正在冷气充足、飘散着高级香水味的酒店里享乐。不清醒的时候，则觉得自己跟迪克分明是在一座悬浮于城市上空的巨型摩天轮上旋转。

不断地谈话。但无论他们的谈话是兴奋得要跳起来，或者是牛头不对马嘴就要打起架来，成为大人之后的好处之一，就是你们可以谈论些真正的事了。

所有因为年少无知或者缺乏勇气，而用温情脉脉的面纱遮盖着的东西，都不需要再顾忌。本尼知道，这也是为何迪克那么渴望成为大人的原因。他厌恶那些像婴儿床或者棉花糖一样软绵绵甜滋滋的幻觉。他要长大成人。

迪克说，你大概以为那天在铁路边捡垃圾，是我第一次见到你吧？

本尼当然记得那天。迪克在铁轨那头，举起手中一个巨大的玻璃球，对着太阳转动，光斑在他脸上摇曳。那个玻璃球至今仍躺在他书桌的抽屉里。

迪克摇摇头。那不过是一场预谋，跟他无数次谋划的恶作剧或者大冒险并无二致。只不过，他想要吸引本尼注意力的理由并不是为了破坏，而是建设，建设一种潜在的带着向往的友情。

完美的家庭——父亲是受人尊敬的老师，母亲是能干的主妇，弟弟是崇拜自己的小跟班。祖祖辈辈生活于此，历史悠久的半木结构房子带着有草坪的后院。完美的儿童——聪明但不乖戾，身体不过分强壮但也无残障，说话声音适中，行为举止得体但也充满活力。怎么看，都是古老家族的未来继承人，小镇未来事务的管理者，是与这片风土连在一起的那种幸运儿。

而迪克自己呢？套用本尼爱讲的那个关于玻璃老人的童话，"世界上无论什么地方的人，都没有黑森林人那样诚实。自从大量金钱流入乡间后，黑森林人变得堕落和狡诈了。年轻人在礼拜天跳舞、叫嚷、骂人，简直不像话。以前可不是这个样子，这种坏风气都要归罪于荷兰鬼……"外来者并不如今日这般受到宽待，那毕竟是二十多年前，东西德尚未统一，一个来路不明的法国女人和她的儿子，并不期待真正的接纳。

除了是可疑的陌生人之外，这个家庭在小镇被排斥更直接的原因，迪克如今也可以准确无误地说出——不过是因为继父身份低微罢了。那幢被本尼视作寻宝乐园般的房子，其实更像是违章建筑，缩在河岸一角。一个啤酒厂负责装箱的底层劳工，"二战"后才迁徙到小镇的北方佬，可疑的口音与并不热忱的宗教倾向……如此种种，足以让这个家庭被列入不受欢迎的名单。而阶层，如果你打算逾越的话，要做好付出巨大代价的准备，就像之后的二十多年迪克所做的那样。真要追索迪克对小镇居民势利的认知与弃绝的话，母亲在教堂最后一排的长椅上坐了好几年，大概是最初的导火索。但对本尼的接近，则夹杂着消解孤独的热望，并不完全是让自己在小镇能活下去的求生本能。

总之，迪克如愿以偿地跟本尼成为了朋友。好朋友。但越是在一起玩耍，早熟的他越意识到两人之间巨大的差异。他断然不可能像本尼那样轻松自如地在小镇上度过一生，也不可能与生俱来就被赋予恒定的自我认知与价值。河谷的风固然不带偏见地吹拂着他，但那些真正重要的事，大多数人耗费精力去使之柔化的生老病死，将会因他的身份而加重碾压的力度。至于为何他那么早就意识到了这些真相，迪克也说不清，或许是家里太逼仄了吧，母亲与继父之间的乐子与龃龉，都无处藏身。成年人更不要脸，也更脆弱。

尤其当"占领者行动"失败以后，一切都加速恶化起来。

母亲认为，应该对迪克严加管教。去冒犯教堂的神职人员，已经踩到了她的底线。而经由执事之口，对两个男孩的不同说明，在夹带着偏见与恶意的口口相传之后，也加剧了这个家庭的生存危机。

母亲并不那么擅长家务。与继父的口角也无非从碗碟堆在水池里没有清洗这类小事开始，然后就一发不可收拾。迪克对母亲的婚姻绝望，但母亲这样一个没有任何职业技能的中年女人，又能选择什么样的婚姻呢？迪克不能任凭母亲婚姻的成败来决定自己的命运。

河谷居民关于财富的迷思幼稚得让人发笑，但迪克不幸地也早早听闻并相信。

穷光蛋并不是在一棵老枞树下挖到满满一罐金子而发了财，也不是在莱茵河里用鱼叉叉起了一袋黄金，那儿原是伟大的尼伯龙根埋藏财宝的地方。穷光蛋是在森林里，把自己的心换给了"荷兰鬼"，才一夜暴富，并且拥有了一颗对穷人和债户残酷无情的大理石做的心。

同样一个故事，本尼念念不忘的是寻宝的歌谣：

藏宝人在绿色枞树林里
已经有了好几百岁的经历
凡是你的土地上都有枞树挺立
只有礼拜天生的孩子才能见你

　　而迪克，记住了"交换"这一动作——如果你想得到什么，无论是一个物品还是一种生活，你手里得有可以与之交换的东西。如果你两手空空，那就永远只能空想。

　　他去找博朗执事的理由很简单。他读了执事给的小册子，那是个宣教手册。作为少数派，人总是在寻求更多的同伙。迪克告诉执事，他对教义很感兴趣，有一些问题想寻求答案，也想参观一下修道院。执事很高兴迎来了这么一个年轻的慕道者。迪克说，如果执事没有想"感化"他的心，就不会例外地让他单独进入修道院，也不会有他爬上钟塔的事。

　　钟塔，所有孩子心中的神圣堡垒，全镇最巍峨的建筑，对迪克来说也不例外。一开始他并没有打钟塔的主意。他只是想赢得执事的好感甚至赞许，抵消之前偷面包而被母亲控诉的亵渎之罪。他甚至将那个宣教小册子上所有的话都背了下来。迪克承认，在想要的东西面前，自己似乎一直都不择手段。

　　虽然多年以后回望，从钟塔坠落完全是一场意外，但其结果是它从根本上改变了迪克甚至迪克一家的命运。他是趁执事不备，悄悄把身子从窗口探出的。这是一间静修室，紧挨着钟塔。执事正在寻找适合迪克年龄的更多宗教读物，以期给这个年轻的慕道者以灵魂的滋养。

从窗口可以望向迪克家的方向。母亲大概又靠在窗台上抽烟吧。虽然她总是把烟喷向窗外，但屋里多少会残留下烟草燃烧的气味。母亲用自己的婚姻交换了什么呢，迪克想不明白。就在他有些恍惚的时候，感觉到执事的手放在了他的肩头——你是个很聪明的孩子，对属灵的思考超过你的同龄人。你应该多阅读，多祈祷，或许这是你人生的一种可能。

执事的手沉甸甸的。迪克想不起有多久，没有大人这样把一双带着暖意的手放在他的肩头说这些能安慰人的话了。这似乎是对他天赋的一种揭示，他比其他孩子更能听懂上帝的话语。可是讽刺的是，他那么憎恶教堂，因为上帝从未给他预备想要的生活。

当执事再次转身时，迪克爬出了窗台。

所以，你当时真是想死吗。本尼问。

其实我只想站到那个窗台上去。迪克说，一个全镇孩子从未想过也从未有过的壮举。他当然知道那极度危险，但危险的诱惑是那么甘美，一阵阵风穿过他的发梢，带来从未体验过的快感。

可是你差点死了，本尼说。

迪克摇摇头，说他是礼拜天出生的孩子，早就跟玻璃老人交换了誓言。

迪克的誓言是什么呢，他没有讲。离开小镇后，迪克为了早日上寄宿学校，打了很多散工。他不抱怨继父的粗鲁，甚至鼓励母亲为他生个孩子。商学院毕业后，他娶了一个汉堡有钱人家的女儿做妻子，但已经离婚了。生活从不善待他，但他也从不善待生活。他谈到博朗执事时，口吻淡极了。只是对本尼说，恶是相对的，不是吗。

本尼知道，八月是河谷最好的季节。风携带着森林深处的甘香，被河水涤荡过滤，让钟塔被浸润出了淡绿色。虽然自己不是礼拜天出生的孩子，但在想象中，他也早早跟玻璃老人交换过了誓言，学会了在礼拜天跳舞。

固执的孩子
必须去死

坐标

慕尼黑·德国南部

密码

《固执的孩子》,《格林童话》第117则

主角

莫妮

(退休的幼儿园教师)

　　有一个孩子非常固执,母亲叫他做的事,他总不做。因此上帝不高兴他,让他生病,没有医生能够治好他,不久他就躺在床上死了。他被埋到墓里,在盖土的时候,他的小臂忽然伸出来,向上竖着,他们把它放进去,再用新土盖上,但是没有用,小臂又伸了出来。母亲自己到墓上,用树枝打那小臂,她打了之后,手臂缩了进去,于是孩子在地下才安静了。

　　就像我们所熟知的，南方与北方连空气的味道都截然不同，慕
尼黑这个巴伐利亚王国的旧都，代表了南方的富裕、享乐、幻想与
艺术气息。诗人海涅写——筑于艺术与啤酒之间的慕尼黑，就像两
山之间的村庄。

　　这个"村庄"，掩映在狂想气质的城堡与森林般幽深迷人的花园
之间。由于更贴近欧洲南部，所以整体气氛更舒适、宜人。主要街
道既像南欧那样整齐开阔，也保留了浓郁巴伐利亚传统色彩的谷物
市场和花柱。

2015 年 3 月 20 日　晴　一双很美丽很美丽的眼睛

现在是两点半，还有半个小时，就要到慕尼黑了。期待我的住
处，期待我的房东。期待生活本身。期待一个没有傲慢与偏见的我
自己。

我坐在列车前进方向右边的车窗旁，在奥格斯堡停车时，左边
一列不知是什么火车上，装满了拿着啤酒杯大声叫唤的年轻人。穿
着短袖，把年轻的胳膊和脑袋伸出车窗之外，对寒冷的空气置之
不理。

我的火车跟他们擦肩而过后，还留下他们的声音。隔着密闭的
火车都能传来。

……

我把行李拎进走廊后，看见了白发的皮特。他的身形很矫健。
爬上楼，二楼，也就是中国人的三楼，进屋，看见了也是白发的莫

妮，有一双很美丽很美丽的眼睛，身形也非常好。皮特是慕尼黑一所学校的老师，莫妮在幼儿园工作。

终究没赶上樱花的季节。从把身体塞进儿子窄窄的丰田两厢车开始，莫妮第一次感到，自己的身体是那么庞大，且笨拙。抵达是愉快的。儿子、儿媳与三岁的小孙女。公司给外籍管理人员安排的高档公寓，超乎这个国度原本已整洁明亮标准之上的整洁与明亮，几乎让人眼睛刺痛的洁净。所以抵达的最初，除了沿途灯箱上闪动的象形文字、躬身问候的一枚枚黑色头顶，一切都舒适安全得像是个隔绝了细菌的堡垒。

漫长的睡眠后，亢奋褪去，身体闪烁着让人不安的信号。皮特仍在沉睡。莫妮走进厨房，拉开冰箱门，让冷气穿透身体。短暂地冷却更年期的燥热与不安。

从机场到公寓的路上，儿子抓着方向盘跟她和皮特说着接下来一个月的安排。一个月，足够在这个国家好好旅游一番了。你们会喜欢吗？你们会喜欢的。儿子希望这一趟远东之旅，能让他们的退休生活有个好的开始。你们想要环游世界的，对吧。

自然，与泰国、越南或柬埔寨都不同，这里才是东方之中的东方，日出之国。儿子说，有不少欧洲人定居在此，穿起日式的服装。有人娶了日本太太，或者中国太太。生下黑发黑眼珠，或者黑发蓝眼珠的孩子。在这里，德国人受到尊重，儿子说，慢慢你们会发现这一点。

　　　　　　　　　我愿意学习发抖　|

莫妮坐在后座，手里捧着儿子接她时递上的一束玫瑰。玫瑰倒是在哪个国度都带刺呢。

儿子让她和皮特在那片白沙和石头前合影。白沙被耙子之类的工具仔细梳成一圈一圈波纹，石头则是沙子波纹的圆心。沙与石对峙，静谧不动，却让人不由地俯低身体，跪坐在榻榻米上，怀想起大海真正的模样来。

儿子用日语跟榻榻米上跪坐着的工作人员交谈，压低的声线嘟囔着，不像问询，更像喃喃自语。莫妮第一次听儿子说日语。一连串音节从他的嘴唇里蹦出，连缀出她完全不能理解的意义。跪坐着的工作人员认真地听儿子的话，微笑着交谈起来。怎么看，儿子都与这个环境相容，不像她和皮特，蹑手蹑脚走在光滑的木地板上时，总映照出牛仔裤粗糙的廓形来。

来京都的第一天，皮特穿着厚底的户外靴，莫妮穿着耐克运动鞋。在又滑又硬的石板上摩擦了一天，无数次鞋底发出"唧唧唧"的噪音后，两人商量着换掉了旅行者的典型装束，穿起勃肯的软木底凉鞋。像大部分欧洲老年游客那样，凉鞋里穿了一双棉袜。既无美感又不合时宜，却是他们不得已的选择。大概为了掩盖足部的尴尬，莫妮这一天比平时更为用心地打扮。波西米亚风格的方巾叠成三角形，倒系在脖子上，映衬着一头银发。黑色的罩衫下摆露出一截内搭的灰色T恤。两只手像日本人那样规矩地放在腿上，左右手都戴了戒指。微笑。皮特也面带笑容，在这张照片里。似乎露齿大笑并不适合这样的拍摄背景。

做一个游客，在标志性的景观前合影，是一个非典型动作。往往匆忙就完成了，还来不及思考其意义，就本能地挤出笑容来。怎么看，这张日本之旅产生的第一张相片，都不是莫妮喜欢的，但似乎又暗示了种种可能。

儿子提议，可以在这个庭园里试一试日本的茶。当然好。只是这被称呼为"茶"的东西，确实与莫妮认知的茶大相径庭。茶叶被磨成粉末，颜色是鲜绿，放进臼一般的大碗里。等水沸腾。用长柄的竹勺子舀水，与茶粉冲撞。皮特笑起来，说那把竹刷子在臼里摇晃的样子，感觉是男人用的剃须水，正在发泡。茶汁非常浓稠，也因被竹刷子反复研磨而带了一层泡沫。莫妮喝了一口，茶粉黏在嘴里，得吞咽才能让那些细微的颗粒下到胃里去。不是什么美好的滋味。但整个煮茶的过程，缓慢严谨得像某种仪式。尤其那个负责煮茶的女子，让莫妮感到某种不适。

侍茶女子拉开糊着白纸的落地门，躬身进来的那一刻，大概就宣告了某种仪轨的开始。白色袜子里那对纤巧的脚，

　　　　　　　　　　我愿意学习发抖　|

沿着地上一条隐形的线，细步向桌子方向挪动。那条隐形的线似乎由蚂蚁组成，因此她的每一步，都轻得不能再轻，碎得不能再碎。女子看起来非常年轻，包裹在白色的和服里，和服布料精致而淡雅，是仙鹤的图案。她走到桌旁，跪坐下来，双手轻轻按在膝盖前几厘米处的榻榻米上，然后整个身体伏了下去。上半身几乎贴在榻榻米上，让人可以一目了然她整洁的衣领和光滑的后颈。莫妮惊恐地看了皮特一眼，再看儿子一眼。儿子面无表情地看着女子行礼，皮特倒是也露出几分惊诧来。莫妮不自在地坐直了身体，不自觉地像日本人那样，把双手规矩地放在腿上，等待。

漫长的过程。取水，煮水，水沸，取沸水。取茶粉，水与茶粉交融，静置，分杯。每一个动作似乎都蕴含了哲理的沉思。把水指向水，把茶指向茶。等到每人手捧一杯绿莹莹的汁液时，似乎都经历了一场只属于自己的脑际漫游。女子从宽大的袖筒里伸出来的那对手，也不只是在跟茶打交道，是一个指尖剧场。莫妮热爱戏剧，从自己的公寓搭乘地铁几个站不远处就是最常去的电影院和戏院。舞台上，银幕上，角色们用台词和动作表情达意。这个侍茶女子嘴里也念念有词，但似乎并不是台词，而像某种符咒或背景音，让这使人昏昏欲睡又猛然惊醒的戏剧场景，有一些人声流动。

女子多少岁呢，莫妮紧盯着那光滑细致的面庞思索着，终究是没有答案。皮特跪坐了一会儿后，膝盖不堪重负，慢慢伸直了腿，像个婴儿一样岔开腿坐在榻榻米上。莫妮、皮特与儿子，三人粉色的皮肤对照着侍茶女子白瓷一样的肤色，显得红肿又粗糙。据说日本古代女子想方设法要让皮肤变白，白得不带一丝血色，白得像雪。很快，莫妮将见到那种白。

在安静得没有风声的和室里，所有注意力都不得不聚焦于女子的一双手。直至她完成所有与茶有关的工序，礼貌地起身，倒退着到木拉门的边上，缓缓拉动那两扇合起来的门。

于是，沙与石作为茶之景观轰然出现。白色的沙，黑色的石。儿子伸出手指，隔着空气在那些石头上指点，引导他们去领会排兵布阵的石头里东方式的禅意。有一块巨石卓然倒地，确实像一个中箭后倒地的将军。穿着他们的博物馆里见到的、散发着黑色幽光甲虫外壳般的铠甲。而这块人形巨石的边上，则是笋一样伫立的矮石，或者嶙峋的怪石。很难看出形状来，如果想象力足够丰富，也能看出万般形状来。

儿子说，这种园景，就是枯山水了。没有花朵、叶片、泉眼的园林。莫妮经此提醒，才猛然意识到她盯着这些石头和沙子时在想什么。她没有想到繁蜂舞动的欧洲花园。她只想到水。海浪。正如飞机降落在这个国度前，透过夜里的飞机舷窗看到的，大片大片包裹着这片土地的黑色海水。海浪与海本身被抽象为沙子堆出的线条，一圈一圈蔓延至眼前。

　　　　　　　　　　　　　我愿意学习发抖　|

这种抽象出来的美感控制了一天的气氛。离开沙石庭园后，莫妮见到了由更多女子堆积出来的景观，以及真正一丝血色没有的面庞。

让人惊叹的首先是热带鸟类尾翼一样华丽的和服后摆，完全是为了观赏而雕塑出来的美感。身体线条被包缚进层层叠叠的布料和一丝不苟的捆扎里。连头发的形状也严谨得像雕塑。什么地方该隆起，或者多少个隆起才能算是一个标准的盘头。

小孙女的玩具里，有好几个芭比娃娃。金发碧眼的标准芭比，或者新款的红发白肤芭比，黑发黑肤芭比。孙女像每个女孩那样热衷给芭比装扮。从内衣内裤，到职业套装，或者隆重的晚礼服裙子。

在给芭比穿脱衣服的时候，孙女有时候会摩挲着芭比赤裸的胸部。芭比没有乳头。不知是否为了淡化性的刺激，芭比有两团隆起的胸，但省略掉乳头。有下体，但只是没有沟壑的平坦一片。

莫妮在孙女的房间里发现了一套奇怪的玩具。说是玩具，更像是某种工艺品。据说是儿子的下属在春天时送给小孙女的礼物。一套日本的传统玩偶。玩偶被固定在一个七层高的木架子上，每个玩偶都穿着日式传统服装，正襟危坐。孙女对这套玩偶缺乏兴趣，而这个家里，也只有儿子能解释清楚这套玩偶到底是什么来历。因此，就像其他同事为表达善意而赠送的精致又昂贵的礼物那样，变成了积灰的摆设。

儿子说，这套玩偶是皇室的角色。日本的皇室并不只是统治者和贵族，还是神明在现实里的化身。所以这七层架子，某种意义上可视作日本人眼里天堂生活的七阶。第一阶，天皇与皇后。第二阶，三个手持酒杯酒壶的宫女。第三阶，五人雅乐乐队。第四阶，一老一少两名大臣。第五阶，三个仆人。第六第七阶，则是代表嫁妆的牛车、轿子、梳妆台等。这些之外，还有几乎人偶一半大小的桃花、灯笼、菱饼。簇拥着人偶，用物质和人丁的兴旺来象征美好婚姻。至于为什么要把寓意美好婚姻的人偶送给一个三岁大的女孩，莫妮觉得，大概是这个国家的风俗。

那些脸像棉纸一样白的艺伎，小时候有没有收到过这样的人偶呢？

女仆撑着伞，紧跟在全副武装的艺伎身后。两个女孩的肤色形成巨大差异。一个白如尸体，一个粉如花瓣。但更能刺激性欲的，似乎总是些不那么正常的东西。艺伎的脖颈后敷着厚厚一层白粉，领口很低，让整个脖颈袒露出来。但这样还不够，还要在白色的颈背上勾勒出更刺激感官的图案来。那些图案，怎么说呢，像獠牙贴上去后蹭掉白色的厚粉留下的齿痕，或者舌尖舔舐后留下的湿漉漉的条纹。总之，白色的后颈上，总是有肉色的图案，让人不得不紧盯着看下去。以肉身作模具，大抵是摄魂术的极致。

莫妮有轻微的呕吐感，不得不在路边坐了下来。一阵晕眩。两个多月了，总是如此，身体深处发出她不能辨认的信号。让她焦灼，日夜不能安生。有时候，连冰箱里涌出来的冷气也无法冷却躁动。

再过一个月，她就五十六岁了。恍惚间，她也想过，也许月事是从此再不会来了。可是这告别怎么连个招呼也不打。完全违背了老朋友相伴几十年的默契。让人失望。

年轻女子的木屐"哒哒哒"地从面前敲过，像是不知愁烦，或者怀着谁也不能理解的隐秘的愁烦。

儿子给莫妮买来一杯卡布奇诺。父子俩站着，一边等待莫妮，一边打量着由艺伎、木屋和石板街组成的风景。其他金发碧眼的游客陆续从眼前滑过，没有谁像莫妮这样疲惫。

过了一会儿，儿子提议说，该在这里也拍一张照片。于是皮特揽住莫妮的肩头，对着儿子的镜头微笑。莫妮的脸却像是僵了，双眼也失了神，跟手中那杯咖啡一起被定格。两人身后是虚化的艺伎身影，一团斑斓色彩。这团色彩将给许多男人带来欢笑。色彩几乎是抽象的存在。莫妮试图寻找更多的言语来表达她对所见的感受，但那么困难。照片记录下的细节，粗暴而直观，唤醒记忆中的声色与气味。她只是对我说，所以，你看，我没有笑。

木屐继续"哒哒哒"踩过。偶尔也有人力车夫拉了艳丽的女子，电影画面般驶过。莫妮三十九码的大脚，一米七的身高，宽大的臀部，都与那些笑声接近呢喃的女子不同。更何况，她已衰老。

当晚，莫妮与皮特争吵。

晚餐时莫妮被一根鱼刺卡到，独自走去洗手间漱口。她趴在洗手盆上，把食指伸进喉咙里去摸索，结果引发了剧烈的呕吐。洗手间里除了莫妮外，还有一个小女孩在洗手。莫妮呕吐后，女孩转身跑了出去。跟小女孩一起推门进来的是她的妈妈。这位妈妈说着日语，从洗手台上递给莫妮干净的毛巾。一串一串的日语，莫妮摇摇头，女人指指洗手间里的长凳，示意她可以坐下来休息。小女孩一直睁着黑漆漆的眼睛看着莫妮的脸。似乎母女俩都不知道该怎么更进一步给予帮助。直到莫妮缓缓坐到长凳上，母亲才牵着女儿离开了。

这个女孩大概五岁？或者更大一点？

儿子之外，莫妮还有一个女儿。第一次怀孕莫妮二十一岁。女儿两岁时，莫妮又怀上了儿子。两个孩子的相继到来，让莫妮迅速成长为一个母亲。姐弟俩都长得像皮特，棕色头发、棕色眼睛、体格健壮。性格也多少像皮特的翻版，热情而外向。莫妮的蓝眼睛和羞怯无人继承。

女儿是一个完美的女儿，从婴儿时期开始就是。既不过分吵闹，也不过分安静。从皮特身上得来的运动细胞，让她成为游泳和滑雪的好手。但越是完美的孩子，跟父母的关系就越是微妙。不像性格急躁的儿子，虽然从小到大总跟父母吵闹，但在长大成人、哪怕搬去异国他乡工作后，仍保持着跟父母频密的联系。父母也可以轻松无碍地进入他现有的生活。

莫妮与皮特住慕尼黑，女儿住汉堡，儿子住东京。但莫妮与皮特并没有去汉堡跟女儿住过。偶尔，女儿带着外孙女来慕尼黑，就怎么照顾孩子，会跟莫妮爆发争吵。"不要以为你当过幼儿园老师就知道什么是对的。"

这份职业确实曾是莫妮的骄傲。在两个孩子都长大后，她接受了政府的职业培训，开始在公立的社区幼儿园做一名老师——她的第一份工作也是唯一的一份工作。并不是做过母亲的人，就知道怎么教导孩子。莫妮学习游戏教学法、儿童心理学，学习如何像一个老师那样与孩子相处，而不是像一个母亲那样，只懂得爱。而当教育孩子被科学地切分为各种学习科目后，莫妮也意外地重新审视自己养育两个孩子的得失。当孩子到来时，她毕竟太年轻了。

Kindergarten（幼儿园）是个德语词，德国人发明了"幼儿园"这种事物。创始者把孩子看作花朵，而幼儿园就是孩子的花园。老师呢，是这座孩子花园的园丁。莫妮尝试着去做一个园丁，她觉得自己可以。毕竟，她了解并热爱植物。

孩子确如花朵。幼嫩，脆弱，每一根头发都冒着蓬勃的香气。但在幼儿园工作至退休后，莫妮说不清楚，她是爱孩子，还是厌恶他们——那些滴着口水的鼻涕虫们。她可能并不了解孩子，要了解他们比了解大人更困难。

大概是去洗手间的时间太长，莫妮回到餐桌后，发现皮特已经喝上了第二扎啤酒。莫妮有点不高兴，但没作声。直到回到宾馆，才因皮特第一千次把尿滴在了马桶圈上而爆发争吵。或许也因为宾馆的房间过于狭窄，让莫妮焦躁。总之，两人吵起来。

莫妮把儿子从隔壁房间叫过来，当着儿子的面，突然哭起来。皮特变得手足无措，不知道为什么一件平常的小事却弄成这样的局面。莫妮坚持说明天就要回东京。儿子劝说了半天，最后只能轻轻揽住莫妮的肩头，像大部分时候皮特做的那样。

第二天莫妮还是坚持回东京。所以三人的京都之旅，中途折戟。

做祖母，莫妮似乎获得了在东京公寓里一个清晰可靠的

我愿意学习发抖 |

身份。与旅途中短暂但剧烈的惊惶不同，陪伴孙女玩耍和阅读，让莫妮回到某种熟悉的状态。她翻看孙女的故事书，寻找可以讲给三岁大的孩子听的故事，也第一次读到了日本的儿童故事。

这些故事里，好些主角叫"太郎"。一个从桃子里剖出来的婴儿，叫桃太郎。而母亲被惩罚变成一条龙的孤儿，叫龙子太郎。从小在山中与熊摔跤练体力的叫金太郎。这些孩子都力大无穷，斩妖除魔，最后成为一方所崇拜的英雄。只是这些孩子，要么是孤儿，要么与母亲分离，成为英雄的过程中都伴随着孤独与痛苦。看似精彩的故事，却是一个孩子在与世界对抗。莫妮看了又看，没有把这些日本故事读给孙女听。

但这些故事却吸引着她。不只是异国情调，更有她所熟悉的儿童故事里少见的质地——人身而为人的痛苦。她把那本插画书带回自己的房间，没事就翻看一下。读着这样故事长大的孩子，会是那些地铁里西装革履一丝不苟的上班族吗？

有些细节带有真实的恐怖。比如从新鲜的桃肉中剖出一个婴儿，或者舔舐变成龙的母亲的眼珠以替代乳汁。还有，只穿着红色肚兜却光着屁股、扛着一把短柄斧的孩子独自走在森林里。

莫妮有些迷恋那些会让人战栗的故事。翻涌的黑色潜意识里，坚固的自我会松弛，清晰的想法会瓦解。所见之物都变成童年时带着光晕和气泡的视觉记忆。莫妮退休后，她就常这么做，在家旁边的英国花园里找一棵树，翻开一页书，读一个故事。

女孩比男孩更爱读故事，莫妮说，从幼儿园开始就是如此。故事里有人物，有情感，有想象。而且需要读者的耐心。但在给孩子读了无数遍《亨舍尔与格莱特》《渔夫和他的妻子》后，莫妮对这些故事已经产生了不同的看法——它们都太像一个故事了。那什么故事才不像一个故事却让人难忘呢？

莫妮说，比如，《固执的孩子》。

有一个孩子非常固执，母亲叫他做的事，他总不做。因此上帝不高兴他，让他生病，没有医生能够治好他，不久他就躺在床上死了。他被埋到墓里，在盖土的时候，他的小臂忽然伸出来，向上竖着，他们把它放进去，再用新土盖上，但是没有用，小臂又伸了出来。母亲自己到墓上，用树枝打那小臂，她打了之后，手臂缩了进去，于是孩子在地下才安静了。

这是一个训诫故事吗？不听话的孩子就会死？但孩子向上竖起来的手臂，似乎在传递某种永不服从的信号。母亲去抽打死去孩子的手臂，孩子于是安静了。然后呢？也许母亲和树枝一离开，孩子继续把手臂立起来，或者，从土里爬起来，大摇大摆离开这可恶的地方，去做他想做的事，而不是母亲想让他做的事。

　　桃太郎、金太郎、龙子太郎，都深深眷念着母亲。故事的结局也是他们与母亲一起幸福地生活下去。可是这个不肯做事的固执孩子，他又何尝不爱母亲呢？在树枝的抽打下，他毕竟收回了自己的手臂，让一切都归于平静。

　　这是个真实的孩子呢。自私又无私。

　　时日可以这么度过。从公寓到公园，像真正久居于此的人那样，不那么着急去看风景，而让风景慢慢浸染为背景。

　　孙女是两位老人最好的导游。三岁的小身体在公园的石子路和草坪上奔跑，惊叹着发现一根草或一颗石子的秘密世界。

　　而这一天，公园附近民居的屋顶，升起了壮观的鱼形旗帜。跟公园池塘里成群结队的鱼是一个品种，上升的鱼旗是鲤鱼形。一根高擎的旗杆上，鲤鱼从上到下排列，体积渐次变小。莫妮在那本日本儿童故事书上读到过鲤鱼旗的故事。最上面的黑鲤鱼是这一家的爸爸，紧跟着他的红鲤鱼是妈妈，一家中有几个男孩，就有几条青色和蓝色的小鲤鱼。所以当孙女问她这是什么时，她说，这是鲤鱼旗，看见那条蓝色的小鱼了吗？这家有一个小男孩呢。孙女问，小男孩变成了鱼吗？莫妮说，不，这条鱼会给他带来好运气，所以要拿出来晒太阳呢。孙女于是说，我也要鲤鱼旗！

莫妮与皮特商量，要不要给正在上班的儿子或媳妇打个电话，让他们去买一条鲤鱼旗回来，但商量来商量去，莫妮突然决定，不如就自己动手做一幅鲤鱼旗给孙女吧。有什么难的呢！

在幼儿园工作时，莫妮最喜欢的一个工作环节，是教孩子做玩具。越是简单的材料，比如纸、树叶，就越能激发孩子的创造力。而这些原本没有形状的材料，经由孩子的手，往往能表达出他们最渴望的事。这比把布娃娃分发给女孩，把小汽车分发给男孩，要有趣得多。

所以第一个问题来了，站在文具店的纸张柜台前，莫妮问孙女，想要一条什么颜色的鱼？

那些在天空中鼓着身体游动的鱼，都大张着嘴、瞪圆了眼睛，尾巴轻轻抖动。天空是浅蓝色，鱼的颜色浓重饱满，对比之下，显得格外生气勃勃。

孙女看了半天五颜六色的纸张说，我要粉红色。

那就来做一条粉红色的鱼吧。走回公寓的路上，祖孙三人七嘴八舌议论着这条鱼该有的样子——鲨鱼、比目鱼，甚至海豚。最终，莫妮让孙女在绘画本上画出她想要的鱼的样子。孙女认真地画了。如果你能认出这是一条鱼的话。

莫妮将那条看起来并不是鱼的鱼放大数倍，画到粉红色的纸上，剪裁，粘合。皮特在鱼嘴上固定铁丝。于是，一团粉色的不明物体，长着眼睛和鱼鳞的生灵，就借助晾衣架，漂浮在公寓的阳台上了。

三人都高兴极了。莫妮几乎觉得，这是自己到日本以来最高兴的一天了。

儿子和媳妇回来也高兴极了。媳妇把用来装饰圣诞树的串灯拿出来，所以这条粉色的大鱼通体发光，即使夜里没有风来鼓起它的身体，或者它看起来像是睡着了，却能光芒四射生机勃勃。

一家五口，在发光的大鱼旁留下了一张不是圣诞节但最像圣诞节的合照。

莫妮已经学会了用日语说"谢谢"。她观察公寓里其他带着孩子的老太太，慢慢也有几个熟面孔会打个招呼。

皮特跟莫妮一起短途旅行了几次，带上莫妮自制的三明治，一般都当天往返，或者停留一两天。这个国度仍然陌生，但不再那么让人震惊及困惑。

一天又一天，莫妮试着去忽略那个事实。距离上一次月事，已经快三个月了。什么也没有。她翻开书页，看着那个被鲜红的桃肉包裹着的孩子，觉得难过。

公园里，常能见到一个保姆推着轮椅，轮椅上坐着一个已接近静止的老太太。与一般这个年纪的老人不同，老太太非常干净。除了膝盖上的搭布，脖子以下还围着围兜。她总是半翕着眼，不看任何东西。保姆把轮椅固定在草坪边上，让一株植物一样静止的老太太晒太阳。半晌，再把轮椅调整方向，晒背面。

街上的奇异景致有许多，但似乎没有什么像这位老太太一样，一次次地被莫妮路过。她不能发出任何声音的身体，在莫妮心中挥之不去。

儿子提议做一次温泉之旅。全家一起，当作莫妮与皮特回国前最后的行程。虽已是初夏，但儿子说，山里温度低，温泉不可错过。还强调说，跟巴登-巴登[1]可不同。

火车于是往山里走。一点一点进深，竹林开始把窗玻璃染绿。那么多的竹子。东京也有竹子，京都也有竹子，但人

---

1. 巴登-巴登，德国度假胜地，位于黑森林西部，以温泉知名。

手种植的竹子，似乎总比不上漫山野生的竹子来得壮丽。也可见溪流。

莫妮把那张一家五口的照片和一张明信片一起寄出，给在汉堡的女儿。也打了电话告诉女儿在日本的生活。都很好。皮特也很好。也许下次我们可以一起来日本。

女儿生下孩子后，莫妮和皮特去汉堡看望她。外孙女长了一头金发，像是赐给这个家庭的一颗金星、一个天使。莫妮没有问女儿是否需要帮助。即使女儿需要帮助，她也不想留在汉堡。她真的已经厌倦了，厌倦了照顾孩子的生活。在慕尼黑，她每天早上六点半准时起床，七点准时出门。走路十分钟就能到达英国公园。德国的公园不像是公园，更像是森林。莫妮会沿着小道快步走上一个小时，与野鸭和树木做伴。回到家时，皮特往往还在酣睡，公寓里静谧得像是只有她一人，但又跟公园里的静谧不同。

刚退休时，她甚至想过要不要给人兼职带小孩。如果她具备某项"专业技能"，大概就是看护孩子吧。皮特反对。他比她更早退休，建议她可以出去旅游，或者培养新的爱好，让退休的烦躁缓解。但皮特也不理解，孩子长大之前，莫妮也并没有工作过，退休后这般烦躁是为什么。

莫妮自己也说不清楚。她是家里最大的孩子，出生于离慕尼黑一个小时车程的小镇，父母经营着一个苹果园，主要供货给酿酒厂。作为长女，她学习着照顾弟妹、家务，以及女孩的姿态。但她毕竟最先长大。当她开始烦恼月经或其他少女的心事时，弟弟妹妹还在院子里追逐打闹。遇见皮特是在同学家的夏日派对上。啤酒花园里站满了人，皮特就是其中一个英俊的陌生面孔。

他来自慕尼黑，是个足球健将，热爱滑雪。而且，他们都热爱旅游——虽然莫妮还没有真正旅游过。但是旅游——呵，你能想象的那种生活，去意大利，去非洲。潜水，骑骆驼。皮特是通向未知的一条道路。莫妮爱这种新奇与可能。

高中毕业后，莫妮搬到了慕尼黑，皮特已经从工程学院毕业，他们很快结婚。然后就是生育，日复一日的家庭生活，再度生育，将孩子抚养成人。他们在慕尼黑的公寓是明丽的黄色外墙，与这一街区大部分白色外墙的公寓不同，带着波西米亚的气息。厨房伸展出一个小小的阳台，莫妮用绿色植物、鸟形雕塑装饰它，是整个家里唯一有田园风格的角落。跟照片上栽着苹果树的巴伐利亚乡村老家神韵相似。而在这个家里的其他地方，则寄托着莫妮对远方的种种想象。从沙滩上运回来的圆石，散落在拼木地板和窗台上，还有海螺、装着细沙的玻璃瓶。而每个房间都有巨大的绿色植物，装点出遥想中的热带景致。

离开乡下老家后，莫妮的生活从一开始就与皮特缔结在一起。与朋友一起在"十月节"上畅饮啤酒,在意大利的古老石雕前张嘴大笑,还有两人穿着喇叭裤,懒洋洋地坐在马赛街头的长椅上。这些记忆,都变成一张张照片,储存在她与皮特的公寓里,是他们的原点。

离家之前,莫妮曾一直以为自己就是那种传统意义上的好女孩。认可自己的身份与责任,热爱生活与家庭,笃信上帝。但在与皮特共同构筑的这个小世界里,莫妮慢慢远离了传统的大家族,成了一辈子生活在公寓里的人。最开始是他们两人,孩子大了离开后,又只剩他们两人。而父母那一辈,都还是一大家子住在一起,分享快乐和不幸。

莫妮说不上这种差别是好或不好。她只是觉得,自己无法再回到那样的群居生活里去。哪怕与自己孩子的家庭住在一起,也不那么自然。

也许就是这些看似并不怎么坚定的理由,让她没有去掺和女儿或儿子的生活,只是像所谓的"假日祖母"一样,只在节日和特殊场合团聚。所以在幼儿园里照顾十几个陌生孩子,而不去帮女儿照顾自己的外孙女,对莫妮来说,只是工作带来的结果,而与情感或责任无关。况且说到底,孩子都是上帝的。莫妮照顾房间里的每一株植物,但植物自己会吸收水分、进行光合作用,自己会走完作为植物的一生。

说到这些,莫妮发现,自己并不如一贯的认知中那般是个顺服的孩子。可能她不会像那个固执的孩子那样，要把手臂伸出土壤来抗议，但在更长久的沉默中，自己退守住的那一点自我，却如此固执。

火车行进又行进。一家五口尝试了火车上的便当。米饭和牛排整齐堆放在木制的小盒子里。给外孙女买的儿童便当，还赠送了一个扭蛋巧克力。一路上孙女都带着她的安抚兔子——一个毛茸茸的玩具。扭蛋巧克力出现后，孙女的注意力暂时转移。她专心致志地用扭蛋里的塑料小勺子挖柔软的巧克力吃，像小动物一样安静。

过道旁边的日本母亲也给儿子买了儿童便当，但儿子抓着扭蛋里的玩具，很快扑到母亲身上来，想要吸引母亲更多的注意力。男孩女孩，是不同的。孩子与孩子，也是不同的。

小孙女的安静，不代表顺服。当抵达温泉旅馆后，她就抗拒穿游泳衣。这不是她第一次穿游泳衣，虽然她还不能游泳。但不知怎么，就是不愿意母亲把粉红色的泳衣套到自己身上去。她穿着一条内裤，跑到莫妮与皮特的房间，想要蹦进房间外的温泉池里去。

孩子的脊柱还柔软着，因此不能完全承托身体的重量，肚子总是鼓起来。皮特托着孙女在温泉池里走来走去，脚步因水的阻力而变得缓慢而迟钝。在迪拜，莫妮见过穿着一身西装的侍者，托着酒盘在游泳池里给客人送饮料。那是一种诡异的图景。那位侍者甚至还戴了礼帽。至于穿了什么鞋子，有没有穿鞋子，莫妮记不清了。只是被他与环境格格不入的装束震惊。

莫妮也进到温泉池里去。脖子后仰靠在池子边沿，慢慢让身体在水里展开。皮特从水里举着孙女的胳膊，让那个小小的身体也能在水里行走，虽是不能踩到池底的走法。

水温让人昏昏欲睡。莫妮的腿慢慢往上浮，一些水冲击着脖子和耳后的皮肤。是什么时候呢，反正是小时候，她也曾这样浮在游泳池里。氯气有些刺鼻的味道里夹杂着泳池的喧闹和水花。莫妮扶着泳池的边沿，踢打着水花。水突然涌向她身体的深处。像所有不曾预告就到来、带有契约意义的事物一样，水提醒着她关于身体构造的某些秘密。几个夏天之后，月事就到来了。

而现在，在异国的竹影和温泉里，她终于可以确认，什么都不会再有了。虽然水一次又一次地涌进来。

用剪刀修理枝条，插进花盆。在泥土上覆盖苔藓。莫妮在学习东方式的微型景观。如何从一根枝条领略一片森林，或者从一簇花瓣闻到整个春天。这些枝条本身并没有意义，如果当它们只是长在树上，然后枯萎坠落。只是一个组成部分，或多或少可被忽略。但当它成为一个盆栽的主体，新的世界就在其周围旋转成型。枝条不再是枝条了。

莫妮把这些小小的盆栽称作花园。它们需要你绝对的专注、执着的创造。你可以称呼自己为一个园丁。她的固执找到可以纾解的方式。对于这座花园来说，她就是个巨人。不用抽打，只是轻轻地剪除，或者扶持。枝条有自己的形状。

我愿意学习发抖

坐标

万湖 · 柏林

————

密码

《学习发抖》，《格林童话》第4则

————

主角

哈米特

（土耳其烤肉铺经营者）

安佳

（非营利公益组织创始人）

父亲说:"滚开吧,我不要再见到你。""好的,父亲,等天亮了,我就要出去学习发抖,这样我可学到独立生活的本领。"父亲说:"随便你学什么,我都不管。这里有五十块钱你带去做路费,到广大的世界里去吧。不要向人说你是从哪里来的,也不要说出你的父亲是谁,因为有你这种儿子是很丢脸的。""好的,父亲,你如果没有别的要求,那么我很容易记得你的话,就照你的意思去做。"

　　城轨开出柏林市区，景观就变成水域连着水域。湖，河流，波光粼粼。整个大柏林地区就像点缀在水面上的绿洲。

　　其中，柏林西南面的万湖，因"二战"期间的"万湖会议"而著名。在这次会议上，纳粹官员讨论了关于犹太人的最后解决办法，是大屠杀的肇始。如今，一切已归于平静。湖面上漾着轻舟，也有洁白的帆船、野鸭滑过。柏林人到万湖远足，在湖边野餐遛狗，在啤酒花园里来一份咖喱肠、一杯白啤。这是典型的周末生活。

　　而如果再往前走一点，就是波茨坦了。这里有美妙绝伦的皇宫、花园、老城、磨坊和船只穿梭的船工小巷。普鲁士皇家昔日的荣耀，都沉淀为柏林西南郊最迷人的风景。

抵达日记

2015 年 9 月 12 日　晴　他是个土耳其人

　　连吃两顿意面，一顿肉酱意面、一顿培根炒意面。只有我一个
人用厨房，虽然这楼里也住了其他作家，但他们似乎不喜欢做晚餐。
晚上有文学活动的时候，可以拿餐券领到一份汤，他们多半就这么
解决晚餐。那份汤，几乎就是一罐肉酱，放在玻璃罐子里。厨房都
是不锈钢台面，冷冰冰，做好饭端回房间又太远，让吃饭变得煎熬。
晚上我出去了，这个房子离超市生活区很远，城铁站门口倒是有一
排快餐店，但都是炒面、土耳其肉夹馍。

　　最后还是买土耳其肉夹馍。老板问我住哪儿，叫什么，还说，
他认识我住的地方的一位女士。他是个土耳其人。他说他叫哈米特。

以下是哈米特留给我的一套识字卡片。因为不知道他的姓氏，所以我只能告诉你们，他的名字是哈米特。

Dürüm

　　开始的开始。第一个出现在白纸上的词。随手扯下便签本里的一张。因为一个亚洲面孔的女孩卷着舌头指向菜单，重复了两次，发错了音。哈米特左手拿着圆形小砧板，右手把一张圆面皮摊上去。没发酵的面皮，咬下去需要一点力道。青椰菜丝、紫椰菜丝、黄瓜丝、洋葱丝，不锈钢夹子在他手中灵活舞动，把蔬菜一样样摊到面皮上去。亚洲女孩说她全都要。还说她要红色的甜辣酱。哈米特眨眼，点头，快速把面皮卷成卷饼，裹一层锡纸。最后，把卷饼放进双面铁板的炉子里压一压，白色面皮上印上了金黄色的痕迹，有了香脆的口感。

虽然卷饼里的肉根本谈不上是肉，根本就是淀粉；五颜六色的蔬菜丝也并不新鲜，更谈不上多卫生。但是，哈米特熟练的手势让这个全德国最廉价的快餐食物——三欧一个的鸡肉卷饼——多少像是食物，而不是比十月的室温更冷的火腿和芝士冷盘，或者冷硬了的黑面包。甚至，那些浓稠艳丽的酱料，也带着东方式的俗气与热闹。茶壶"嘟嘟"冒着热气，被烤干了的茶渍蒸腾出焦糖般甜蜜脆薄的气味。哈米特用电锯把烤肉架上转动着的鸡肉（如果你相信它是鸡肉的话）片成薄片。这个动作几乎与伐木、狩猎一样古老而枯燥，传递着肉的讯息与食物的意义。

秋天柏林的夜晚已相当寒冷。

这是城铁站出口一排不起眼的商铺。哈米特经营的土耳其肉夹馍店是其中生意最好的一家，把同是土耳其人经营的"中国面条"和德国人经营的"亨德尔面包房"甩得远远的。从中午十二点开始，哈米特几乎是分秒不停地在做肉夹馍和卷饼。除了此刻，这午饭和晚饭时间早已过去的时刻。

晚上九点，几乎就要打烊了。转动的烤肉架，零星剩下的一点肉，被白色日光灯管照得惨淡。九小时的工作后，哈米特的脸累得有点垮。他抬头看一眼柜台对面墙上那幅小小的水彩画。灰蓝色的湖水与银色的树干，画的就是这个柏林近郊景区的风景。只用跨出肉夹馍店往前走两分钟，哈米特就可以看见夜里墨色的湖水和被月亮照成银白的帆船。那是他熟悉得不能再熟悉的景色，如果他有一艘船，如果他愿意，就能溯流而上，或者顺流入海，融入真正的未知之中。也许他会有一丁点的恐惧。而不像现在这样，每天卖出的肉夹馍与卷饼数量都可计算，每天从中午十二点开始到晚上十点的工作时间雷打不动。这样的生活就像熟透了的蜜瓜，瓤和籽融在一起难以分离，为了尝到瓤的甜美，你只能连籽一起囫囵吞下去。很难再说清滋味。

这个湖是哈弗尔群湖之一。在阿斯卡尼家族统治柏林城的年代，来自俄罗斯的谷物、木材、食鱼和兽皮在湖区上游的渡口集散。要么卸货，由陆路运往他处。要么装载上船，顺着施普雷河而下，先到哈弗尔河，然后驶入易北河入海。

而在更早的年月里，柏林城一直是游牧部落的领地，日耳曼人、苏维汇人、森农人，还有斯拉夫人，策马扬鞭，奔驰突袭。从这个意义上来说，这里距他的原乡并不那么遥远。家族的迁徙与定居，也许并不像新闻纸与政府登记表格里填写的那般格格不入。而那么多跟他一样的土耳其人在这个城市里靠小买卖糊口，大概也来自这个渡口城市骨子里的商贸基因。

那个亚洲女孩还在练习"卷饼"的发音。嘴噘起来，放松，让两个音节间的滑动更自然。不知道在努力什么。照例，哈米特响亮地报上价格，等收银机"叮咚"一声弹出来。只是，这一次，哈米特把找零的钱递给她后，突然想起了什么，随手在柜台上的便签本里扯下一张，用蓝色圆珠笔写下了"卷饼（Dürüm）"这个单词。附赠一个微笑。

女孩有些惊讶地接过那个单词。更令人惊讶的是，她抓起圆珠笔，趴在柜台上，写下了几个字母。

"爽，我的名字。"

"哈米特。"他指指自己，"你从哪儿来？"

三个穿防水鞋、工人打扮的男人涌进店里，拉开冰柜门取啤酒。"欢迎光临"的门铃声于是响个不停。这里有不少外国游客，携带着各色口音。人们从地铁站涌出来，总是驻足在这一排商铺前打量打量，然后选择去面包房吃三明治还是来烤肉铺吃肉夹馍。对他们来说，肉夹馍与三明治并无区别，只是填肚子的快餐，没人会在意一个土耳其单词和它的发音。

等哈米特回过神，直起腰，女孩已经不见了。画着灰蓝色湖水的水彩画依旧。茶壶蒸腾的水汽依旧。她带走了那个词。

　　　　　　　　我愿意学习发抖　|

Ergün

哈米特写下第二个词的时候，我们已经认识有一阵了。

白天，我坐轻轨到城里，天黑后再坐轻轨回来。大部分的时间，都会到哈米特的土耳其肉夹馍店买一杯红茶。哈米特是个很好的生意人，热情、周到，对待顾客，无论肤色是黄是白是黑，都一样地认真。他是热爱肉夹馍事业的，不然，在这每天持续十小时的工作里，不可能始终面带笑容。看看隔壁那个卖"中国炒面"的土耳其大叔，他应该把店名改为"扑克脸炒面"，反正他那味道奇怪的炒面也不可能从中国任何一寸土地上出产。每次，哈米特从柜台后转身看见我，总是响亮、准确地喊出我的名字。在这个辽阔都市里，知道我的名字并能准确喊出它的人，不会超过十个。我感激他。

一些声响巨大的事正在这个城里上演。城铁上，地铁里，你总能见到那些夹着行李、拖家带口的逃难者。火车总站里他们的规模会让人惊觉事态的严重。但除此之外，只有在电视、报纸和网络上，这件事似乎才存在。国会大厦的玻璃穹顶仍闪闪发光，排队等待餐馆的游客人山人海。旁边的蒂尔加滕公园，树木顶端开始染上淡淡的金色。勃兰登堡门上的女战神与她铜绿色的战车正冲向天空。剧场与餐馆，酒吧与博物馆，林荫大道与音乐厅里仍流动着玫瑰金的平静。什么都还没有发生，也不像有什么事将要发生。当然，人类并没有能力预知未来。

混血是这个城市的某种传统。关于移民，最早的记录是十七世纪从法国避难而来的胡格诺派教徒。柏林对他们敞开大门。此后，最庞大的移民群体，一是土耳其人，二是越南人，都是"二战"的后遗症。加之此前法国文化、犹太文化的影响，柏林成为了高度文化混血的大都会。而从地缘上来看，就像柏林熊所象征的那样，阿斯卡尼亚家族绰号"大熊"的统治者压制了不断逼近的斯拉夫人、苏维汇人和森农人，把这个城市的权威牢牢压在施普雷河两岸，才让柏林作为一个城邦兴起。往后所有的年月里，欧陆正中的柏林城，只有扼制住东西两面的夹击，才能确保城邦的平安。

在这里，需要一种平衡的天分。

贴近这里的呼吸与脉搏时，中国人会感受到一种奇怪的、近乎与生俱来的亲切感。瞧瞧亚历山大广场的那座电视塔（跟东方明珠并无二致），还有再往它的东面去那些森严冷酷的楼宇（苏维埃式的森严与实用主义的冷漠），那些板楼式样的集体公寓（社会主义群体生活的视觉印记）。中国人不会

我愿意学习发抖 |

对这套视觉符号感到陌生，也不会对这些符号下暗示的生活无动于衷。东柏林的残迹是让我们一眼就能认出的文化血缘，是难言的创痛与无法治愈的历史鞭痕。

哈米特从不锈钢茶壶里倒出来一杯茶。

酽而近黑色的茶，从不锈钢的大茶壶里倒出来，兑些开水，递到我手中。我总是加一包糖，用塑料小棍搅匀，站在柜台边慢慢喝完。一杯茶只要一欧元，在这个城市里几乎不值一提，却能让我的神经松弛下来，身体暖和起来。我的胃比我的理智先认出了这杯茶，东方味觉系统里裹挟而出的记忆。

之后，我在这里买了一杯又一杯的茶，吞咽茶水的时刻，也顺带消化着更多现实。比如，哈米特今年四十岁，是在柏林出生的移民二代。他有两个儿子，一个十五一个十二。有一个可爱的小女儿，刚满五岁。

而当我不只是买一杯茶，也需要一个卷饼或一个肉夹馍的日子里，我们谈得更多。诸如他走路的时候有点一瘸一拐，是因为长期站立损害了膝盖。每天从中午十二点就在柜台里站着，一直要站到晚上十点。膝盖疼得厉害，"就像灌了水泥"。或者，他说到自己有七个兄弟姊妹时会自嘲："哎呀，土耳其人总是这样，生一大堆。"哈米特的英语翻来覆去就那么几句，听力倒是还可以，所以我们的言语，要在最简单和最少的词里完成信息的交换。说急了不明白时，哈米特就跟我比划、模仿，还不明白，就翻白眼，叹气，嗷嗷乱叫，捶胸顿足。

直至他写下了这个词。

"我在学校里学的英语"，哈米特指着他写下的这个词。

"这是学校的名字？"我问。

哈米特只是重复了一遍这个词。

"是老师的名字？"我又问。

他笑着没再回答，似乎已经听不懂我的问题。

我揣着纸片走回路对面的暂居处。这是一座湖边的大房子，三层高，有四五十个房间。周末的夜里，临湖一边的斜坡草坪上，人们三三两两往湖边走。要走五分钟，才能抵达湖边。他们谈论着艺术、文学、政治，有乐手拉着小提琴、大提琴，一次还出现了圆号。古典的音符飘浮在空气里，文明与教化带来驯服般的静谧。工作日的白天，房子里有十几个工作人员，他们服务于某文学机构，说流利的英语，彬彬有礼。所以我手上的这张纸片，以及它上面的字，应该可以找到能辨认它的人。

天已经黑尽了。我在房子里走来走去，试图寻找一两个还没下班的人。就在快要放弃时（偌大的房子只回响着我的脚步声），我看见了从地下室里钻出来的守门人。他是个结实

的小个子，灰白的头发紧贴头皮。

"这是一个名字。"他看着纸片告诉我。我试图问更多，但他仍然只重复了这一句。

谷歌告诉我，这其实是一个在中文里也有着壮阔生命的词，因为它在中文世界里被称为"额尔古纳"。在蒙古人的传说中，"额尔古纳"是群山与草原间丰饶的所在，他们的祖先在那里成倍加增，成为了铁与锻造的主人。

Döner

那个女孩喜欢茶，喜欢卷饼，不太喜欢肉夹馍。虽然她发 Döner（肉夹馍）这个词的音时，响亮准确得多。哈米特自己也不喜欢肉夹馍。这是发明给德国人吃的东西。厚实的面饼就像汉堡，远没有卷饼的薄皮那么酥脆松软，让你一口就能咬到多汁的肉馅。

女孩告诉他，很多在国外流行的中国菜，也并不来自中国，比如什么什么鸡，甚至隔壁卖的中国炒面，都是冒牌货。女孩，哈米特现在直呼她的名字，常常在买茶之后就站在柜台边跟哈米特聊一聊。人多的时候，她有时候会等，有时候直接拿着茶走了。

哈米特也说不上为什么，他愿意跟她聊天。也许是她真的在吃这些食物，而不只是为了填饱肚子。两三次后，她已经能很准确地辨别那四五种辣酱的区别，"放那个红色的酱，它是甜辣味的，对吧？"也知道哪两种混合在一起最好吃，"再加一点绿色的酱，里面有芥末，对吗？"她给哈米特看她在市区吃的土耳其小吃的图片，她存在手机里。一次，她告诉哈米特，竟然在一个卷饼里吃到了豆芽，"你知道什么是豆芽吗，哈米特？我的天哪，豆芽。"

他知道她来自中国。中国，谁知道呢，也许自己身上穿的所有衣服都来自那里。关于那个东方国家，他最近的关联，是一个在中国做生意的远房表弟。批发灯具，从中国带回土耳其卖。他叫不上那些中国的地名，女孩告诉他，很有可能，表弟做买卖的地方是一个离她很近的城市。"世界工厂，我居住的省份。其中有一个城市，你可以买到全世界的灯。"

有一回女孩问他："你表弟为什么不来德国？"他答不上来。他的父亲和母亲被当成外国劳动力引进到德国的时候，连火车都没见过。那时的土耳其，像封存在玻璃球里的原始模型。德国则是散发辛辣气息的新鲜水域。留在老家的表弟和更多的亲戚们，在几十年的时间过去后，如今可以选择不往西走，而是往东。或许，他们祖先的血脉里东奔西突的基因，决定了不安分的命运。

未知不足惧。

人只会因他已知的东西害怕。母亲说，来德国之前她连火车都没有坐过。第一次坐上火车，她兴奋得全身颤抖。空气快速地流动，风从车厢连接的地方涌进来，卷起空气中的尘埃。咔嚓咔嚓，有节奏的声响撞破固有的一切包括空气。太美妙了。但当新鲜劲一过，当她意识到这火车不能按自己的意志停止，并且也不知道将会把她与丈夫运向何处时，她突然害怕起来。但是，就算她捶打车厢、座椅，用尽全身力气对抗它，仍不能让这该死的火车停下来。母亲突然止不住地呕吐起来，惊惧吞噬了她。

身体的信号只是一种预示。在以后的日子里，母亲会有更多的担惊受怕，更多难以控制的命运走向。从踏出家门的第一步开始，这些齿轮就自己开始转动了。

所以，当哈米特知道女孩整天往市区跑，只是想知道那些逃难者的事后，问她，你不害怕吗？

"当然怕。"

"那为什么要去？"

"想知道到底有多可怕。"

两人都笑了。

有时候，他希望自己的英语能再好一点，再好那么一点。他经常一边做卷饼，一边听着小收音机里的土耳其语电台。一次女孩来时，他正听到一段古老舞曲。从小，母亲就经常哼唱这音乐，轻声说，看，少女们要起舞了，绣满金丝银线的长袍要转动起来了。她们手持蜡烛，火苗在黑暗中明亮得像一双双未谙世事的眼睛。旋转啊，旋转。当他再度听到这段音乐时，却只是结结巴巴地指着收音机，听到自己愚蠢地说着："少女……舞蹈……"对这些，女孩没有表现出责怪或不耐烦的意思。她总是平静地听着，等着哈米特说出更多的话来。

总有机会的，总有机会可以说出更多的话来的。哈米特觉得。

至于他写在纸条上的那些土耳其语单词，他相信女孩可以在她住的那座大房子里找到答案。那里面都是些有学问的漂亮人。

天气好的时候，女孩会坐在他店铺门口的遮阳伞下。一边喝茶，一边在笔记本上写着什么。有时候，她只是盯着过往的行人，一动不动。

他没有去打扰她，即使忙完了，也没有。虽然好几次，他都想去纠正那个写在纸片上的词——Ergün，那是他上小学时，从土耳其来的老师的名字。他带来崭新的课本，扉页上写着"除安拉外，别无神灵"。

这些总有机会讲的。

Imam

湖区的浸信会教堂打出了欢迎难民的海报。在教堂门口的玻璃告示栏里，一张红底黑字的告示，德英阿拉伯三语。"诚挚欢迎来到本教区的难民朋友！每周日下午三点，我们在教堂负一层准备了阿拉伯饭菜及茶，免费聚会的地点。您可与家人朋友一同前来。"

礼拜日下午三点，像往常一样，从住所出来，我沿着湖边的公路走了十五分钟。隔着马路远远地看了一眼哈米特的"烤肉屋"，阳光猛烈，雨棚投下的阴影掩盖了一切。然后等红绿灯、过马路，走到了这所浸信会教堂的门前。教堂很新，外墙雪白，大面积使用玻璃，光和树影可以最大限度地投进教堂内部，水晶一样在赞美诗里流动。

与往常不同的是，今天，正门紧闭，右侧通往地下室的门半掩着。我侧身进去。

我愿意学习发抖

地下室里铺着黯淡的粉红色地毯，吞噬了所有脚步声。靠窗的几张桌子，已经坐满了黑眼睛高鼻梁戴面纱的逃难者。以家庭为单位围坐在一起。感受到旁人的目光时，那些面纱上的眼睛会齐刷刷地看过去，像乌木雕刻出来的葡萄突然转动。有些人长得跟哈米特很像，只是肤色略黑，没有笑容。

我参加过主日崇拜之后的茶聚，也是在这个地下室里，但跟这天的氛围略有不同。一位亚洲面孔的事工指引我在卡片上写下自己的名字，塞进塑料封套，别在胸口。"这样我们都能喊出对方的名字。"

我被安置在进门第一桌，桌对面是一对韩国母女。我们眼神对上后，母亲带着女儿走过来与我握手，关切地问我是否长居。左边是一个坐在轮椅上的孩子（或者是个孩子外貌的成年男人），然后是他的母亲。他伸手与我握手，那双手绵软无力，但温暖干燥。握的时间太长，他母亲只好把他的手指从我手上掰开，脸上浮起歉意的微笑。他身边一位年轻美丽的女士，接过了残障孩子的手，任他揉捏着。她说她叫安佳。一头缎子般的金发低调地扎成马尾，要在上帝和他的仆人面前显出谦恭来。

这里有着基督教会一切的舒适与避忌，人和人之间带空隙的亲昵感。

而这天，我认识的人们都在忙着打点杂事，无人交谈。

我看了一会儿就往院子里去。说是地下室，其实窗外连着一个庭院，孩子们在玩蹦床、乒乓球，也有成年男子三五成群站着发呆。

院子里除了我之外没有女人。一个自称是叙利亚人的胖子英语不错，但话题让人尴尬。他开口就问：你来自哪里？我说中国。他立马问：哪个中国？然后滔滔不绝地说起他理解的政治来，全然不顾那件不合身的新毛衣被他激动挥舞的双臂扯得变形。

"你应当学习一点东西，自己好挣饭吃。你看，你哥哥是怎样的工作，但你一点出息都没有。"

"唉，父亲。"小儿子说，"我要学习；如果可以办到的话，我愿意学习发抖，关于发抖，我还一点都不懂呢。"

没有预兆地，我脑子里浮出这段对话来。一个想要学习害怕为何物的年轻人，正与父亲讨论如何接近理想的未来。

这时安佳走过来，说厨房缺人手帮忙，问我愿不愿意去。

我洗净水池里所有的碗盘，把料理台上的水滴一一抹去。劳作只是一种方式。

一堆人围着料理台择薄荷叶。正中间的一个小伙子穿着紧身牛仔裤，在示范怎么把三片薄荷叶留在一条枝桠上。"三片，最好看的样子。"后来我知道，他是一个裁缝。老家在叙利亚。"我正在努力地学德语。英语是在老家学的。"

"在学校？"

"跟客人们。"

我掏出纸笔，把哈米特写给我的"Ergün"写给他看。他看了后摇摇头，提笔写下了几个字母"Imam"。

"我们的老师。"

他的衣服很合身，头发整齐地梳过，手脚利落，说话时会直视人的眼睛。半个月前，他搭火车、步行、游泳，跨越边境线跨越生死，逃向德国。与他同期逃往西边的同胞中，有一位三岁的小男孩，后来他淹死在海滩上，引发全世界的震动与哀恸。

现在，这位叙利亚年轻人在柏林一家浸信会教堂的地下室厨房里择薄荷叶。"三片叶子留在一根枝条上。"切胡萝卜。他平静，谦恭。大锅里咕嘟咕嘟炖着羊肉。一切都要洁净，去掉了血水。"以至善至慈安拉的名义。"

Arkadaş

　　那个流浪汉在车站附近已经转了好一会儿了。时不时伸手出来跟行人讨钱。晴朗的周末，站台像平滑的甲板，晾晒着周末远足的游人。不远处，湖面像一块巨大的水晶，把日光折射到一切发出响应的物体上。站牌闪闪发光，空气澄净透明。流浪汉向好几个行人伸手讨钱，但似乎并无所获，于是他穿过马路，往城铁站口的这排店铺走来。

　　他先钻进了面包铺，几分钟后出来了。在空地上短暂停留了一会儿。令人惊奇的是，他走到了哈米特的店铺前，站在正在晒太阳喝茶的女孩面前，打了个招呼。

　　女孩的手指点了点空着的塑料椅子，似乎在邀请他坐下。他没有。站着跟女孩说了好一会儿的话，而后把手伸进毛衣的领口，掏出纸和笔来，让女孩在那上面写了点什么。

　　一个劣质白人，穷得一颗牙齿都没有了。他张着嘴仰着脖子说话的时候，五米外的哈米特都能一眼看到他黑洞洞的口腔深处，那颤动的小舌。流浪汉要离开时，女孩伸手跟他握了握手。他是谁？在种种不合常理的事实外，他们能说这么久的话，提示哈米特另一个事实——这流浪汉能说一口至少是流利的英文。因为女孩只能说一点点德语。

所以，他是谁？

几天前，女孩给他带来了一张写着字的纸片。写着"Imam"。哈米特提笔在那个"I"上面补了一个小小的圆点，告诉女孩，这个词是"伊玛目"，是穆斯林的导师。女孩大概没有注意到，虽然他是土耳其后裔，但这是一间出售啤酒的"烤肉铺"。店门口那张哈米特自用的高脚凳上，时不时就会被一个穿工装裤的白人占据，喝啤酒抽烟。就像个活招牌——"嗨，我们是一家卖啤酒的烤肉铺！"哈米特并不笃信什么。当然，这些他都还没来得及说。

他只是在那个老头离开后说："那是个乞丐。"

女孩问他是不是认识这个老头，哈米特摇摇头。这是个富人区，站在街头伸手讨钱的人总共没几个，但那张面孔，那牙齿掉光的嘴，哈米特想不起来。从别处搭车过来讨钱？似乎也不成立。

"我在教堂遇见的他。"女孩说，上个星期，去教堂的路上，她跟老头一起站在教堂对面的马路边等绿灯。老头问她是不是也要去教堂，然后说，他是刚搬来的，去教堂只是为了喝咖啡。每次礼拜或聚会结束后，负一层都会有咖啡、点心免费提供。总之，在红灯变绿的几分钟里，老头很积极地跟她说了很多话。进了教堂后，他们只能站在过道里，因为礼拜已经开始了。老头很老很老了，站着的时候，背上拱起一块，是老得已经弯曲变形的脊椎。

"我问他想不想坐下喝杯咖啡。"女孩说，刚才看到老头在这里出现，吃了一惊，旋即就邀请他坐下。可是老头说，他没有钱买咖啡，他很穷，喝不起咖啡。在女孩的询问下，他含含糊糊地说自己每个月只能领一两百欧的社会补助，那些白吃白喝的难民每个月都能领三百欧！"他们还能伸手讨到车票钱，那些有钱人一看到他们的颜色（他把'颜色'这个词加重了），就都把钱拿出来。"老头的英文非常流畅，完全不符合他穷困潦倒的身份。至于老头让女孩写下的东西，她说，是电子邮箱的地址，因为她的手机卡已经欠费了。哈米特撇着嘴，这个老白人大概以为女孩也是个难民。瞧他那口水都兜不住、就要顺着下巴往下漏的嘴。

"我猜他是个外国人。"女孩告诉哈米特在浸信会教堂的见闻。最富裕、最有善心的德国人，和最底层、最流离失所的外国人们共处一室。德国人带着历史的负疚感与政治正确的绝对主义，想要再造伊甸园。

"这是基督的精神，亲爱的。我们是亲密的朋友。"教堂的日常事务主持、一位胳膊粗壮的中年男士对她说。

哈米特于是在纸上写下——Arkadaş（朋友）。不平等的关系里，再慈爱再亲昵，都不会是朋友。女孩明白这些吗？
噢，那个老白人。

Wedding

那是家毫不起眼的咖啡馆，安佳和我按照约定，下午一
点就到了。

毛线、钩针、毛毡、布料、剪刀，整齐摆放在长条桌子
上。这不是一家只卖咖啡的咖啡馆。女主人哈莉虔诚，热忱，
是浸信会教徒，也是社区活动组织者。在提供给来客自由取
阅的小册子里，有这样的话："我们是图书馆。我们是咖啡
吧。我们是让你找到以下资源的地方——关于生命、信念、
寻找上帝。我们为你而来。"

越来越多的人推门进来，有社区主妇、教会人士、志愿
者。但真正的客人还没到来。

安佳脱掉毛呢西装外套，把缎子般的金发绾起来束成一
个髻。然后对我说："编织课固定在这里，一周一次。"

原本她可以不做这些。出生在湖区的富家女，受过良好

的教育，在政府部门做涉外商贸工作。只是对某种信念的热望就是让你的人生难以将息。"说不清是为了什么，"安佳一次跟我漫步在湖区时，指着那些树和屋子说，"出生在这里，长在这里，回到这里。我的一辈子都在这里。"

那是我们第一次见面，在湖区的教会。主日崇拜之后。安佳被讲道的女士介绍给我，因为她英语好、最年轻，是教会的积极分子，还成立了自己的社会创新机构。

当天，安佳和她的未婚夫就带我去了湖区的难民营。

他们开着一辆两厢的大众攀上山坡上的难民营。那曾是一所医院，平层建筑，装修极简洁，白色墙面上空无一物。餐厅可以随意进入。墙上贴着一张告示：菜里有鸡肉、火鸡肉、山羊肉、鱼肉还有奶制品，但绝没有猪肉。餐厅打扫得很干净，但浓郁的羊肉膻味还是从台面的缝里飘散出来。

走廊里，一双双男性的眼睛打量过来。一个棕色卷发的小女孩围着我们转，睁大眼睛。安佳从厨房里拎着放食物的大铁桶出来，取走后，她还会再送新的过来。一周两次。未婚夫接过那个大铁桶，扛起来。我用鞋底抓紧斜坡的泥土，慢慢走下山坡时，仍有目光从背后过来。

我做不到像安佳那样投身出去，那样倾心奉献——主啊，你的仁慈。

"让更多的人参与。"安佳说，以往的工作经验让她积累了不少商贸公司的资源，她为这些公司提供"社会服务"，让公司员工能参与慈善或社会服务，连接起不同社群，让他们之间能真正地面对面。哪怕每次社会服务只有一个下午也好。

而这个咖啡馆，也是安佳常来的地方。这里比教堂的地下室更能让人无负担地走进来。你找不到十字架、圣像、语录，也没有赞美诗、长袍、祈祷。人们走进来，坐在桌边，跟着两位老师学习编织与缝纫。手机袋、钱包、靠垫套子，像儿童画一样笨拙的线条与图案。来的都是女人，母亲带着女儿，羞赧、安静地埋头干活。有些戴着头纱，有些没有。但那些饱满的脸颊，都显出少女的红润。

安佳的未婚夫刚从南部城市搬来柏林。我见到安佳的大部分时候，他都陪伴左右。在难民营里，他还跟一个年轻的逃难者成了棋友。他们所选择的，是一种近乎无声的荣耀之路，需要日复一日搭建的巨大工程，需要笃守的信念与决心。就像安佳说的那样，是恐惧那些看起来理所应当然而并非如此的人生轨迹，让她选择了中断之前的事业，投身慈善与社会创新。"你的一生并不应该是看起来的那样子。"

两位老师在讲解与示范。都是年轻女性，一位讲英语，一位讲阿拉伯语。她们鼓励姑娘们，如果你们掌握了基本的技巧，就可以缝制自己需要的东西，帽子、手套、包包，"你们真正喜欢的东西"。

"有一个母亲没有来。"安佳低声说，原本有个妈妈要带十几个孩子，从郊区过来参加聚会。但是，现在已经快三点了，那位母亲仍没有出现。

在凝聚陌生人与建立信任的过程中，母亲的角色是重要的。地铁里随处可见匆匆掠过的面纱与长袍。女人牵着孩子。孩子，往往是好几个，或者一群，而母亲，总是神色紧张。她像看护羊群一样看护幼崽，是陌生国度里最强大的庇护所。

一旦有母亲，孩子们就还是幸运的。麻烦的是年轻的男孩。

除了缝纫培训，安佳也想办法办吉他课、足球班、德语班，或者没有任何主题，只是年轻人聚在一起的"比萨大会"。"人需要认识人，需要被接纳，语言是次要的。"

做手工活儿只是暂时的，得想办法让年轻人能真正地在德国生活。生活——不只是像现在这样，每个月接受救济金、免费的食物和医疗，然后只在难民营附近晃荡。生活——像你我那样，有能养活自己的工作，有娱乐活动，有朋友，有家庭。

难民中年轻男性的数量实在太多了，而这些年轻人，大多缺少学校教育，没有知识和技能，以后在德国生存困难重重。甚至，要正常地过日常生活，对他们来说都不可能。公共生活——学校、俱乐部、游乐场，娱乐活动——博物馆、音乐会、电影院，这些对他们来说都完全是另一套运行体系。更别说长期独立生活的可能——寻找住处、自我培训、求职等等。要寻找到这样的导师，愿意每周投入两三个小时来跟难民面对面交流、帮他们建立自我，尊重他们的信仰——无论他们是穆斯林、基督徒或者其他信仰。

"太难了，但不试试，怎么知道呢。"

"有些在威丁区出生的土耳其孩子，甚至连亚历山大广场都没有去过。他们生活在一个平行宇宙里。"安佳看着我说。

女孩们双手像蝴蝶翅膀一样忙碌着。手机套的布料与装饰图案都已经裁剪好了，开始缝合。两位老师手把手演示着如何走线。女孩们眼睛睁大，模仿着最后的步骤。如果她们完成得足够好，这个手机套就可以出售，可以被证明有价值。她们来自叙利亚、阿富汗和伊拉克，或者其他更偏远的国家。一双双青涩的眼睛一览无遗。

咖啡馆主人哈莉走到我们面前，轻声对安佳说："那个女人今天不会来了。"安佳轻轻呼出一口气，轻得并不像一声叹息。

我拿起笔记本，在"仁慈""教会""导师""表率"这些字眼后面，重重地画了一条线隔绝开它们，急急地落笔，写下了"Wedding（威丁区）"。

Kreuzberg

哈米特不是在威丁区出生的，而是在柏林墙未倒前西柏林的东南部——克罗伊茨贝格区。在他出生的时候，该区还没有如今的风光，还没有住进那么多的中产。

当女孩递给他写着"Wedding"的字条，并询问他是不是那里的孩子时，哈米特笑着摇摇头。他把字条翻了一面，写下了"Kreuzberg"。

"我出生在柏林。"哈米特说，"而柏林，有一句古老的格言——没有谁能碰我。"

几天前，当他在纸条上写下"Arkadaş"并解释这是朋友的意思时，女孩说："哈米特，你就是我的朋友。"

然后像往常那样聊起来。女孩告诉他，在一公里外，就有一个难民营，她去看了。"一座废弃的医院，在一座小山坡上。上下床，一个房间住好几个人。"自然很简陋，但是整洁。房子外面可以打篮球，室内可以下棋。都是些年轻男人，不知道他们是怎么到达柏林的。没人会说英语或德语。有一个小女孩，一头棕色的卷发，跟着他们在房子里转悠。

我愿意学习发抖 |

女孩心情不好，哈米特看出来了。

有些时候，她心情会不好，脸就阴沉沉的。跟哈米特打招呼时硬挤出的笑容也变得不自然。哈米特会用玩笑来打破这种沉闷。

比如一次，夜已经深了，她出现在店里，反常地从冰柜里拿出一罐啤酒。哈米特知道她每天都要进城去，就问："今天过得好吗？""不好，亲爱的哈米特。""为什么？""我见了一个朋友，他是个同性恋。他的事让我心情不好。"哈米特一只手搭在柜台上，另一只手叉在腰上，"他是个同性恋就心情不好吗？噢天，我可以帮他介绍男朋友！"女孩大笑起来："不，不，哈米特，他不是因为没有男朋友。"哈米特认真起来："把他的照片给我看看！我可认识不少同性恋！""不，不，哈米特，谢谢你，可是他的问题不是男朋友可以解决的。""我的朋友可是很帅的！"哈米特故意双手叉腰。

笑声充满了烤肉铺，就这样，烦恼暂时烟消云散了。在克罗伊茨贝格长大的孩子，谁没有几个同性恋朋友、朋克伙伴，或者卖走私烟搞假证件的朋友呢？那是混合了甜蜜与淡淡涩味的童年，政治局势让空气中总有种混合了紧张与颤动的气氛。即使柏林墙三面环围着克罗伊茨贝格，但学生、移民、艺术家、街头混混……仍然让这里在酒精、羊肉、薄荷、茴香的气氛里动人心魄，让人兴奋，也让人松弛，或者可以暂时地忘却忧伤。柏林。柏林！

往事让哈米特几乎有点伤感起来。即使在生理和心理的双重自我保护机制下，人们会选择性地忘却过去日子里的不堪与痛楚，在回忆的时候不断重播并放大那些甜蜜的时刻，但是，现状却让人装不了傻瓜。哈米特是柏林人，哈米特是德国人。但哈米特讲不好德语，也不能像大多数受过教育的德国人那样讲得好英语。他一天站十个小时，卖那些改良了的土耳其小吃，养活老婆和三个孩子。

这里曾让哈米特的父母目眩神迷。即使在三十多年前，这个城市的外表也是那样繁荣旺盛，生气勃勃。选帝侯大街上照耀着霓虹灯，两旁林立着金光闪闪的酒馆和餐馆；维滕贝格广场旁，卡达威百货的橱窗里摆满了商品。超级市场，厚实的地毯，黑色真皮沙发，玻璃台面，还有电视机！以及更多还叫不出名字的东西，充塞在这个华美夺目的世界里。然而，西柏林的人却在逃走。

土耳其人是什么？土耳其人被西德引进来填补劳动空缺，不单在柏林，哪里有工业，哪里缺劳力，土耳其人就到哪里去。一双双劳作的手，一张张不能言语的嘴。

就算这个城市如今已经居住了二十万土耳其人，也没人能分得清他们究竟是库尔德人、亚述人还是土耳其人，或者，他们究竟是来自土耳其、保加利亚、塞浦路斯还是希腊。不过是客居。

当女孩跟哈米特描述难民营里那个不知从哪里逃来的棕发小女孩时，"你想想，那么小的身体竟然逃了几千公里。"记忆像潮水般卷来。哈米特断断续续地说着话时，突然有了主意。他终于可以开口说话了。

"把你的录音笔给我吧。"他见过女孩坐在阳伞下听录音笔里的东西、做笔记。"我弟弟会英语。"

Berlin

录音笔还没交回手中，离开柏林的日子已经近了。

那天，照旧从城铁站出来，我钻进烤肉铺。柜台后面站着一男一女两个陌生人。男子转过身来，我无论如何也想不起这张脸，只好先点了一个卷饼。他埋头做卷饼的时候，我慢慢镇定了下来，于是开口问："请问哈米特今天不在吗？"

男人和女人一起扭头看向我。

"我是他的朋友。"

"哈米特病了，我是他弟弟。"他的口音很重，似乎并不是那个可以翻译英语的弟弟。

哈米特病了。我愣愣地站着，他怎么会病了。

店里人很多，两人做卷饼的手法并没有哈米特那么熟练，呆站了一会儿，我不好意思再打扰，于是掏手机出来，用翻译软件把简单的句子翻译成土耳其文，然后抄在纸条上——"亲爱的哈米特，我10月2日将离开柏林。请联系我，电话：xxxxxxxx。爽。"在"离开柏林"下面，我画了两条着重线。

人是会病的。我们的线性进程里经常忽略这些常识。即使哈米特那么高大强壮的身体，也会突然病倒无法工作。

之后的两天，哈米特既没有出现在烤肉铺里，电话上的留言提示灯也没有亮起来。我开始担心。

安佳飞去了哥斯达黎加，募集善款，为那里的孩子援建了一所学校。我想不到还能找谁说这事。为了避免继续神经质地盯着电话，我于是拎起外套，沿着马路往湖边走去。

任何时候，只要踏上湖边的小径，你都可以扮演一个无知的游人。阳光与风，芦苇丛与落叶，湖近乎永恒地存在着，吞吐着千篇一律的游客与他们的欢笑、喟叹和脚步声。潮水一样，来来往往。我跟随着他们的足迹，不知不觉，越走越远。

哈米特没告诉我，他店铺墙上挂着的那幅水彩画是从哪儿来的。画面里是湖的景致。除了收音机，那幅小小的水彩画是哈米特最大的休闲消遣之物。平淡、幽微，诉说着一切，

我愿意学习发抖 |

又无比的沉默。就像哈米特，每天在这湖边卖肉夹馍和卷饼讨生活，跟几百年上千年前这里人们的营生没有两样。

上帝保佑为吃饱饭而劳作的人们。在柏林城最古老的年月里，施普雷河东面由圣尼古拉斯守护，西岸则由圣彼得守护。一个是商人们的保护神，一个则是最著名的渔夫。与欧洲其他古老的城市相比，柏林显得年轻，容易大展拳脚。在选帝侯[1]统治的时期，这里以吸引银行家、成衣匠、刺绣匠、制帽匠、金饰匠、铸剑工和奢侈品的制造者而闻名。

就在越走越远时，我模糊地感觉，安佳带我来过的难民营就在这附近。

满地都是栗子、橡果、榛子与树叶，厚厚地掩盖了石子路面。我依着地势寻找那所废弃的医院、现在的难民营，攀上半坡后才发现，这里是一个连一个的小丘陵，并不能确认那座白色房子在哪一个坡上。周围的别墅都窗门紧闭，罕有路人，直至一只黑色的大狗冲我狂吠起来。主人远远地走过

---

1. 1356年，卢森堡家族的查理四世皇帝为了谋求诸侯对其子继承王位的承认，在纽伦堡颁布了著名的"金玺诏书"，正式确立神圣罗马帝国的选侯制度，也以此举确认大封建诸侯选举皇帝的合法性。诏书以反对俗世的七宗罪为宗教依据（一说是根据古日耳曼七大部落），确立了帝国的七个选帝侯。他们分别是三个教会选帝侯（美因茨大主教、科隆大主教、特里尔大主教）和四个世俗选帝侯（萨克森－维滕堡公爵、勃兰登堡藩侯、莱茵－普法尔茨伯爵，以及波希米亚国王）。

来喝止那只狗，但它的叫声还是太过响亮，不仅惊吓到了我，也吸引了其他人。在犬吠声中，我第一次觉得自己的肤色和发色强烈得无法遮掩。

那个老头颤颤巍巍地出现在路口。我想掉头装作没有看见他。上次看见他在车站附近讨钱后，震惊与怜悯混合的情绪击垮了我。他让我写E-mail地址给他时问了一句："你多久能上一次网？一个月？一个星期？"我回答他每天都能上时，他的表情复杂极了。他拒绝了我请他喝咖啡的提议，拖着步子离开了。哈米特说他是个乞丐，"你看看他，穷得一颗牙都没有！"

而现在，他竟然出现了。

我们握了握手。我只说是在附近散步。"你要当心！那些难民总是在这附近。"老头似乎已经忘了上次我们见面时的尴尬。他不肯透露他住在哪儿、来自哪里，只是站得离我越来越近，直至让我不舒服起来。他却还在喋喋不休："那些人，伸手就能讨到钱！总是有傻子给他们！"我转身离去，甩开他凑得过近的脸，以及他握得过紧的手。黑色大狗仍在狂吠，像被陌生的敌意触发了的报警器。

恐惧第一次攫住我。

我或许太天真了，竟然像童话里的主人公一样，还想要去学习发抖。

Ses

　　拿着女孩给他的录音笔，哈米特不知道该怎么办。

　　最小的弟弟住在自己家，他在上社区课程，目标是可以做土耳其人的法律援助，他英语好。

　　哈米特给他看了那些写在纸上的英文问题，弟弟说，你可以不回答，你为什么要回答？

　　所以，在录音的最开始，有一段来自弟弟的声明，告知对方不可将之用于危害哈米特隐私与权益的用途。弟弟的英文说得一板一眼，顺溜极了。

　　坦布尔琴、卡龙琴、钱格琴、纳伊箫、乌德琴，你看，我终于可以说出这些乐器的名字了。你听听！收音机里的音乐只是很小的一部分。听那些舞蹈的音乐，拿着木勺的姑娘，或者拿着燃烧的蜡烛。旋转，旋转。色彩斑斓的裙子。也有男人，膝盖叩着地面，盾牌，刀剑。你能想象出来的力量与身体。

　　这是我，是我们。舞蹈和音乐里有我们的传说、历史。我们骁勇善战。在亚欧大陆上奔驰。这是我的传统，是我在柏林，在克罗伊茨贝格出生、长大之前就被决定的事。所以，要说关于我的一切，必须从这里开始。

我没有信仰，也可以说我不是严格意义上的穆斯林，但我希望我的孩子们能有。无论是大儿子、小儿子，还是我的女儿，我希望他们相信真主的存在。切切实实地相信。因为真主确实存在。在每一个角落，在每一个人的心里。你相信这一点吗？

关于我小时候的事，那些真正重要的事，其实跟这座城市、跟这个国家并无关系。但你这么问，我能理解，我明白你想理解这一切背后的原因。但亲爱的朋友，这不是我能说清的，我只能尽力，去告诉你那些我知道的事，这些也许对你毫无用处。

我真正开始记事是我五岁的时候。那一年，克罗伊茨贝格发生了严重的游行。人们租不到房子，地产商的阴谋，大量的房子空着。终于，人们忍无可忍，冲进那些空着却不让人住的房子里，强行住了进去。哈，那个场面，就像一个人间大巴扎[1]。当然，也有人混在其中干些过火的事，抢劫、打砸什么的。对于还是个孩子的我来说，那真是热闹极了。我们随意进出那些被占领了的公寓，在往常，我们这样的土耳

---

1. 巴扎，集市、农贸市场。

　　　　　　　　　　　　我愿意学习发抖　|

其小孩，是不可能走进去一步的。在克罗伊茨贝格，住了很多跟我父母一样的土耳其人，还有黑人、亚洲人、穷学生。那时墙还在，我常常有一种错觉，在我们不去注意的时候，墙会悄悄长高，又会突然塌矮。墙让我们的生活变得奇怪，我们像被关进了一个房间里。闹得再厉害，声音（Ses）都会被反射回来。我好像突然明白了自己是什么样的人。

闹得厉害的都是德国人，尤其是学生，后面事情越闹越大，母亲开始不让我们出门。那时就业不景气，政府有很多理由遣返你，让你滚回老家。我们老家太穷了，母亲说，她到了德国后第一次坐火车差点吓哭了。所以我们不回去，坚决不回去。土耳其人有自己的小世界，如果你甘心在那里生活，是可以一辈子不出来的。有土耳其超市、蔬果店、理发店、浴池、学校……可以买到土耳其语报纸、听土耳其语广播。

但就算你躲在小世界里，还是时不时就会被敲打，提醒你到底是生活在德国的土地上，并不是土耳其。土耳其人被纵火烧死，当然不是意外，就是恶意的攻击。被烧死的人里甚至还有孩子。但在学校里，我们也开始可以学土耳其语。有老师从土耳其来，教伊斯兰文化课。也有越来越多的伊玛目和清真寺。信仰是自由的，迫害自古存在。

是的，我是一个柏林人，在这里出生、长大，决定了我的很多事。我没有你说的那么好，我的生活中有很多事还是不会发生的。比如，我谈过三个女朋友，三个都是土耳其人。我跟太太的婚姻很传统，她不工作，我每天出来工作，养活她和三个孩子，以后孩子可能更多。这些是我的命运。我不笨，但也不特别聪明，那些最厉害的土耳其人也许会当议员、运动员（嘿，你一定知道厄齐尔[1]吧）、演员，进入德国的主流世界。但我不属于其中一员。我是个非常非常普通的人。你看，就算我卖的肉夹馍和卷饼，也没有好吃到上报纸、让人们排长龙来买。这些我清楚，明白，毫无怨言。

比起我在家乡的那些表弟表妹来说，我的生活已经够幸福了。当然，那个在中国做生意的小子不算。据说他已经很有钱了。

不知道我说的这些，能帮到你吗？亲爱的朋友，说实话，我从没想到过，会跟一个中国人，说这么多的话。

我想提醒你注意安全，有些白人不一定比黑人更安全。无论年纪。那个跟你搭讪的老白人，他是个乞丐，但来路不明。最好你……

录音戛然而止了。

---

1. 梅苏特·厄齐尔，土耳其裔德国足球运动员，先后效力于西甲皇家马德里足球俱乐部和英超的阿森纳足球俱乐部。

Şans

离开柏林前，我天天都到烤肉铺去。哈米特没有出现。我几乎就要绝望起来。在我就要走的头一天夜里，柜台后的身影终于变回了原样。

"你病了？"

"现在好了！"哈米特还是一张笑脸。

"什么病啊，我很担心你。"

哈米特比划着自己的肚子，然后右手拇指和食指圈成一个小圆，比划着意思从身体里取了个小东西。"小石头。"终于，他说。然后从胸口的口袋里掏录音笔给我，还说他因为时间不够就只录了一点，希望我不要介意。

"我怎么可能介意。"

哈米特给我做了一个特制大拼盘。青椰菜和紫椰菜丝铺底，上面放鸡肉片、炸鱼、薯条，淋上厚厚一层甜辣酱。

我知道这会是我最后一次吃哈米特做的食物了。于是吃得特别慢。

犹豫了一会儿，我决定不告诉他我遇见老头、被老头吓到的事情。也不打算告诉哈米特，我去找过那个难民营，却在一幢又一幢别墅与一个又一个小山丘之间迷了路。那天的一切都显得不真实。似乎我担心哈米特会突然消失，携带着所有他要告诉我的话，就像这个柜台后面从没一个人站着过。

那是一幅怎样的水彩画啊。灰蓝色的湖水与银色的树干，画的就是这个柏林近郊景区的风景。湖面凝固成一块巨大的水晶，根部深深扎进地心。不知拔起来会看见什么，或许会金光四溅。

安佳和未婚夫的背影，走在树林间的小路上。还有教会里一个一个的人。以及更多的陌生人，那些不安的眼睛。漂浮在玻璃与树木之间的福音。

我突然很想告诉哈米特，关于一个想要学习发抖的年轻人的故事。

一个被父亲与兄长视作废物的年轻人，怎么走出家门，经历了各种鬼怪和非正常的力量，一关又一关地通过。

那些让常人怕得全身发抖的事，他竟然一点也不惧怕。而这不惧怕，让他手中握住了一张天然的兑换券，可以用来兑换其他人因恐惧而无法做到的事。

在一座闹鬼闹得最厉害的古堡里成功守夜、击退各种恶灵之后，他获得了世人能想象的最高奖赏——迎娶公主、加爵封地。

我愿意学习发抖 |

然而，他并没有从此就懂得何为恐惧。

"如果可以办到的话，我愿意去学习发抖。"年轻人曾这么想。

那些漂洋过海、翻山越岭的人，不知前路的人，可曾颤抖。何时颤抖。如何颤抖。

那些笃定虔信的人，躬身忘我的人，手持明烛的人，可曾颤抖。何时颤抖。如何颤抖。

让哈米特戛然而止的是什么。

让安佳不能止息的又是什么。

而我，触摸到了真正的恐惧后又还怕什么。

我最后一次审视着哈米特的世界。两把大阳伞，一把黑色一把蓝色。八张桌子，五张黄褐色的塑料方桌，三张灰色塑料圆桌。椅子全是蓝色。门口一张吧台，一张锁在吧台上的高脚凳。两个冰柜，一个四门，一个两门。一个烤肉架，一个料理台，两个柜台，一个收音机。门铃，收音机，水彩画。

哈米特像根柱子一样，强壮、高大、坚定地立在柜台后面。像永远都不会离开。

就在我把空盘子递给他，准备离开时，他转身切起了洋葱。洋葱呛得眼睛发酸。

在我呼唤了他的名字后，哈米特回过头，在围裙上擦干净手，握住了我的："爽，我祝福你有好运气。一直带着好运气（Şans）。"

沿着大路走

妈妈叫我

坐标

施瓦本哈尔 · 德国西南部

普伦茨劳贝格 · 柏林

————

密码

《小红帽》,《格林童话》第26则

————

主角

费恩

（旅居柏林的学者）

我愿意学习发抖 ┃

　　小红帽对母亲说了一声:"一切我都要好好地做。"然后就同母亲握手告别。小红帽到森林里的时候,遇见了狼。她不知道狼是非常残忍的野兽,所以根本不怕它。它说:"日安,小红帽。""谢谢你,狼。"

　　……

　　它在小红帽身边走了一会儿,然后说:"小红帽,你看周围这些美丽的花,你为什么不瞧一瞧呢?我觉得,鸟儿叫得这样好听,你却简直没有听见。你只是走自己的路,好像上学的样子,不晓得郊外森林里面这样快乐。"

指路人的话

从甜美但平凡的南方小镇，逃离到大都市柏林。从地图上，意味着从西南到东北，穿越整个德国。

正如中国所有的县城都千篇一律，所有的乡镇都如出一辙，德国南方的小镇，美则美矣，构造都相互雷同——市政厅、教堂、市政广场、药房、面包房，加上后来诞生的超市。所以这里发生的逃离，是从相同奔向不同，是从熟悉奔向陌生，是从家的堡垒奔向人山人海。

而柏林，这里有世界顶级的博物馆、画廊、歌剧院，也有各种肤色人头涌动的小吃摊、前卫的地下俱乐部、黏满肮脏口香糖的柏林墙。是镜子，是熔炉，是每个人心中的拟像，是一整个未知世界。

抵达日记

2015年9月26日　晴　你把他的照片给我

　　城铁突然停了。所有人都离开了车厢。我呆坐着，一个中年男人走过来，好心地提醒我——车停运了，在这站换乘。站台上，风吹得头疼。很难过。

　　出站，哈米特的烤肉铺还没打烊。我去跟他打招呼，要一杯茶。比平时更重地加了糖。回来的路上，车窗外灯火通明的写字楼在夜里擦过，水色一样透亮的灯光。

　　我跟哈米特说，我心情不好。他问为什么。我说，我见了一个朋友，是个同性恋。哈米特说，我有很多同性恋朋友，我可以给他介绍男朋友。我说噢，不，哈米特，不是这个原因。他不快乐不是这个原因。哈米特说，你把他的照片给我。

　　我笑了，天哪，哈米特。

我愿意学习发抖　|

两栋相邻的房子。两座花园里的枝条攀越过篱笆交缠在一起。两个金发男孩。小的四岁，大的七岁。小的那个还在母腹中时，他们就已相识——"隔壁家的小家伙"。这是德国南方最富裕的地区，毗邻黑森林，城镇古老悠远，社区整洁有序。这里，三分之二的人信新教，三分之一的人信天主教。可忽略的零头里，不知信什么或者什么也不信。

　　"我们只是在彼此身体上探索。某种程度上，他是我的男朋友，但也可以说他不是。"费恩说。费恩是那个小一点的金发男孩。他在邻居男孩身上的"探索"，是指他十一岁，对方十四岁时，他们第一次的性经历。

　　"我们是一起长大的。他经常睡在我的房间里，当他来时，我就告诉父母不能进房间。"

　　夏天的花园浓绿，如墨如漆。蝴蝶或蛾子扇动翅膀，点点白色飞近。房门即将关闭的缝隙里，费恩的金色睫毛轻轻抖动了一下。身后的男孩比他高大，健壮，几乎可以说是个男人了。

十八年后，费恩与我坐在柏林普伦茨劳贝格一处露天咖啡座。他喝一口茶，用纸巾压压嘴角，"我们没有正式的分手，只是越来越疏远。他过上了另一种生活——发胖，酗酒，交了一个又一个女朋友。"

金发费恩马上就要二十九岁。现在他住在柏林，离开小镇已十年。他享受英式早餐，煮咖啡用意大利摩卡壶，偶尔自己做咖喱饭。看着我的东方面孔，他说自己最怀念的中国食物是火锅和重庆小面。

他不是那种随处可见的伪装者，用充满符号的生活方式来塑造一个想象的自我，让食物变得不再是食物，变成某种身份。他只是坦然对待自己胃的游踪，一如对待这具身体上的其他器官。

他有高智商人群里常见的淡淡的冷漠。精致的雕花水晶罩子保护着的一个自我。可一旦他笑出声来，就像晴空里放出的一连串烟花，敞亮，明朗，白色笑声绽放在婴儿蓝天幕上。

"我想，父母在我很小的时候就知道了。"

就像我们察觉了父母的秘密，先是针刺一般猛地缩回手，继而别过头去不看一样，父母又怎么会不知道我们的秘密呢？一扇门能挡住什么？同一屋檐下，呼吸着你我的呼吸，舔舐着你我的伤口，在洞悉了什么后，不过低眉不语。

"中国人说的'那回事'。"

费恩给我看他与父母一起在意大利旅游的照片。断壁颓垣中，南欧凶猛的阳光随意倾泻。母亲穿白色棉质连身裙，蓝色牛仔衬衫随意绑在肩上。父亲穿亚麻衬衫，乐福鞋。两人都戴着墨镜，同时看向拍照的费恩，目光中埋着一条隐形的绳索。两人看起来都很年轻，保养得宜，身体语言透出中产阶级的悠闲与守序。

他们很晚才要孩子。经历了二十世纪六十年代席卷世界的学生运动浪潮后，这对夫妇到老都流淌着嬉皮的血液。费恩出生后，他们决定不再要孩子，为了更自由的生活。而费恩这孩子聪明极了，在学校表现得就像个天才。虽然他们一人教数学，一人教英文，却罕见地从没管过儿子的功课。

但这个儿子却不是一般地不同。

"我从小就喜欢漂亮东西，高跟鞋。喜欢打扮自己。喜欢让自己看起来不一样。似乎有什么东西潜藏在我的皮肤下面，要破土而出，跟我相认。"

母亲显然更早察觉。"一起看电视，我会跟妈妈说，啊这个男演员长得真帅啊。"

只是没有被修正。母亲宠爱这个聪明的孩子，任由他去抓取喜欢的东西。不管是洋娃娃、连衣裙，还是积木、玩具枪。毕竟他们是"二战"后西德幸运的一代，德国的经济正高速递增，万事万物欣欣向荣。一切物质梦想不用太费力气就可以实现。养育孩子大可不必冀望他的未来如何闪耀。松弛，美好，世界似乎在二十世纪已动荡得太过剧烈，到了八九十年代，理想主义的光让一切都变得柔软起来。

可以说是幸运的，金发费恩就这么在镇上一点点长大。

这是个只有3.5万人口的小镇，名城环绕，它寂寂无闻。镇上的居民沿袭了自古以来经营盐业的商业头脑，闷声发财。镇上最出名的企业，是全国最大的房产贷款公司，用一只会招手的狐狸作吉祥物。也有其他带点灰色的历史。"二战"时，纳粹在镇上建过一个集中营，于是1945年小镇遭受了美军轰炸。大部分的中世纪古建筑被毁。战后，部分建筑得到修复，新建筑也开始出现。总的来说，这里既不美丽，也不丑陋。没出过艺术家、文学家。最地道的本地菜，是加入小块香肠和面包的土豆浓汤。

对一个孩子而言，平庸的家乡，其好处与坏处暂时不会显现。大部分的时候，一个孩子只需要能足够释放其肢体的空间与场景。草地、树丛、河滩，或者台阶、沙堆，甚至一堵墙壁。只有当幻想与美的意识觉醒后，平庸的一切才开始显得匮乏沉闷。

金发费恩已经可以在花园里奔跑。

每个晚上，父母会花两个小时给他讲故事。长长的阅读与想象。像所有小男孩一样，他喜欢海盗的故事，但跟绝大多数孩子不同，他最喜欢的是那些非常非常悲伤的故事。卖火柴的小女孩在圣诞夜里一根接一根擦亮火柴，在天堂幻象里冻死。小红帽被狼吃进了肚子，连带着迷惑她的针叶林、蘑菇和外婆的帽子。一起听故事的孩子受不了，哭了起来，费恩却要求听这些故事，一遍又一遍。长大后，他会用"悲伤"来描述这些故事的质地，但还是个孩子的他，无法解释这种痴迷。他比同龄甚至年长的孩子，更能体会到人类情感的细微之处，那些介于悲剧与喜剧之间的漠然和神秘。

等到费恩再大一点，可以独自出门拜访外婆时，也更多地向这个世界暴露出了自己的不同。

外公和外婆住在小镇的不远处。直到费恩第一次独自出门去看她，外婆已经在镇上居住了四十年。她的故土在"二战"后被划归波兰，于是背井离乡。她的生活从这栋异乡的房子里开始，她的女儿在这栋房子里出生，而这一天，她在这栋老房子里，等待她第一次独自上门的外孙。

费恩已经记不清，自己第一次独自去外婆家时，有没有听过《小红帽》的故事。就像大部分时候，想象和现实被上帝手中的捕蝇板黏在一起一样，我们将之称为记忆。

他打扮了自己。多年后的一天，当被我问到"你小时候最喜欢做什么事"时，费恩脱口而出："打扮自己。"打扮自己，用服装做道具做武器。但他并不是真的中意那些布料和颜色。只是用这些东西把小小的身体包裹起来的时候，他似乎看起来跟周围的孩子都不一样了。那时候，他还不知道，所谓不一样，就是切近独一无二，是每一个受造真正自我的显现与起誓。

时间在童话里的流逝方式，与我们所理解的"永恒"近似。费恩从化身为小红帽、踏出家门那一刻起，踩进了自己无法控制、人类的祖先无数次进入过的河流。从"吱呀"一声推开家门开始。

去外婆家，只需出门后左转，经过几栋红屋顶的房子，到达河边，跨过石桥，追索着教堂钟声的方向再往前走一条街。费恩回想着这条跟母亲走了许多次的路线，然而此刻母亲消失了，连一个透明的虚线画成的母亲都没有。

最初的几步，像美人鱼拥有了双腿后，踩在刀尖上一般的疼痛和恐惧。花园、蜜蜂、鼠尾草让人快乐的气味渐渐被抛在身后，雾化成童年遥远、棒棒糖味道的背景。对街那位寡居的太太，从白色窗帘的缝隙里透出一只眼睛，看着这个细胳膊的小人儿披挂得像个印第安人一样蹒跚前行。

熟悉的生活暂时退却。一片新鲜中，费恩挥舞着的双臂、迈动着的双腿，都属于自己。一个隐秘又开放的容器。

费恩遇见狼。在桥上。

没有窥视，没有觊觎，也没有引诱。费恩的狼压根就没把他放在眼里。那是一个少年。一头红发下却有东方人一样狭长的眼睛。费恩到达桥头时，他正脱掉上衣，准备爬到桥底去。那里恶作剧地挂着一对皮鞋。河对岸，一些更大的男孩趴着看热闹。那是具白得耀眼的身体，多年后费恩告诉我，肌肉和皮肤包覆在刚刚长成的骨骼上，呼吸一样轻巧。那纤巧的身体攀爬在桥墩陈旧的黑色石头上时，却力大惊人。

费恩呆傻地看着他的狼，忘记了该走的路。直至那堆看热闹的大孩子，无聊地走上桥来，一把抓下他印第安人的帽子摔在了地上。

"万圣节的小鬼！"

费恩还冻结在红发少年攀爬之姿带来的震撼中，任由那些人扯掉他的斗篷，拍打他的脑袋，痴傻一般。

"我最喜欢狼，狼肚子里装满了石头。"

想到石头在狼的肚子里"哐哐"作响，费恩笑出了声。他没有告诉我，那天后来发生了什么。

只是说，到达外婆家时，外婆把他拥入怀中，"可怜的孩子，你都湿透了！"外婆接过他手中湿漉漉的帽子，剥掉他湿透了的斗篷。光着上身站在外婆家的起居室里，灰尘在傍晚的光线里转动。费恩觉得自己轻松极了。

像每个孩子在不经意间拥抱棉被，而得到了触电般的快感一样。那天，费恩也发现了让他困惑又羞耻的秘密。红发少年白得耀眼的身体，从腹部点燃了他的身体。整条脊柱灼热得要扑出身体。这秘密击中时他的声响过于巨大，他觉得自己几乎聋了。整个身子都"嗡嗡"作响，从白昼到黑夜，他只好睁大双眼张开嘴巴，让身体里疾驰的喧嚣奔去未知的出口。

如果有人在回忆时告诉你，"我的童年是艰难的"，大部分时候，他都在陈述物质的贫乏带给柔嫩幼小身体的折磨。或者，家庭的变动带来的情感受创、缺失以及给稚嫩心灵带来的损害。很少有人像费恩这样，那么早就被自我、身份这些东西碾压和鞭笞，以至于成了他记忆里的"哐哐"作响的硬石头。

"男生在一起谈论女生，或者其他'男子汉气概'的话题时，我就装作若无其事，跟他们站在一起。他们说什么，我就学着说一样的。学着让自己看起来像个正常人。"

最初，他想要遮挡那些与生俱来的裂缝。

费恩家离教堂有两个街区，那位有点跛脚的牧师常在星

期五的下午登门拜访。虽然费恩父母在信教这件事上谈不上虔诚，但那些来自《圣经》的字眼总能飘上楼梯，从门缝挤进费恩的卧室，让他的罪恶无处躲藏。

一次又一次，他躲在房间里，看母亲送牧师离开。每一次，母亲或父亲都会把牧师送到花园入口，提醒他避开花园小道上那几块有点硌脚的大石头。通常，母亲会在牧师离开后，弹一首赞美诗钢琴曲。父亲会跟着吟唱两句。他们的生活安全，平凡，有动荡后顺服下来的静谧，更有费恩无法走进之处，只属于真正亲密的两人。

赞美诗响起来时，费恩总是想哭。母亲的手指怎样轻柔地按压琴键，也曾怎样轻柔地拂过他的额头。他窒息于长期战战兢兢生活、生怕暴露自我的恐惧之中。以及他根本说不出口，只能吞咽下去的，对父母巨大而无声的爱。

小镇上当然也有丑闻。但没有哪一桩，属于两个男人之间的事。费恩安静，羞怯，学业总是名列前茅。他观察着，也渐渐明白，虽然对街的老太太总是悄悄杀死一只又一只的猫，而去领圣餐的人中总有一两个冒着酒气，但是，属于自己的秘密一旦暴露，他将无法在小镇生存下去。

"教堂的钟声怎样传遍整个小镇，丑闻就会怎样传遍整个小镇。"

欢愉太短暂，像借来的光景。来自相邻那栋房子里的金发男孩，教会他如何用肉体抚平恐惧。两具小小的，尚未成形的肉体。但那些动作，那些手势，总带着一种视而不见的惊慌。来不及去细看他的和自己的身体，还没有等身体暖和起来，就匆匆完成了那套自以为属于成人世界的程序。以为身体可以是武器。让其疼痛，破碎，就有了一点跟造物主讨价还价的本钱，可以换回一点羞耻的欢愉。

夏天的傍晚，那些要下雨的时刻，蜜蜂显得格外慌张。它们的翅膀挥舞得过于用力，以至于费恩几乎要担心那透明的羽翼就要烧起来，跟被暴晒了几天的土壤一样"咝咝"作响。然后雨点就砸下来了。部分愚蠢的蜜蜂还没有学会逃亡，在紫色的气流里挣扎，扑腾，直至倒地，被临时冲出的一条条小水沟卷走。

身体疼痛的时候，费恩可以明白无误地确认它是属于自己的。哪怕这疼痛带着未知的恐惧和已知的羞耻。可总有点距离，他说不清，有什么东西，卡在他未成形的灵魂和这具身体之间。

很快，隔壁男孩进入了更为残酷的高中时代。几次在足球队里被队友羞辱后，他开始跟啦啦队的女孩约会。女孩，女孩，女孩。三周换一个，三周换一个。啦啦队的女孩跳跃到半空，劈开双腿。乳房抖动，嘴唇战栗，一种约定俗成的欲望与纾解。他与费恩不再往来。

高中，如果你记得的话，就像第二次婴儿期，穿着衣服，但光着屁股。荷尔蒙冲昏了大部分人的头脑，性事的得失成败是最高的炫耀资本。女孩们挺高胸脯露出大腿，男孩们津津乐道安全套的品牌。谁也不想成为滞销货。谁也不想与众不同。因为那意味着，你在性这场追逐大战中，成为了末端残次品。从来如此，进入成人世界的第一道门，不过是学会老套的调情，用一个个崭新的肉体。

费恩的伪装已经不能只是言语。当人人都在谈论如何操翻一个女孩时，他显得太沉默，太可疑了。

高一暑假，费恩一家照例去国外旅游。在成长岁月里，每年父母都要带他一起出去旅游三到五次，欧洲、非洲、亚洲。中产阶级的生活方式安适得像永动机，发出催眠般的节奏。如果你愿意闭着眼，就可以永久地闭着眼。

这一次，他们去的是埃及。

那天早晨起来，母亲身体不太舒服。三人用完早餐后，在酒店的仿古庭园里休息。庭园周围种着成排的棕榈和无花果树，正中一个池塘，浮莲点点。在东方韵味的蓝色晨霭中，导游出现了。这是父母专职雇佣的一名埃及历史专家，正在攻读博士学位。浅棕色的皮肤，有活力的青色胡茬。"请叫我萨姆。"

由于出发得较晚，游览完吉萨金字塔后，已经是下午了。

萨姆提议，休整一下后，前往附近一座小墓葬，费时短，人流少，给这一天做个轻松的结束。

没有什么可疑。一切都在安全的警戒线以内。

高中生费恩拿着一杯胡萝卜汁走进幽暗的墓穴。与其他墓葬里皇室成员的木乃伊，或者炫目的珠宝相比，这里显得过分朴实了。壁画被时间冲刷得斑驳晦暗，不经解说完全看不出任何迷人之处。

萨姆指点着那些扁平的人脸，解释他们的长幼尊卑。还有环绕的文字，讲述着复活的伟大使命，以及法老跨越生死两界的权柄。那些法老死后替代其心脏的圣甲虫，总是穿着蓝绿色的闪光盔甲。

胡萝卜汁很快履行了自己的历史使命，就是被费恩打翻在裤子上。擦了又擦后，父母与萨姆已走得很远。

距离费恩第一次遇见狼，已经过去了很多年。以至于他都忘了，狼是怎样不留一道抓痕就将他生吞活剥了下去。在那天之前，虽然他知道自己喜欢漂亮东西，喜欢与众不同，但哪个聪明孩子不是这样呢？那位红发少年再也没有出现在镇上过。费恩甚至怀疑，他也许是自己的臆想。

之后就是邻居少年壮硕洁白的肢体，轻如蝉翼的覆盖。但在身体惊天动地的发育和内心无法逃遁的羞耻中，费恩更多地把这份关系划归性。身体像石块，交叠着垒出一座异教徒的神庙。

但在这个阴暗潮湿的洞穴中，遇见狼那天的记忆找回了费恩。那是从嘴唇到脚趾都紧张得战栗的干渴，一个人想要献出自己的冲动。是肉欲的冲动外，更加无法填平的，深渊般的对爱的渴求——对联结的渴求，对杀死孤独与绝望的渴求。

在渴望面前，费恩知道，自己并没有学乖。

这是幅太过奇怪的壁画。两个男子，面对面，手握手，鼻尖轻轻触碰在一起。由于壁画的下半截已经剥落，费恩无法辨认清楚，他们是不是暹罗人最崇拜的连体婴。但从他们几乎一致的身高、装扮和在举止里给予对方的尊重来看，至少，这是两位极亲密的朋友。

"他们可能是连体婴，也有可能是两位同性恋者。"萨姆回来找他，发现这孩子痴痴盯着壁画。

费恩看他一眼，不做声。昏暗中，他们看不清彼此的神色。

"学者们为此争吵不休，谁也无法说服谁。"萨姆语气调侃。

"你觉得呢？"费恩问。

"看他们的头上，"萨姆的手往神秘处浮动，"那两个凸起来的词。两个人的名字。中间几个字母是一样的，都是古埃及语里'联合'一词。这是两个连在一起的人，无论是肉体

246　　　　　　　　　　　　　　我愿意学习发抖　｜

上与生俱来的连接，还是后天情同手足的精神连接。事实就是，两个男人的连接。"

虽是黑暗中，但费恩感觉自己的耳朵烫得发红，整个脸都要燃烧起来。而萨姆的气息越来越重，越来越近。

成年人的引诱，多少都带一点脏。鼻息的味道不属于少年清洁的身体，来自哪里，费恩恐惧得不敢去想。壁画上，两位男子似乎在嘲笑这世俗的重演与复制。他们手握手，面对面，蒸腾出隔绝了世界的亲密。

费恩扭转身，步子大得几乎要跑起来，要快快回到父母安全的堡垒，不容陌生人挑衅与亵渎的襁褓。呼吸粗得鼓膜上响起了一记又一记重槌。

狭长的过道中，一个阿拉伯男子带着四位太太与费恩擦身而过。四幅长长的面纱上，黑白分明的眼珠惊愕地看着这个面容激动得几乎扭曲的金发男孩。

"如果你一直很恐惧，你几乎就是死了。"

高中生费恩看见自己分裂成了两个。那个伪装的自己负责承担外在的社会身份，那份拙劣让人恶心。他模仿着低俗的话语，下流的动作，像淋了雨的羊一样惊慌失措。只为了合群，或者不被认出是异类。这个费恩抱着书、夹着球，走在千人一面的河流里。有时候面具会刺进他的面孔，像是要永久地长进肉里。他不敢睁眼去看。恐惧太重了，压垮了一切。

更有无尽的孤独。

一个女孩喜欢上了费恩。"越来越多的人议论，你为什么不跟她在一起？"

最开始，费恩犹豫着。"我告诉她，我不是个你想象的好人，并不值得你喜欢。也告诉她，我们在一起并不会有什么未来，一切都会让你失望。"

慢慢地，善良但无效的拒绝让费恩厌倦，更可怕的是，他发现自己并不那么想做一个纯粹的好人。如果伪装折磨的是自己，那面对一个自愿的牺牲品，为何不欣然接受，减轻每日每夜啃啮自己的痛苦？

"我说好吧，我们交往，但是两年后我就要去柏林。我会自己一个人去，不会跟谁一起。这两年时间内，无论发生什么事，无论我们爱不爱对方，高考之后我就会走，一个人走。"

学校的声音开始没那么刺耳。但费恩清楚，他在滑向一个新的自我。一个成年人觉得不痛不痒，却开始浑浊和残忍的那个自我。没有什么是纯白色的了，也没有什么再是雨后云层间那一小片蓝。都浑浊了。

外婆就要八十岁了。从家出发去看她，费恩已经只需步行三分钟。蜜蜂，河水，树梢上熟透了的苹果，都可以轻松甩在身后。甚至那时近时远的钟声，只要步子迈得够大，你都可以随时将之抛开。

他也这么盯着前方，目不斜视，抛开了女友。没有多少爱的话，分手就只是说一声永不会再见的再见。彼此身体上的印记，手指间温柔浮动的云朵，都迅速风干储存进记忆区。

费恩如愿以偿离开小镇，到柏林上大学。逃离之后，家乡缩变为一个非必须的选择。费恩越来越少回去。

"回去要么陪父母待着，要么他们来柏林看我。我不喜欢那个小镇。那里的人隐藏在面具背后。也许这样让他们觉得安全。但我不喜欢安全，它是自由的反面。"

强者费恩大步向前，穿越森林、积雪、沼泽和苔原。他对自己离家后的蜕变漠然视之，告诉我故事梗概，却拒绝讲述细节。他遇到了谁，爱了谁，离开了谁，更深的恐惧，他出柜，失恋，接受一个人的生活。

他从外婆家逃了出来，在针叶林自由自在，不必期待一个目的地。

我觉得必须提起另一个金发男孩。

"你还记得他？他过上了另一种生活，发胖了，酗酒。每次我回老家看见他，他都是喝醉的。我想他只是借酒精来麻醉自己，这样他就可以不思考。"

费恩轻描淡写，无视我对戏剧性或大团圆的庸俗渴求。

除了头发还是金色，那个人跟他已没有共通之处，也无甚意义。只是在那些极少的时刻，他醉醺醺的背影提醒费恩曾有的伪装与惶恐，像个耻辱的印记。

英式早餐早已吃完、撤走，我们喝了一杯茶，续了一杯，又一杯。太阳开始偏西，越来越多越来越重的阴影压在身上。也许我们一起坐时光机走得太远，此刻柏林初冬的阴沉要变本加厉地把让我们摔回现实。

就在我犹豫着不知如何继续时，费恩说："想不想去我家看看？"

斯堪的纳维亚式的白色，挑高的屋梁上有精致的雕花。房间几乎是空旷的，一条狭长的走廊连接起各个房间，沙发、桌椅像天使蛋糕上仅有的几颗草莓一样散落。不过，费恩的"草莓"不是艳丽的粉色，而是大地色和靛蓝色。

追赶太阳一般，我们快步从露天咖啡座离开。等到达一个街区外的公寓入口时，金色的余晖已完全被大地吸光了。寒意刺骨，柏林浸泡在苍茫暮色中。

我们似乎耗尽了一天里的说话配额，在费恩问了"咖啡？"后，两人都没有再出声。

一个房间里，两个还算陌生的人，沉默着坐了快二十分钟。其间费恩用摩卡壶煮了咖啡，给我倒了咖啡。拿出了糖罐。从冰箱里取出了牛奶。我加了糖，开始喝咖啡。松弛的、绒毯一样的沉默。这种松弛是不可能出现在异性之间的。虽然我们的谈话剪除了距离，但真正能抹除两个陌生身体之间僵硬的对峙感的，并不是言语。人与人，社会身份的交手中，若卸除了性别身份的桎梏与定论，就会出现这种无比自由的珍稀时刻。回归到抽象的人上去，谈些真正重要的事。

刚开始黑起来的天，在窗外是天鹅绒蓝。我感激这一刻。

白天，当我在接连问了几个跟父母、家庭有关的问题后，浅浅地道了个歉，希望没有冒犯到费恩。

"你可以问我任何事。"他这样回答。

从没有人敢这样跟我说。毕竟，谁没有一点秘密呢。惊讶之余，我肆无忌惮地问起来。直至问题和答案把我们带入早已告别的纯真水域。

然而就像你们看到的上述童年故事一样，我们毕竟是大人，或者说我们都早就被诱使我们的狼同化了。讲故事的人和听故事的耳朵都带着聪明又世故的法则，对被我们抛弃的世界不屑一顾。

我们的沉默，大致就是这样，疲倦，意兴阑珊。对自己的部分失望。对人类社会规则的再度确认与随之产生的无聊感。与对方无太大关系。

费恩脱掉了下午一直穿着的橘色防风夹克，只穿一件浅灰色短袖T恤，光脚踩在地板上。而我也脱掉了靴子和大衣。暖气温度适中，从四面八方将我们的身体淹没在温泉一般丝棉一般的半透明气息中。

手机响，费恩一边讲电话，一边走去隔壁房间。暖气片"咔哒"一声。光脚的费恩步子很轻。

我从沙发上站起来，走到书架前，打量费恩的读物。《蒂凡尼的早餐》，卡波特。《风景中的人类》，叔本华。《玫瑰之名》，艾柯。还有许多哲学大部头。英文书与德文书一半一半。书架第二层两个银色雕花的小相框里，一张照片是一位蓄须穿军装的老人，一张是两个穿短裤的男孩。跟费恩的言语不同，费恩的房间更念旧，更多时光的柔情。

"猜猜哪个是我？"费恩看着我手中那两个男孩的合照。

我指指左边那个眉目更清秀的男孩。费恩点头。

我再指指右边那个高一点的男孩，"是他吗？"

"哪个他？"

"那个他。"

"是他。"

"这是你几岁？"

"五岁。"

"那他就是八岁。"

"事实上，这是我五岁生日那天。"背景里有几个绑在栅栏上的气球。

"在家里的花园？"

"妈妈烤了蛋糕，我们吮着手指上的奶油。还有很多小熊软糖。我吃得太多了，不停地放屁，后来才知道自己对明胶过敏。"

我笑出声来。

"这是我外公。我高中时他去世了。"

"你长得很像他。"

咖啡因在我们的身体里动起来，两人渐渐恢复了精神，说话也响亮起来。

他给我看手机里更多的照片、视频。他的男友们都长得非常英俊。有时候，两人在日光下。有时候，很多人在派对里。

房间是个神秘的器皿。负责盛放肢体，并能阻挡溢出肢体、想要飘上天空去靠近那不可知的一枚枚灵魂。

男友们都是漂亮宝贝。

在房间里，他们打扮成兔女郎、美少女战士、艺伎，或者嘎嘎小姐、麦当娜、碧昂斯。我一个一个猜那些扮相是谁，刻薄地点评"假胸看起来太硬"之类。两人笑个不停。说到激动处，费恩马上站起来模仿那些异装后的姿态。我们就像两个互相给对方出主意打扮的小姐妹，一边谈论着镇上那些最风骚的女孩有多美或多蠢，一边着力展示自己对性感或诱惑的见解。不甘示弱。

拉娜·德雷在音箱里大声唱着，我被费恩手机里的视频逗得直不起腰。一个男孩前凸后翘，大声唱着歌。鼓风机吹动着他的假发，每次高音来临，他都猛然甩一下头发，你可以想象的极度风情。于是他也真的，风情万种。这是一种游戏，僵硬的身体想要变得柔软，坚毅的眼神想要变得顺服，壮硕的腰肢想要变得柔媚。于是他们蹬上高跟鞋，穿上迷你裙，套上渔网袜，亮出最红的唇，扑闪最翘的睫毛。

像是一种滑稽的表演。可是又是谁规定的，踩在高跟鞋上的大腿必须柔嫩纤细，而不是任意姿态？或者当风扇吹起来时，像八爪鱼一样散开、舞动的长发，又一定得带几分柔情？虽然我的理智在运作，但浓重的妆容，裸露出来的皮肤，强烈的性暗示，仍让我难以克服。轻微的恶心。那些不合常规的边界，冲撞着我们被规则驯化的部分自我。

都是在房间里，或大或小的房间。似乎进入一个房间，合上门，就可以成就一个新世界。除了那些没有生命的家具，房间里的每一个身体都在努力地要成为什么。成为跟他们被既定的模样所不同的什么。

那些可笑的吊带袜、天使翅膀、面纱、高筒靴，不过是通往再造之途的工具。而肢体与肢体之间的亲昵，手机拍下的图像与影像，只是一点请求与见证。看哪，我们再造了自己。

也有女人夹杂其中。费恩的好朋友。她露着真的乳沟，真的大腿，皮肤真的柔嫩着。

我难过起来。能明白这对他们来说是快乐，是游戏，是作伴与玩耍。但我真的伤感起来。

费恩跟着Remix版的拉娜·德雷晃动着身体。他苍白，瘦而结实，身体美极了，闭眼时就像个金发的天使。他的身体折射出一个我双眼所不能见的世界。

我们像爱尔兰人那样把威士忌加进咖啡里，所以很快，心脏像坐火箭一样"飕飕"地冲出大气层直奔火星，而大脑却陷进了彩色的沼泽，每转动一次都需要很长、很长的时间。

我开始痴呆地看着费恩笑，嘴唇发麻，手指僵硬，并像个小孩一样央求他："讲一个故事吧，讲一个故事。"

费恩的笑容同样缓慢，他举起一只手，然后断电了一样，手跌回沙发上，低沉但清亮的声音传过来。

"很久很久以前，有一个小男孩，他从小就觉得自己与众不同。而他也确实与众不同。太阳照耀他，月亮照耀他，清白的太阳和月亮都照耀他。他怀揣着自己与众不同的秘密一天天长大。

"终于，他长到了足够大的年龄，在离开家去上大学的前一晚，他决定写信告诉父母他的秘密。第二天一早，他就要坐火车去北方，他知道自己以后不会再回来了。

"这封信很短，短得只有三行。但写完后，他却失眠了整晚。第二天一早，父母还没有起床他就离开了家。他把那封信放在床头，却无力承担这一后果。他的秘密太可怕了，没有谁应该跟他一起承担这后果，哪怕是他的父母。

"在火车上，他坐到自己预订的座位包厢里，却忍不住大哭起来。也许，他再也不能回到这个家了。清白的太阳照耀着他的旅程，清白的太阳知道一切秘密。"

一种不好的预感。

我挣扎着坐起来。咖啡因和酒精混合后在我眼前炸出一串又一串蓝色橘色亮粉色的电波气流。我费力地控制舌头和语句。

"不，我不要听你的结局。"我看着他说，"费恩，相信我，如果这不是一个好的结局，就不要说出来，好吗？"

拉娜·德雷还在唱啊唱。

"我可以写一个故事送给你。事实上，我之所以迷恋写故事，就是因为，我们他妈的可以写结局。"

费恩的声音时近时远，他似乎忘记了我的存在，自顾自地走下去。

"小男孩去了北方的大城市，遇到了一个男人。

"他自信，坚定，总是告诉他，不要怕，去表现出真正的自己你就赢了。因为你已经失去了太多，早已无可失去。

"小男孩很爱他，愿意为他付出一切。可男人不喜欢他这样没有自我。他是个成熟男人了，满世界飞，有自己的事业。而男孩还太年轻。

"就这样，在一起两年后，他们分手了。男孩发现他很难再爱上别人。因为之后没有另一个人，会要求他先爱惜自己再爱别人。他也就知道，这些人并不是真的爱他。

"真正的恐惧是什么呢？真正的渴望又是什么呢？恋人本身就是长着四只脚四只手两个脑袋的怪兽。被劈开后，要去寻找到对方并再度连体。

"那么所谓爱呢？辨认出对方后的倾心交付。厌恶对方后的冷漠弃绝。所谓离别。

"不论我们承认不承认，这世上总是有些人活得要更痛苦些。这些被视作幸运儿的人，比那些羡慕他们的人活得更动荡。而那些认为他们是幸运儿的人，则更容易获得安稳的幸福。

"当然，可以短暂作伴。甚至，长久地作伴，以为自己不再渴望。但一个很少被人提到的秘密就是：人只有在爱的时候，才有真正的价值，才能不同于草木、走兽。人和人之间最神秘的连接。才能让你活着，才能忘了一切。"

长久的沉默。我不想去看费恩的脸。也不想让他看到我濒临破碎的脸。

很久之后，我们才从各自的沙发上爬起来，点燃一支烟。用力喷出的烟雾，就像一场反地心引力的细雪。

"有时候只是时机不对。"我试图让气氛滑向平庸与安全。

"也许。他让我知道我能做任何我想做的事。"

"你不怕了？"

"我怕。"

"哪怕像现在这样一直一个人生活下去？"

"就这样一个人生活下去。"

"还爱着他？"

"如果爱可以跟占有无关的话。"

门铃突然响了。

法比奥一定有两米高。一米六六的我站起来只到他胸口。他的手掌厚实，干燥，温暖，用力握手后，我稍微清醒了一点。

法比奥拎着两袋食物。整整两袋。他巨人一般的身躯踏进客厅后，震得房间里的雪"簌簌"掉落。圣诞铃铛、麋鹿、雪橇也"唰"一下涌进房间来。他就是给我们这两个又饿又冷的孩子带来礼物的圣诞老人。

我们乖乖跟着他走到厨房去，闻着肉桂、丁香、柠檬和苹果在铜锅里沸腾，糖分被蒸发，凝结，焦化，变成甜蜜的味道，变成我们一人一杯捧住的治愈之药。

　　费恩说，法比奥是他的好朋友。我心里惊叹着法比奥让人震惊的美貌。

　　"所以，你们下午都在谈什么？"法比奥给我的杯子加苹果茶。

　　"小红帽的事。"费恩"咯咯"地笑，还醉得很厉害。

　　我则因为陌生人的出现警觉起来，猛地清醒了，"聊费恩小时候的事，在南部。"

　　"我还真有一顶小红帽。"法比奥说，在他出生的意大利乡村，在他们的童话里，"王子"从不叫"王子"，叫"国王的儿子"。他的小红帽，是学校周年庆的纪念品。

　　"噢你们意大利人，除了面条就知道妈妈！"费恩嚷嚷。

　　"我们聊的其实是，从哪一天开始，你意识到自己是个男孩的。"我对法比奥说。

　　"噢，我吗？"法比奥转过身来，"我有三个姐姐，当她们不再带我一起玩的时候，我哭了。我不知道为什么。她们说，'你是男孩子呀，不能跟着我们去这儿去那儿了。'就这样，我就被变成了男孩。但你知道，这句话只是一个魔咒，我们需要破除它。"

一口平底锅里，他用干白煮贻贝，另一口锅里煮着意面。贻贝煮好后倒在盘子里备用，平底锅里加油、辣椒末，意面滤水倒进去翻炒。再撒上芝士碎末、香草碎末。香气"轰"一下腾起来。

费恩看起来清醒了一点，"我们是被别人告知的。通知一样，喂，你叫这个名字。你的父母是谁。你是男是女。你长得好不好看。你聪明还是蠢。别人会告诉你，从小到大。"

"是那些不能做的事告诉我，我是女孩。"我说。

"所以，你可以说这些都是扯淡。"费恩两只手有节奏地拍打桌子，像在催促上菜。

"大概七八岁的时候，那段时间，我常常故意做一些极其大胆的事。从五楼的阳台上爬到邻居家去啊，或者野蛮地打男孩啊，像是在试探，到底什么才是边界。是不是我做了这些事，我就会是个男孩了。"我说。

费恩点头，"试过之后你会发现，其实都无所谓。很多人一辈子都只用一个姿势做爱，因为他不敢，没机会，或者，根本在'一件事该怎么做'上，习惯了服从。对他们来说，世界早已存在，人类早已存在，只用重复就好。"

"哪怕是自己的身体。"

"哪怕是自己的身体。"

"不只是身体。"法比奥给我们的盘子里倒入炒意面。

"很多更重要的'第一次'，被追求美好表象的庸俗之心掩盖了。比如，第一次撒谎，第一次自慰，第一次背叛。"我大口吃意面。

"这些都是为了自己，完全为了自己。"费恩说。

法比奥跳起舞来。巨人的舞步。口袋里的钥匙随着他的身体"叮叮"作响。

他告诉我们，从撒丁岛到柏林，距离比我们想象中的更远。但因为他天生高大，所以走得比谁都快。沿途的风景，"吓得你只好一直睁着眼睛"。

他不相信训诫，只相信本能。欲望是最基本的驱动力。但世界仍狠狠教训了他。在酒吧的后巷，他被一群恐同的男人痛殴，差点在脸上划上永久耻辱的标记。在远洋的货轮上，他拒绝跟一个大副交媾，结果被水管差点捅穿了直肠。那些睁着眼睛的日与夜，跟狗没有区别。更不要说日复一日折磨人的歧视，与家人不可能割裂的关系。世俗社会，宗教伦理，没有一点缝隙让像他这样的异类存在。"如何对得起你从小就信仰的上帝？"

所以要在房间里插上天使翅膀，要在被遮蔽的屋顶下让肢体裸露，让那不被允许不被祝福的肢体现出原形来。

在接受了费恩一切理所应当的说法后，法比奥的话再度痛击我，让我无路可逃。

与费恩不同，法比奥的父母没法面对这个事实。他们只是乡间的农民。而法比奥只是一个厨师，他没法像费恩这样，以知识分子经过训练的头脑去陈述这些事。

痛苦因此更加剧烈。而消除痛苦的方法，也更直接。只需让自己的身体摆上去。主动或被动的，称得上是男友的，或者根本连名字都不知道的。

爱这个字眼，从来都是被教育而出。当没有范本可以模仿时，就只能自己去铺出一条路来。用时间，用血肉，这些可以分食给上帝或魔鬼的东西。

法比奥快乐得很。在与狼游弋的过程中，为什么要穿上红色的斗篷，不过是为了让红色的气息穿透细密的树林与风，被狼嗅到。而那一头金发，那一副肢体，那一双细嫩的手，都要遮蔽起来，在被发现之前，在被发现之后，都不再重要。

"想想狼，法比奥，你进了森林就永远出不来。"费恩说。

"最糟的不过是，我们不回去。"法比奥说。

"事实上，我们也根本回不去。"我说。

蘑菇的滋味甜美，野花的香味沁脾。谁让我们穿上了红色的斗篷。如果不去怪罪，那就不要忧虑。在针叶林里，有未知但可以确定的恐惧，吞噬与湮灭。

法比奥说，在意大利，狼被孩子们叫作"狼叔叔"。

"狼叔叔，我就要躲起来了。"

姐姐们离开他，结伴去玩洋娃娃的那天，他躲在远远的墙角看了很久。她们轮流给那个脏兮兮的洋娃娃当妈妈。梳起娃娃亚麻色的头发，编织成发辫。把勺子和水杯递到娃娃嘴边，再轻轻拍打它的后背，好像它真的被食物呛到了。还用纸巾给娃娃擦屁股。几双手扇动在鼻子边，似乎娃娃真的臭起来了。最后，扒掉娃娃的衣裙，把那橡胶做成的小身体泡在水盆里，一点点清洗着并不肮脏的橡胶肢体。小小的脸蛋，小小的脖颈，小小的胸脯，小小的屁股。小而真实的一切。姐姐们抬眼看看墙根下的法比奥，不赶他，但也不欢迎他。只是彼此远远地看着了。

法比奥把最后一点苹果茶倒进我的杯子里。他低头时，我看见他脖子上仍挂着一个小小的十字架。

这世上，小红帽最后都会学乖。

"这次可真是九死一生！以后，我绝不会再那样做了。如果妈妈让我沿着大路走，我就老老实实沿着大路走吧。"

大路，那就是另一种故事了。

但我说了由我来写结局，所以，雪粒跌落，天使蹁跹，我祈愿——这里出现的三个小红帽，永远都学不乖。

吹笛人答应我

也能见到一切奇观

坐标

法兰克福 · 德国西部

~~~~~

密码

《花衣魔笛手》，德国下萨克森州民间传说

~~~~~

主角

尼古拉斯

（历史系研究生）

汉斯

（青少年文学专家）

吹笛人走进去，孩子们向里涌
待他们全部进入洞里，
山腰的大门便紧紧关闭。
说全部？不！有一个是瘸腿，
一路上他不能老是跳舞；
在后来的岁月里，如果你责备
他愁眉苦脸，他就老倾诉——
"玩伴们走了，城里真无聊！
我念念不忘，我永远见不到
玩伴们能见到的一切奇观，
吹笛人答应我也能看见。"

指
路
人
的
话

　　初来乍到者容易被法兰克福繁盛的城市外貌迷惑。这里是全德
国乃至整个欧洲的经济、金融中心。股票交易所、国际银行、展会、
价格昂贵的酒店……似乎路上步履匆匆的都是商业精英。

　　但不要被这些蒙蔽。美因河畔的这座古老城市，拥有法兰克福
大学这样的知识殿堂。大学校园里的法本公司大楼，就是一座现代
德国历史与文明的纪念碑。这里曾是纳粹的工业总部，是一切探求
自由与人文精神的噩梦所在。

　　但历史轮回，让这里成为了生机勃勃的大学，创造力的摇篮。
与海德堡这样的大学城不同，法兰克福的人文气息与人间烟火并存，
更当代，更真实。

抵达日记

2015年10月8日　晴　从没想过的见面

　　我在这里寻找什么呢？也许我的全部构想都是幼稚可笑的。

　　而我经历的一切一切，背后真的能支撑起故事吗？也许只有我的生命体验是唯一宝贵的东西。我要保守它。小心的，易碎的，充满不确定的这颗玻璃球。

　　……

　　不得不说，教授比照片上好看。他很惊讶于我的性别、我的年轻。

　　我们都很高兴见到彼此。他让我稍等两分钟他处理邮件，完了后我们就到隔壁办公室他的助手（或者是其他教授）那里，坐下来聊了一下。那位女士见到我也非常惊讶又高兴。他们身上都有很可爱的东西，我希望我也能保留这样的气息。

　　在这儿聊了一会儿，我们返回教授的办公室（他之前提议要不要去咖啡馆，但发现时间过了四点已经关门）。我把录音笔打开。事实上我根本没有意识到我们聊了多久，因为太专注了。

　　教授实在太可爱了。哎，可惜我已经过了读书的年龄了。

　　真是从没想过的见面。

尼古拉斯

一轮中国的圆月。还有许多跟月亮一样圆的月饼。那是在昆明，我和朋友被一个中国家庭邀请，跟他们一起过中秋节。

这个节日和月亮本身一样让人着迷。夜晚空气里的味道，某种独特的花香，还有月饼、茶。主人们告诉我，这是一个赏月的节日。最好能在户外，吃月饼、喝茶，抬头看看月亮。

事实上我们也这么做了。昆明的夜让人难忘。空气中带着轻微的凉意，但是干爽。男主人女主人和他们的女儿，让我品尝了不同口味的月饼。有些是用鲜花做的，有些里面有火腿。食物让人难忘，而月亮终于从云层里出来的时候，我们都抬头惊叹起来。

那之前，我在云南旅行了两周。这个省份跟我几年前在山东旅行的感受截然不同。有极美丽的雪山、湖泊和河流。在村子里，房屋多半是用木头修建的。人跟动物也很亲近，无论是马还是大象。我试图去捕捉这片土地上最神秘迷人的那种特质，但是很困难。我想对于一个欧洲人来说，这是一个在新闻里读不到的中国。我自然也在北京见到了奥运之后的那些雄伟建筑，拥挤的交通和人流，但我想我来中国旅行，

我愿意学习发抖 |

是为了看到一些局部的面貌。局部的、细微的、个体的面貌。我不相信集体的命运，只期待个人的故事。

我之所以选择十八、十九世纪德国史作为研究方向，主要原因也在于，这一时期，德国开始一点点变成一个统一的国家。语言、文学、思想，都开始以整体的面貌崛起。

不论我们愿意与否，我们的生命都属于一段特定的时间。我的父母是"六八一代"，对他们来说，马克思主义、自由主义是生命的烙印。我这一代人自然也有我们的烙印。但我倾向于不去臣服于这种所谓"一代人的胎记"，就像我遇见的每一个中国人，他们都各不相同。即使是同一年纪的人，也千差万别。论断和概念是危险的。

中国的月亮故事，是关于一棵桂树，一个拿着斧头的男人，一个孤独的仙女，还有一只兔子。我在男主人的指引下，从月亮的光影上辨认着树和兔子。那些深浅不一的颜色，看起来确是一幅图案。有意思的是，这种对图案的信任和敏感，让我想到中国的文字。也许，自古以来，中国人就着迷于图案和图案具象的意义。在我看来，月饼就是一种具象的模仿。尤其是那种白皮的月饼，捧在手里就是捧着一轮小小的月亮。而我也注意到，这种月饼是用纸包着的，纸上印着红色的汉字。把纸张一点点打开的过程，充满了仪式感。

这些故事自然是那个夜晚迷人的部分，但最让人震惊的，是男主人为我们演奏笛子。他并不是一个音乐家，据他说，他只是工作之余喜欢音乐。他演奏笛子的技巧，也只是在零零碎碎的时间里自学的。他给我们看那支笛子，是由一根完整的竹子做成的，上面有孔。竹子被打磨得非常光滑，是近于黄色的一种绿。男主人告诉我们，在中国的某部古典小说里，中秋之夜的笛声，不是客人坐在演奏者对面聆听。而是演奏者走去一座山上，远远地让笛音飘过来。

这个故事里蕴含着迷人的差异性。人们在等待笛音，然后捕捉到一些片段。在特定的时间和环境里——夜晚、月色，附以密码一样的笛音作为破解，由此完成了东方的一整套审美。其中有距离，有不确定性，有听觉与视觉的结合。最重要的，有想象。

而我们所熟知的关于笛声的传说，则并不关于等待，而是关于痴迷与跟随，关于复仇与死亡。这种死亡还不是一般意义上的死亡，而是孩子的死亡，成千上万的孩子同时死去。想想那个发生在哈默尔恩的捕鼠人故事。花衣魔笛手来自何方我们无从得知，只知道他手中的魔笛，可以吹出让听者迷醉的乐音。全城的老鼠蜂拥而出，跟随笛音掉进了河中。但大人背信弃义，不支付应给吹笛人的酬劳。

"跟我走，跟我走。"

黎明破晓时，吹笛人奇妙的笛音在哈默尔恩的街道里穿梭，但这一回，只有孩子们能听见笛音。着魔一般，孩子们冲出家门。跟诱鼠时一样，吹笛人踩着节奏穿越小镇，但这一次，跟在他袍子后面的，不是大小不一的老鼠，而是大小不一的孩子，专注听着那奇妙的笛音。

有时候我会想，最棒的童话，都给予我们一种栩栩如生的"场景再现"。有一个至关重要的画面，其重要性甚至盖过了情节，让人在第一次听到或读到这个故事时，就永远忘不掉它。比如《亨舍尔与格莱特》里，孩子们用作路标的、在月光下发光的白色小石头，以及糖果做成的屋子，一整座屋子！或者被困在高塔上的莴苣公主，那头金色的、散发着柔软迷人香气的长发。一条金色的发辫从高塔上垂下来！还有，我们现在说到的一个吹着笛子的花衣人，一群只有他膝盖那么高的孩子的小脸。

这些场景击中我们的潜意识，让我们久久难忘。中国的传统故事里也一定有这样的画面。可能对每一个读者而言，这种让人迷醉的想象力在于，每一件物品都来自我们的日常生活，但在故事里，它们以强大的方式组合出新的东西。里面不只是有情感，还带有某种强大的意志。

阅读是私密的，阅读也是神秘的。每个人都在头脑里储存着属于他的秘密画面。但如果我们仔细想一想，当我们想到糖果屋或者魔笛手时，我们看见的是一整幅画面，但同时又会不自觉地代入某个角色——想要掰下糖果屋的玻璃舔着吃的孩子，或者被笛声迷住了停不下脚步的小男孩。

当其他种类的书读得越多，我就越发现，童话故事给予人的代入感，你说是游戏感也好，是无比强烈和真实的。当我们玩超级玛丽，踩扁一个又一个蘑菇去救公主，我们真的就代入了玛丽的角色，但又能以上帝视角看到故事的全貌。这也是童话之一种吧。我们喜欢这种感觉。说起来，这真是一件奇怪的事。

汉斯

我出生于1949年，所以我的童年是在二十世纪五十年代的西德度过的。那是一个跟今天截然不同的年代，德国也处于一种特殊的历史境遇里。我的父母是典型的中产阶级，政治上他们右倾、保守。成长于这样的家庭里的我，在长到十几岁时，面临激进的学生运动，也不可避免地成为运动的一员，虽然从不曾是领袖式的人物。跟那个年代的每一个年轻人一样，我们熟读并信仰马克思主义，但我从来不是毛泽东

我愿意学习发抖 |

的信徒。在我的同学朋友中，毛泽东的信徒或者托派的支持者都大有人在，现在看来，这是一种很难避免的命运。时代的潮流裹挟着个人，面对从未有过的历史，人很难不去相信那些理想主义的、有激进色彩的东西。

七十年代是我在大学求学的时期，最开始我读的是德意志语言与哲学。有趣的是，那时候我并没有对儿童文学产生兴趣。我研究浪漫主义的诗歌，慢慢深入到浪漫主义的整体。但当我1976年毕业时，发现很难找到一份工作。与德意志现代文学相比，儿童文学是一个尚待开垦的研究领域。种种契机下，我转向了这个方向。

这时候，我已经是个成年人了，却开始重读或者真正阅读伟大的儿童文学作品。当我还是个孩子时，也读《格林童话》。但格林的原文对孩子来说是有些困难的，所以多半是保姆给我读，或者我自己读专给孩子提供的简明版本。而那时候图书馆的经费也比较少，一个孩子很难读到同时代的儿童文学作品。

所以当我读到伟大的阿斯特丽德·林格伦时，我已经是个大人了。可是她作品的伟大仍然打动我，也让我确认——儿童文学不止人们想的那么简单，也不像人们反对的那么符号化。

反对？当然。在六七十年代的自由主义、革命主义大潮里，所有传统的、古典的东西都被质疑、被推翻、被重新审视。童话也不能逃脱。童话被猛烈地批评，童话，尤其是《格林童话》，成为被批判的靶子。有人认为这些故事已经过时了。这些故事里的角色们代表了传统的角色类型，父亲的角色、母亲的角色、男孩的角色、女孩的角色，似乎都是一种前现代的模式。他们也将故事里蕴含的暴力元素作为一个点，质疑孩子们阅读这些故事后，是否能成为一个现代的、健全的人，认为这些故事是不能适应现代教育的需求的。

在这样的风潮下，很多童话被重述，结局被修改。自然，这样的质疑在日后的发展中是有益的。毕竟，自诞生后，童话本身就是一个不断变更、自我更新的载体。格林版本的童话故事里，女性角色确实显得不那么"现代"。提出这种质疑，也是跟六七十年代后各种思潮的出现相关的，女性主义当然有阐述故事的其他角度。所以，童话的理论领域，慢慢出现重述童话和理论批评两大模块。但这些观念的载体，仍然是童话本身。

到了八九十年代，激烈的社会运动慢慢平息后，人们看待古典和传统的心态也变得相对平和。人们意识到，童话是欧洲伟大传统的一部分。于是，童话的潮流回归。

在我看来，这并不是年轻时是左派的一代人，到了中年后就变成了右派所造成的结果。

叙事文学在剧烈地更迭。

在马克思主义、革命主义影响下成长的一代人，习惯于阅读现实主义的文学作品。可是，不知不觉间，现实主义文学衰微也好、面临困境也好，更多的读者选择从幻想文学中寻找阅读的滋养。整个幻想文学领域重新勃兴，托尔金[1]、刘易斯[2]，英国人发明的奇幻文学，开始发出强大的辐射力，让人们在想象的共和国里以平等的方式相遇。

想象的国度。如果我们认真思考这个意象，会发现它超越了时间和空间，突破了不同文明之间的障碍。里面的角色，公主或者精灵，魔鬼或者骑士，都不需要我们在了解一个国家的历史和文明后才能理解。但是，要让一个德国人读非常地道的中国小说，是非常困难的。现实主义文学总是扎根于某个国家的土壤之中。人的言行举止、故事的冲突成因，都以这个国家特殊的文化作为背景。

在大学课堂里，给学生们上课时，总能发现，现实主义的外国文学，理解起来相对困难，必须附以历史和文化背景的讲解和研究。学生们在学校受教育读现实主义的作品，但

---

1. 托尔金，英国作家、诗人、语言学家及牛津大学教授，以其经典严肃奇幻作品《霍比特人》《魔戒》与《精灵宝钻》而闻名于世。
2. 刘易斯，又称C. S. 路易斯，英国二十世纪著名的文学家、学者、批评家，最重要的基督教作者之一，此外也是儿童文学作家，代表作首推七部描写"纳尼亚王国"的系列童话。

他们私下读科幻、奇幻、未来、吸血鬼故事。对老师来说，要为这些文学作品寻找意义和解答是困难的。

而幻想文学则相反。我们可以想想《魔戒》或者《冰与火之歌》，这些世界按照某种前现代的规则运行。而在这种"前现代"的时代里，地球上的各个国家之间的标准差异并不大。二十世纪毕竟是一个剧烈变动的世纪，政治、经济、社会运动，让每一个国家都变得更复杂、更具差异。尤其在马克思主义的影响下，现实主义文学一度成为某种极度狭义的现实主义书写，甚至有"为某个阶级的文学"。这些创作标准，在今天看来是彻底错误的。

以格林为主体的现代童话，诞生于德意志现代民族国家的形成时期。德国从分散的几十个小城邦，变成了统一的国家。但从历史的进程看来，童话在这一时期的特性，带上了时代的特殊性。而在我看来，不要去维护所谓童话的"纯洁性"，让童话这种叙事类型随着时代不断变化，才是可取的。

因为纯洁性并不存在。

我们总是为时代所局限。辨认并了解真正叙事传统中的要素，那些埋藏于人类心灵中的秘密，是一代又一代读者和学者的任务。但更重要的还是创造，创造才会让讲故事的声音不会停歇。

毕竟，我们的社会规则和道德标准也在不断变换。花衣魔笛手把大人的道德困境惩罚于孩子身上，可是在后喻文化的语境下，也许孩子会惩戒那些不守承诺的父母。或者，孩子与吹笛人是更隐喻的道德关系。故事的结局不是封闭的，而故事刺激人们的想象，去讲述新的版本，这是故事本身的魅力所在。

作为一个读者，我乐意看到格林兄弟变成了驱魔人或福尔摩斯，与幻想世界里的鬼怪、巨人们踏上一次又一次冒险之旅。这种体验本身激动人心，因为它与我们的生活相连，我们于是不再孤单。

尼古拉斯

我想跟你分享一个故事。

我的祖父喜欢打猎。他喜欢带上猎枪在山里远足，然后打点小动物。事情发生的时候我大概五六岁，我们家，我、父亲母亲和姐姐，住在德国南部的一个小镇，还没有搬来柏林。一天，祖父决定在进山时带上我。我的装备是防滑的靴子、一柄小号的斧子和一包小熊软糖。事实上，靴子和斧子完全是为了装样子，后来真正派上用场的是那包小熊软糖。

大概这是我们爷孙第一次远足，所以祖父选择的路线并不特别难走。我们沿着镇子的外围，慢慢就走到了山脚下。上山的路显得开阔，但慢慢就变成山间小径。

那是秋天，在黄色的树叶间你能发现红色的莓果。祖父不让我采摘那些莓果，所以红色的莓果只是远足路上的风景。我们一前一后保持队形。有时候我在前，有时候祖父在前。现在回想起来，我会有些懊悔，在他去世之前，我们从没有认真地谈一谈他的爱好。他为什么那么喜欢打猎，为什么那么喜欢一个人走进树林里。正是这些爱好，让他成为他那样一个人，可我却失去了了解的机会。

越往山上走，地上的脚印越少，积叶越深。有些地方，落叶铺得厚厚一层，踩上去淹过了我的膝盖。我喘着气，看着祖父的背影。天知道，那时候祖父还完全不像一个老人，不像他日后那样，坐在椅子上晒半天的太阳。

我模糊地想着，我们到底能打到什么样的猎物。兔子？山鸡？或者别的体积更大的野兽？一想到"野兽"这个词，我就激动起来，紧张的激动。虽然我连宠物都没有养过，却天真地觉得可以捕获一只野生动物。

事实上，这天和祖父的远足算不得一场真正的狩猎。我们没有住在他的狩猎小屋里，也没有带什么装备，甚至也没有带狗。大概他只是想让我体验一下猎人行进在森林里的感受。

森林对德国人来说，是某种精神归属之地。森林并不会带来恐惧，相反，它具有某种镇静人心的力量。要理解这个民族，必须试着去理解森林。当然，在很多童话故事里，人走进森林，故事就拉开帷幕。

一路上，祖父没说话，我也就安静着。这种安静让我第一次产生了一些关于时间和存在的思考。这些思考跟我独自待在房间里，思考的关于个体命运的那些想法不同。不知道为什么，我就想到了上帝与永恒。准确地说，是上帝的永恒、宇宙的瞬时和人的微小。直到今天我也清晰地记得那种被雷电击中的感受。我看着祖父的背影，还有祖父背影之前没有尽头的树木、灌木、草丛，突然想到我们都只是暂时的。我们暂时地走在这条林中路上，暂时地遇见一些生灵，暂时地分享着远足的快乐与秘密。但暂时的背后是什么？

我没有说话。我觉得这是我的惊天发现，所以要紧紧守住这个秘密，就像是一条通往未知的通道。

就在这时，一头鹿从我们身前跃过。距离近得我都能闻到皮毛的味道和热乎乎的鼻息。我以为祖父会做点什么，但他就像没有看见一样继续迈着步子往前走。

"不是猎鹿的季节。"祖父说，并不是从你眼前出现的动物就得被击中。猎人要遵守自然的规则，选择你的猎物。首

我愿意学习发抖 |

先要观察，怀孕的母鹿不能猎。其次要准备，选择最合适的角度射出子弹。还有，不要浪费你的猎物，肉和皮毛都应妥当处置。

在祖父的森林小屋里，日后，我看见了许多悬挂在木板墙壁上的鹿角，还有他留下的狩猎笔记。里面记录了猎物，也记录了天气和规则。一本猎人手册。

所以，现在我可以说，打猎绝不是一个杀戮的游戏。而是一种契约。一种美德。一种自我实现。

但还是个孩子的我并不能理解这些。我害怕了，或者只是累了，也许怪那头强壮的鹿，我哭哭啼啼，不肯再往黑漆漆的深处去，失掉了耐性。毕竟，我不知道这么走下去，我们到底能做什么。规则是我所不知道的。

看我哭了很久，祖父只好蹲下来，从我的口袋里把小熊软糖掏出来作为安抚。糖进到嘴里，我很快忘记了烦躁与恐惧。

后来大概我们又走了很久，祖父教我观察动物的粪便与痕迹。再后来，就是我们两手空空地回了家。

这或许不算一个故事，那种严格意义上的故事。可是对我来说，这里面有一些日后我没有再遭遇过的情感与经验，某种坦白。

而我跟你提到它，是试图为我们谈话的主题提供某种个体经验。因为走在森林里时，我满脑子都充塞着童话里的细节，某一时刻甚至觉得就要遇到一口泉水，我把指头伸进去，手指就会变成金的。或者精灵们就要跳出来，在我面前打开一张会自己开饭的小桌子。

这些想象真实得似乎我伸出手就能摸到。只因我暂时从熟悉的生活环境中隔离了。一个亦真亦幻的世界就变得触手可及。事实上，谁能否认它们的真实存在呢？人的意识是局限的。我们不能认知人类精神存在的整体面貌。

在花衣吹笛人的故事里，有一个孩子因瘸腿而没有跟上队伍，最后没被吹笛人带进山窟。

> 玩伴们走了，城里真无聊
> 我念念不忘，我永远见不到
> 玩伴们能见到的一切奇观
> 吹笛人答应我也能见到。

安抚我的，的确是那袋小熊软糖。但真正让我镇定的，是那些让森林变得有故事、有想象的细节。是我独自一人时看到的图景。森林不再是由树木组成的世界，里面住着些我极其熟悉的人和事。大概可以把它们称为朋友。所以它们不是陌生的。

我想，正是因为这些复杂的情感，所以我们永远都需要故事。

汉斯

我有两个孩子，两个女儿。小女儿学的是经济学，现在正在汉堡实习。她刚打电话来说，已经找到了地方住下来。

孩子和孩子天生是不同的，即使是同一对父母诞下的孩子。而我们——父母，只能在孩子的不同上去理解这种差异性。这种理解，让你跟孩子相处时变得松弛。甚至跟父母的相处也松弛了。

很多时候，并不因为我一辈子都在研究青少年文学，就更能理解儿童或生命本身。文学是人类的创造物，而生命是上帝的创造物。

所以我们接下来要谈的关于文学里的"洁净"，也是一种经人手而成的结果。

十九世纪之前，欧洲并不存在专给孩子阅读的读物。在我们今天所认知的"童话"诞生之前，欧洲就已经有几个世纪的书面童话的传统。那些故事是我们今天所归属为"童话"的这一类叙事的雏形和源头，但还没有经学者之手变得"洁净"。

我们现在能追溯的最古老的书面童话来自意大利。巴西耳用那不勒斯方言写下的那些童话，是所有童话最伟大的源头。他的著作在法国广为流传。意大利之后，法国贡献了童话形成的第二站。今日德国的许多城邦，那时候通行的语言还是法语。法语里诞生了许多童话故事，因此在当时的欧陆，用法语写作的童话被广泛阅读。你可以想象，这种广泛的阅读，让童话从书面又回到了它的口头传统。在我看来，口头传统与书面传统之间的关系，从不是对立的、充满敌意的。相反，它们是相辅相成的。

我的一个主要研究方向，是十九世纪诞生于德国的浪漫主义。如果没有那一场影响深远的运动，今日的童话也许会是另一个样子。格林兄弟所整理修订的童话，就是这场运动的重要成果之一。许多思想流派都认为，童话来自于比较低的阶层的口头讲述传统，比如劳工阶层。这是一个很好的观点，但并不是事实。

童话诞生于中产阶级，是欧洲文明进入现代之后的产物，与传统更久远的传说或传奇不同。传说或传奇非常本土化，主要在较低的社会阶层中流传，是我们今日所认知的另一大叙事传统。

童话则与之相对立。最初，童话主要是爱情故事、婚姻故事，是中产阶级茶余饭后的消遣。其中的爱情故事往往有章可循，结局往往是夫妻和好，带一点训诫意味。这些故事里充满情色的细节或暗示，与后来我们狭义定义为童话的故事差别较大。

事实上，即使格林兄弟整理和修订的"洁净"童话里，一共二百多个故事中，也有很多是动物故事、幽默故事，大约只有三分之一是狭义的"童话故事"。

那么，是谁认为童话是适合孩子阅读的呢？这其实来自于德国浪漫主义运动的观点，某种程度来看，得出这种观点是有些奇怪的。因为，孩子们对爱情、对性、对婚姻主题的故事并不感兴趣，对吧？

浪漫主义者认为，孩子带有某种"前现代"属性。孩子们普遍相信动物会说话，相信万物有灵，自然、植物、动物与人都一样。用一个现代的成年人的观点来看，这是一种神话主义的想法（Mythical Thinking）。浪漫主义者在童话故事里发现了同样的神话主义想法，将之与儿童的普遍心理相联系，认为儿童应该会喜欢这些故事，会在这些故事里找到某种感应。当他们提出这个观点时，人们很震惊，觉得童话故事里其实有很多东西并不适合孩子。但浪漫主义者坚持他们的观点，认为童话是适合孩子的，只是需要对这些故事做出修改。

以格林兄弟为例，他们从改变童话故事里的角色开始。故事的女主角们年纪越来越小，从少女变成了女童。在故事里，女孩子们最后也会结婚，但这是过家家一样的婚姻角色扮演游戏。格林把原本的爱情故事变成了关于孩子与童年经历的故事。某种意义上而言，他们为孩子创造出了一种读物。这种读物是改造而出、为适应孩子需求而生的儿童文学、儿童故事。慢慢地，后来的人们达成了一种共识：童话就是给孩子读的。但很少有人去想——这些"童话"之前的童话是什么样的？

　　在德国的文化语境中，童话故事的版本被格林的版本强大地统治着。然而，格林之前的童话是什么样的？这毕竟是一种被选择的传统。经过两个世纪学者们的思辨与选择，形成了今日的童话传统。所以到了十九世纪，这些故事被放在孩子卧室的一角，变成了儿童文学。可是我们稍微往回看一些，就会发现，就在一个世纪以前，这些故事还在中产阶级的成年人手中流传，并不是低龄的读物。

　　所以现在，当我们在讨论童话是什么时，我们一般都是从十九世纪的情况开始讨论。但当我们意识到，格林的版本只是童话的一种可能时，就开始重新去发现、思考原始的童话到底是什么。

　　童话到底是什么？这是一个对欧洲和美国文明——即我

们说西方文明——至关重要的问题。它诞生并流传于欧陆国家，经由一代代学者与作家之手，见证了欧洲文明的演变与更新。是的，在格林之后，斯堪的纳维亚的童话作家们创造出了童话更丰茂的形态。这些加起来，形成了童话的王国。而在美利坚文明兴起后，从迪士尼开始，到更多元更丰富的影视形态，都让童话成为大众文化领域、流行文化领域不褪色的主题。在西方世界，人们很了解童话。这种了解来自于传统，来自于变革。

而经历了二十世纪后，无论是社会主义、学生运动还是其他社会潮流，今天我们审视童话的意义还在于——它是非现实主义叙事的一大源头。当现实主义的文学由于各国在二十世纪境遇的巨大差别而让年轻一代很难轻易地阅读时，非现实主义文学、幻想文学，越来越为人重新重视。

正像现在我们的谈话，你，一个二十世纪八十年代出生在中国的女孩，我，一个二十世纪四十年代出生于德国的男人，我们谈论童话，比谈论这两个国家二十世纪诞生的现实主义文学，要容易，也更深入。

说到底，想象与情感，是人类共通的。

尼古拉斯

　　我从小就是个安静的孩子。可能父母生我时年纪太大，导致我的身体不是很好。所以跟邻居的男孩相比，我更多时间待在房间里。

　　房间里的世界，跟由足球场或游泳池连接起来的世界，法则不同。

　　首先，你要了解你能在这个房间里干什么。房间并不只是四面墙壁、一个屋顶构成的方盒子。房间之所以叫作房间，首先，它有一扇门。跟大部分孩子不同，我并不太痴迷于钻进衣柜躲起来的游戏。对我来说，有一扇可以控制的门，似乎就够了。

　　那时我家的房子有一个很小的后院，姐姐房间的窗户就正对着它。而我的房间的窗户，则正对着邻居的房子。那是一幢跟我家一模一样的二层小楼。这一带的房子都长得一个样，因为我们的祖父母都是"二战"后迁来的，暂居在这里。总之，窗户看到的景色几乎就是我们家的全貌，虽然是复制版的。那么，当我关起门来时，就拥有了一个独特的空间。我知道自己是房子的一部分，房子是街道的一部分，而房间属于我。

有兄弟姐妹的好处之一，是你的成长有了某种参照。很多时候，你更能确定自己喜欢的是什么，进而可以判断自己到底是个什么样的人。我的姐姐喜欢跟伙伴一起玩，等她到了青春期，就变成了长时间地跟朋友聊天打电话。我不喜欢这些。我喜欢自己读书，大一点了就自己打游戏。即使跟朋友在一起，也是一起打游戏。对男孩来说，一起打游戏就是一种交流：并肩作战。

游戏里蕴含了叙事。跟传统的阅读体验相比，还有一个角色选择、分配与扮演的体验。我们玩游戏时的视角，也慢慢经历了上帝视角到主观视角的转变。但从一开始，游戏玩家体验到的，就不只是故事，而是命运。

可以说这是新的致幻术。电影的致幻术在于，让陌生人在黑漆漆的空间里同时进入一个故事。而游戏则更个体化，其中的"公共空间"也更庞大。同时，游戏也需要阅读。线索通常由文字来作为提示。玩家读取它们，思考自己的下一步行动。

这是一种更复杂的"行进"。如果我们把通常的阅读推进视为读者的一种"行进"的话，你很容易能辨认这二者的区别。

我清晰地记得，当我开始可以自己翻书时，获得了一种前所未有的快乐。怎么说呢，虽然你手里的这本书可能印刷了一千册或者一万册，也就意味着有一千个或一万个人可以跟你一样，翻开这本书，从第一页读到最后一页。但是，每个人翻开书的时刻，读第一行字时的感受，都是只属于他自己的。

想想看，只需要动动手指，你就获得了一种独一无二的体验。这对童年的我来说，是一个至关重要的发现。

还有，文字本身。文字本身携带着形状和意义，还有音节，但每个人读到同样的文字，想到的东西并不尽相同。我幻想的糖果屋可能是通体透明的，然后七彩的棉花糖像氢气球一样拴在房子四角。而你，想到的是什么？那是因为我和你，我们是两个不同的人。

我开始像搭积木一样搭建我的大脑里那个漂浮旋转的世界。而当想象真的在这个世界里定居时，我开始成为我。

我开始可以跟其他孩子讲话，可以告诉他们我的世界里有什么。你可以想想看，最开始的时候，跟玩伴在一起都是在做什么。角色扮演游戏肯定有，很快乐，你扮演士兵甲我扮演士兵乙，或者你扮演公主我扮演王子。你们会起争执，因为你觉得公主应该这样，她觉得公主应该那样。你们都有各自的想象。那些委屈的小孩，总是扮演他们并不喜欢的角色，但他们心里早已坚定地有了属意的角色。这些玩耍和争执里，我们选择那些跟我们相近的人做朋友、好朋友，而那些漂浮在其他想象王国里的孩子，则变成我们不喜欢的人。

我愿意学习发抖 |

怎么说呢，规则早已铸就。从我们的脑子有思想开始。

每一代的孩子共享一些共同的童年想象。米老鼠跟莴苣姑娘住在一个国度，天空中飞翔着喷红的龙，雷神在甩动锤子。对于比我更年轻的一代，也许这个世界里还飞翔着日本动漫里的武将和动物。

很多时候，男孩因为惧怕被人认为是娘娘腔，不会去承认或讨论自己脑子里那些幼稚的幻想。只不过我们依然会像战士一样，或者像潜水员一样，一次次地进入虚拟的世界，享受幻想带来的纯粹的快乐。

你说这是一种沉迷也好，或者就是人本身的渴望也好，总之，就是忍不住，一次次地走进去。那个并不存在但又真实存在的世界。

对了，花衣吹笛人的故事里，那个瘸腿的小男孩一直瘸腿：

> 笛声不响了，我停步站立，
> 发现自己没进入山里，
> 被留了下来，我真不愿意。

有钥匙的地方，一定也有锁

坐标

卡尔斯鲁厄·德国西南部

施特格利茨-策伦多夫·柏林

~~~~~~

密码

《金钥匙》,《格林童话》第200则

~~~~~~

主角

嘎玛 GAMA

（旅居柏林的蒙古族艺术家）

冬天里,有一次落了大雪,一个贫穷的小伙子到外面去,用雪橇运柴。他把柴捡在一起,放到车子上,因为冷得厉害,他不肯回家,要先烧火烤烤。他把雪拨开,扫除地面,找着了一把小金钥匙。他以为,有钥匙的地方,一定也有锁,他就在地下挖,找着了一只小铁箱。他想:"但愿这把钥匙是这口箱子上的!箱子里一定有值钱的东西。"他找钥匙洞,没有找到,最后他看见了一个洞,但是小得差不多看不见。他把钥匙插进去试了一试,运气很好,正合适。他就转了一次。现在我们应该等着他把锁完全打开,揭起箱盖,然后我们就知道,小箱子里有什么稀奇东西了。

指
路
人
的
话

　　王宫在北面山顶上，是整个卡尔斯鲁厄的圆心。围绕着王宫，塔楼、花园、街道、树木像太阳的光线一样向外放射。巴洛克式的庄严华丽，让这座德国西南部的小城成为设计美国首都华盛顿时的蓝图。

　　但卡尔斯鲁厄是低调的，整个城市洋溢着舒缓的节奏。这里的几所大学，让城市被青春的活力装点。尤其是那些学艺术的学生，走在艺术与媒体中心（ZKM）里，你会见识到他们的才华和狂想。

　　往北七百公里，柏林承载了全德国年轻艺术家的梦。这里的纬度几乎与中国的北极村一样。夏天，白昼最长的时候，晚上十点多不入夜。而到了十二月，下午四点街道上就亮起了圣诞彩灯。变得不一样的不止是纬度，柏林，一切都有机会，一切都更艰难。

2015年2月24日　晴　唯一的亚洲面孔

卡尔斯鲁厄离法国只有十五公里。

坐电车。一路往山下走。电车老旧。座位是木质靠背和铁靠背，绿色的漆和皮，很有社会主义时代的感觉。一路慢悠悠往山下走，卡尔斯鲁厄挺美的。老年人多。学生多。大家都穿着厚重的冬衣。也有要展示青春资本的女孩，在车站前敞开衣服，露出只穿了薄薄一件低胸衬衫的身体。有很苗条的少女，光脚穿着白色帆布鞋，露出来的脚冻得很红。也有上了年纪的两个老太太，站在车站前一边抽烟一边聊天。

我是这里唯一的亚洲面孔。做唯一这种事，略微有些不安，但也有自由。

七岁那年，嘎玛上学了。孩子从牧区上来，拉羊一样被车拉到镇上。苏维埃式样的排房改造成教室，嘎玛混在羊群中，进入屋檐底下的世界。脚下"嘎吱嘎吱"响，他们管这个叫"木地板"。他们——是大一些的孩子，老师，或者更多的陌生人。嘎玛穿着小蒙古袍子，脚上套着小蒙古靴子，每走一步木地板就回应他"嘎吱"一声。他很不自在，不自在得几乎就迈不开步子来。在这之前，他的头顶上是天，云，星星。钻进蒙古包里，脚下踩着的是折断的草茎与泥土混合的地，有湿润的腥气。跟蒙古包外面的地，一样一样的。木地板跟嘎玛，嘎玛跟木地板，格格不入。后来——很多年后，嘎玛在回忆往事时发现，就是在这一天，踏上木地板的这一天，他开始了另一种生活。被木地板隔开的不止是土地，也不止是草原，而是他不需要钥匙也能进入的世界。

上世纪八十年代初的内蒙古牧民，跟全中国的人民一样，在大集体中生活。劳作需分配，粮食靠供给。

嘎玛的父亲母亲都是牧民，一家三口住在蒙古包里。

小时候，家里很穷，唯一来钱的办法就是卖羊。羊也不是很好卖，就是用羊和羊皮，和人换东西。换点盐，换点米。一家人养五十只羊的话，其中二十五只或者三十只是给集体代养的。羊集体屠宰后供给北京、供给上海，总之是供给牧区之外需要羊肉的地方。

说起童年、吃、喝这些最初的切肤记忆时，嘎玛吐出的语句是这样的——

"没菜，粮少，总吃肉。"

"一张粮票两个馒头。"

"中央领导需要羊肉。"

口吻里是孩子被大人告知某种现实时，被动、模糊的转述与模仿。

至于为何父母只诞下了自己一个孩子，嘎玛也不明白。至于如何变成了一个牧区长大的独生子，这对他来说，一直是个谜。1977年，嘎玛出生的这一年，中国大部分的城镇孩子成了独生子女。他们中的绝大多数，从此都持守着一个被孤独、沉默和过度的注意力所光照的童年。实验品般的切割感与某种神秘。嘎玛意外地成为拥有这种体验的孩子之一。

父亲沉默固执，母亲勤劳慈爱。他们的独子嘎玛成绩很好，被视为可以考上大学走出牧区吃城里饭的孩子。一种盼望。

嘎玛也确实争气。争气，一个大人口中常见的词汇。潜台词是，男人就该有男人的样子，丈夫就该有丈夫的样子，而孩子，最好也该有一个听话的孩子该有的样子。什么样子呢，大概就是学习自觉上进，身体健康别生什么病，在父母的训诫面前能低眉顺耳。这样，大人们不仅会评价这孩子"争气"，还会由衷地赞扬他"懂事"。这几乎就是最高的赞美了。

多年以后，嘎玛也为人父。他陪儿子画画，自己画得太快太好，儿子倍感压力，"爸爸讨厌，我不喜欢画画了。"嘎玛觉得有些自责。他的童年里没有这种来自父亲的陪伴，以至于也不知道该表现到什么程度才是合适。

他花时间给两个儿子讲故事，故事的主角往往是自己绘画世界里创造出来的角色。讲着讲着孩子会反驳，"不对，这个人不是坏人。"或者说，"他上次出现在另一个地方。"孩子毫不费力就能进入嘎玛幻想的世界，那些跟他的童年经历牵绊不清，时不时浮现，甚至可以直接从他的画中辨认出来的一个世界。

他以这样的方式留存和更新着自己的童年。

从内蒙古走到德国，走的路太远，让嘎玛不仅卸掉了一身铠甲，还长出了自己也不明白的软肋。他画画，爱，养育，成了一个与自己的父亲截然不同的父亲。

在嘎玛的画室里，我们谈到童年所见之物会印在视网膜上，成为潜意识里的风景和色彩，成为创作者终生的命题。

我告诉他，孩子相信稻草可以纺成金线。只要你掌握了神秘的咒语，金线就会从纺车里汩汩而出，堆积成山，人会瞠目结舌。只有小精灵飞舞着，安之若素，因为他们知道，不过是源于一个咒语。

那是些怎样的小精灵呢？在嘎玛的世界里，他们穿行于草原、房间、雪山、天空与秘境之间，守护着诞生之初的原色。蹁跹飞舞。

嘎玛说，大儿子出生后，眼睛蓝得像天空像海水一样。那蓝纯粹鲜亮，连身为画家的他也只能惊叹并凝望。慢慢，也许是越来越多的光线进入了眼睛里，儿子的眼睛不复当初的蓝色。他仍漂亮，是会让路人驻足的可爱宝宝，但那诞生之初的蓝再也没有回来过。

诞生之蓝是纯色之一。嘎玛指点着画布上饱和度极高的色彩，说，蒙古袍——湛蓝。哈达——雪白。敖包上的彩旗——大红大紫大绿大黄。草原——绿，真绿。"自然里的颜色就是这样的，没有加过任何变过的颜色。"

高饱和度的色彩流淌在画布上，编织出一个个梦境。守护神、萨满、蘑菇、木地板、雪山、白桦树，这些可分解的现实物件与符号，融汇在一个个交叠、扭曲的空间里，是嘎玛随手采撷再造而出的，只属于他的世界。

在远离故土的德意志，他用颜料与画布涂抹出了一个理想国。

那些颜色的纯度，看久了让人眼睛发胀，想流眼泪。像远山的呼唤，或者鹿群奔跑的鼓噪。是我们所见的世界里没有的景象声音。

这些，对嘎玛来说，是在破裂与冲撞中铭记下来的。

在没有见过另一个世界的灰色前，他并未真正懂得原色之美。

二十世纪八十年代的牧区，人分两种：放羊的、上班的。放羊的住在草原，上班的住在城里。跟那时候的中国其他地区，人分成上班的、种地的相同又不同。上学前，嘎玛只见过放羊的。放羊的人穿戴鲜亮，蒙古袍与哈达，敖包与彩旗，颜色争先恐后要跟天空和草原唱和。等他到了城里读书，发现城里人穿的都是灰色或者军绿色，只有胸口的领袖像章或袖管上的臂章带一点鲜红。

牧区偏远，闭塞，一切大事发生与传递的节奏都落后于城市。当"文革"的狂热已经在大城市偃旗息鼓时，这里还迟缓地重复着过时的口令与号召。如热天午后树枝上一只蝉般对时间和空间显出漠然来。支援边疆的知青们尚未离开。胸口别着毛主席像章去照相馆留影，仍是荣耀的事。对嘎玛来说，红卫兵、大字报就是童年的一部分。领袖像章就别在他的蒙古袍子上，滚烫的光荣渗透灼烧着他胸口幼嫩的皮肤。

或许因为过早经历了两个截然不同的视觉世界，嘎玛在某种程度上成了一个幸存者。他的画里，会出现床幔低垂的意象。红色的床幔、床单，你看到就想躺上去。很软，软得让你忘了一切，只有睁眼闭眼的红色。但他到此戛然而止，不再多言语。因为，"从那个房间出来后，会发现根本不是红色的，床也没有那么软。"

他的画里，在山峦、桦树、麋鹿、精灵守护的房间里，会突然出现悬崖峭壁，把空间破开，漏风进来。而在峭壁与风之间的土地，是一格一格的木地板。彩色的世界和灰色的世界在这里交融，说蒙语的，说汉语的，还有说德语的说英语的，都涌进房间来。众声喧哗。把风带来的那个空间及它的更远处则鸦雀无声。每个观众，都能对着画面听到属于自己文化基因里的声音，像冬夜里的一记又一记的鼓声。

嘎玛说，有时候，他会看着儿子涂鸦。孩子画的是他们想要的世界。孩子想盖房子、想开车、想去太空，他画出来。

对嘎玛来说也是如此，绘画是自由。人类现实中做不到的东西，无法表达的东西，让绘画来做。

穿行在绘画王国的平行世界里时，嘎玛手中握着一把把钥匙。要讲述钥匙，必须先讲述萨满与守护神的传说。

嘎玛有一幅画，白杨树围成一圈，一个穿彩条裙子的人正腾空一跃。

"我姑婆她是萨满，现在还在，八十多了。"嘎玛说，姑婆是萨满，而萨满手里握着钥匙。

如果我们的肉体生病了，萨满法师说，其实是你的灵魂生病了。我们的灵魂要是好了，肉体自然而然就好了。但是你的灵魂需要有个人去和他聊，需要告诉他——你的肉体那边出了事情，你自己要看一下。

这个人就是萨满法师。

他有钥匙，可以去到另一个世界。这个钥匙不是汉语所说的开门的那个钥匙。这钥匙可能是一个口令，可能是一个地方，也可能是一个眼神。"萨满他有钥匙，可以在我们这个世界和另一个世界来回穿梭。"

嘎玛画了"守护神"系列。蓝鞋子红礼帽的小人站在雄鹿的头顶，守护着一个世界的入口。红衫子蓝褂子齐刘海的媚态女人，骑坐在棕熊头顶，也守护着一个世界的入口。还有其他守护神——白衬衫黑裤子马丁靴装扮的朋克青年，穿红色斗篷款大衣的双胞胎少女，赤裸上身鬼魅苍白的精灵。或坐或站在动物巨大的头顶上。看似静寂无声的画面里，守护神和动物，两双眼睛同时看向画面外的你，突然耳边就有风声。

"你的钥匙在哪里？"

你得问这些守护神。

你会问什么？

在嘎玛小时候，全世界他最怕的人，就是萨满姑婆。家里人一提她名字，嘎玛身上会起鸡皮疙瘩。这名字也被用来当作喝止嘎玛哭闹的法宝，只要家人一报这名字，他就不哭了。不敢哭了。

在牧区，那年头婴儿的成活率不高。嘎玛身体不好，被父母寄养在萨满姑婆家。那是个特殊的蒙古包，每天人来人往。除了像嘎玛这样体弱多病的小孩，大人病了牲口病了都要给萨满姑婆看。看一看，摸一摸，寻求一点人所不能的解决方案。

寄住在那里时，嘎玛时不时就要看姑婆作法。

姑婆只有一米四一米五的个头，小老太太，很黑很瘦。但嘎玛感觉她是三米高的庞然大物。一个巨人。一个不可知不能知的存在。姑婆很疼爱嘎玛，但嘎玛就是怕。他觉得在

　　　　　　　我愿意学习发抖　|

姑婆旁边有一种力量,有一种形容不出来的气场。

自然,姑婆也曾是个小女孩,并不是生来就是萨满。听家里人说,她身体很差,从小一直病,死去活来那种病,从来没好过。直到有一天,一个白胡子老头出现。那个老头在姑婆家的蒙古包里待了十天半个月。自那以后,姑婆再也没病过,但变得神神叨叨的,说很多从前从没说过的事,说很多其他人理解不了的事,也从此被认为具备了某种其他人所没有的能力。

"文革"开始,知青下乡,把姑婆揪起来打。她的神神叨叨加剧了,人们说,估计是给打疯了。然而,幸运或不幸的,她也因此在人祸之中没再受更多的苦。谁会跟一个疯子较劲呢,他们要找的都是些正常人。虽然在1949年之后,萨满就破除了,但民间的崇拜并没有立马消失。即使在牧民们都认为姑婆已经被打疯了后,还是有很多人去找她。把牲口和孩子抱在怀里,去找这个疯疯癫癫的萨满,寻求解脱,寻求医治。

人的祈求一旦说给萨满听,就要寻求出口。

姑婆拿着鼓,穿着大袍子,戴着用彩色布条做成的头饰。这就是作法了。作法之前,她会把草啊毛啊这些不知从哪寻来的东西燃起来。烟熏火燎,姑婆跳跳跳跳很久。嘎玛偷偷看着。姑婆会突然"巴嚓"一下倒在地上,然后"唰"一下就

我愿意学习发抖 |

能坐起来。这些肢体外在的动作，只是神秘未明，并没有让嘎玛恐惧。恐惧的是他试图去寻找姑婆的眼睛，却在那张被小彩条遮盖的脸上，看到一双只有眼白的眼睛，或者一对流血的眼睛。他不知道姑婆是不是要死了，她看起来确实像是要死了。就在这种时候，姑婆会突然叫起来，叫声像鹰一样，或者像鹿一样。嘎玛吓得哭起来。那不是人类能发出的声音。

在清醒的时候，姑婆曾告诉嘎玛，这些时刻，就是她用钥匙在问守护者了。如果问得对了，通过了，她就可以去那个世界了。

那个世界。

"萨满这个形式有点笨拙。萨满我觉得他不是信仰，他是医生。"三十多年后，嘎玛这么对我说。

在嘎玛的画里，穿彩条裙子的萨满形象常常可见，但那股神秘力量狂飙的极点往往是守护神不在场的一刻。

有一幅画，主体是一个巨大的房间，有五十个你我叠起来那么高。一大片桦树林突然冲破了房间墙壁，千军万马奔腾咆哮着闯进来。萨满双手扯住一块蓝布，几乎就要被这阵飓风刮走。他一只脚高高跷起，跳跃起来，要扑向那个世界。这是个两手空空的萨满，没有鼓，没有袍子，赤裸着身体只抓着一块被风鼓起来的蓝布。

嘎玛说，他相信有那个世界存在。而那个世界的入口，从他的潜意识流淌至画布上定型时，通常是在一个铺着木地板的房间里。

泥土与草被阻隔开，铺上木地板，走上去"嘎吱嘎吱"响的一个房间。

我告诉嘎玛，关于钥匙，我们脚下的土地有着最古老的传说，故事的男主角也是一个穷人家的小伙子。

冬天里，有一次落了大雪，一个贫穷的小伙子到外面去，用雪橇运木柴。他把柴捡在一起，放到车子上，因为冷得厉害，他不肯回家，要先烧火烤烤。他先把雪拨开，扫除地面，发现了一把小金钥匙。他觉得，有钥匙的地方，一定也有锁。他就在地下挖，发现了一只小铁箱。小伙子想："但愿这把钥匙是开这口箱子的！箱子里一定有值钱的东西。"他找钥匙孔，但半天没找到。最后他看见了一个小洞，但是小得几乎看不见。他把钥匙插进去试了试，运气很好，正合适。他就转动了一下。

"然后呢？"嘎玛问。

"故事的最后一句是——现在，我们应该等着他把锁完全打开，掀起箱盖，然后我们就知道，箱子里到底有什么稀奇玩意了。"

"就完了？"

"也可以说，故事才刚开始。"我说。

　　　　　　　　　我愿意学习发抖　|

作为钥匙的隐喻，萨满总需要寻找下一个萨满，嘎玛说。他们需要把手中的钥匙交出去。如果哪一天，萨满预感自己将要离开这个世界了，就会上路去寻找下一个萨满。

新萨满在遇见老萨满前可能是一个普通人。老萨满会帮助他把世界打开。如此传承，在西伯利亚，在蒙古草原，在北亚广袤辽阔的土地上，代代更迭。

钥匙是危险的。而你一旦开始了寻找钥匙的旅程，就无法停止。

离开草原前，没有任何一个老萨满找上嘎玛。虽然他也许渴望过那种能力。后来，让他去往另一个世界的钥匙，不是咒语，而是把物事画在纸上的能力。

事情从嘎玛意外摔断腿开始。

中考每天考两门，得考好几天。第一天考完，嘎玛跟人借了辆摩托车想赶回家。那时候，城里回牧区的路根本没有灯。迎面开来一辆卡车，车头灯坏了一盏，远远看起来以为是辆摩托车。卡车拉着一车砖，撞上了嘎玛。腿一下就断了。断成好几截的腿让嘎玛住了三个月医院。最后，没有考试成绩的结果是，要么复读，要么失学。

一个小学同学、好哥们的妈妈是位能人，帮嘎玛找了关系去职高读书。职高只有三种专业：电脑、室内装修、美容美发。嘎玛此前都没有学过画画，但他天生就会画，而且画得好，就选了室内装修。

之前，家里人一直觉得他是上大学的料，画画哪能当回事。他只能偷着画。初中的时候，他个子高，坐在最后一排。看着前排同学，就用铅笔勾勒他们的背影。铅笔在书的空白处描出一个个人形来，胖瘦高矮。同学们围着看，翻着看，"啊这是我"，一眼就能认出来是谁谁谁。

画画慢慢被确认为他的能力，也开始显现为被铸造成一把钥匙的可能。

在职高学室内装修，美工课要画素描，三角体正方体，黑白夹灯，荷马头像。老师是内蒙古师范大学毕业的，这是离牧区最近、设有美术专业的一所高校。看到嘎玛的素描，老师说："你造型感特别强画得特别好，建议你每天多画一些速写。"

那时候，城里最能见着不同样子人的地方是火车站。牧民们挤在车站里等车，有时要等一两个月。还有好多流浪的人。火车站是苏维埃式建筑，大厅开阔，顶特别高。候车室里摆着长条凳子，人或躺或坐。也有些残疾人，或者贩夫走卒，蜗居在这个屋檐下。他们无所事事，只是一个钟头又一个钟头地坐着。似乎就在等待一双眼睛，一支画笔。

我愿意学习发抖 ｜

从老师告诫嘎玛该画速写的那天开始，最少有两年，这个少年每天都去火车站画速写。"无论下刀子还是刮炸弹风，每天都去。最后就有八麻袋这种速写，编织袋。"他模糊感受到心里涌动的热流，可以通过画笔流淌出来，被固定在纸张上。而这种固定，与放羊或剪草所带来的愉悦截然不同，它指向一个未知的方向，不是双脚在奔跑，而是一颗热切的心。

就这么画着画着，外面世界的气息开始吹了进来。城里有根很高的竿子，竿子上绑着两个大喇叭。广播站每天"滴答滴答"从大喇叭里传出讯息来。所谓讯息也无非是："今天打疫苗啦牲口全部来集中一下。""明天牧区主任下来视察啦，圈、牲口洗一洗弄弄干净。""后天……"

但突然有一天，喇叭里传出一首歌。后来他知道，这是摇滚。嘎玛站在大喇叭下面，听得热血沸腾，到处去打听，"谁唱的！谁唱的！"要么邓丽君要么《铁窗泪》的歌声里，居然有人能这样说，这样唱！嘎玛开始知道，在首都北京，有崔健，有黑豹，有唐朝，有超载，有一个吞吐出的字句能重击他内心的世界存在。

想象让人澎湃，让人有改变的一隙盼望。但通往那个世界的入口在哪里？牧区没有一个人去过北京，但在嘎玛每天去画速写的火车站里，总能看见过站车的车身上标着那滚烫的两个字——北京。哐哧哐哧，铁轨吞吐出一个梦。嘎玛拍打着全身，想看看能不能有一把钥匙从身体里跌落出来，拍来拍去，身体只是身体，跟牧区少年并无二致，除了手中紧紧握住的画笔。

还有一年，嘎玛就要从职高毕业了。美术老师说，你毕业后，不一定当美工给人家搞室内设计，还有一条路你可以选择，你可以去呼和浩特，考内蒙古师范大学美术系。先有专业课考试，专业课过了就有文化课考试，不考数学物理，而且你语文那么好，有可能考上。

嘎玛跟五六个同学一起，瞒着父母去了呼和浩特。在内蒙古师范大学和内蒙古艺术学院都报名了，想摸摸路子，明年毕业了正式报考。

报名那天，内蒙古艺术学院门口排起了长龙。全内蒙的艺术考生，从很远的地方来的都集结在了这里。有些人穿着大皮衣、牛仔靴，甩着长头发，跟"唐朝"一个装扮，把嘎玛和他的伙伴们震撼了。"你看人家多……哇……你看咱们土成什么……女孩子，牛仔裤（膝盖）能这么弄开。我们都没穿过牛仔裤。"

在省城见了世面，专业课又都考过了，嘎玛有了信心。在职高的最后一年，他坚持每天去火车站画速写，等待着毕业来临报考美术学院。

但家里对他这个半大小子的前途规划开始有了矛盾。一个从小被指望着上大学的独生子，半途意外上了个破职高，正经大学没法上了，画画又不能当饭吃。父亲说，给你两千块钱，职高毕业你开个修摩托车的铺子。

当时，牧民不骑马了，改骑摩托车。摩托车比马快，比马耐久力强，还时尚。只要有油，能跑好几百公里。而且摩托车坏了以后很少有人会修。父亲说："修摩托车吧，能挣点钱。"嘎玛不服从，"我说打死我也不能想到，长这么大了，十七八岁了，将来到老，我是修摩托车的命。"无法接受。

命运也在给出其他暗示。

一个同学的爸爸去北京提疫苗，成了牧区少年最羡慕的人。他当然带回来了牲口要打的疫苗，更带回了一套照片。天安门广场、人民大会堂、长城、颐和园，燕京、国贸，对少年们来说，那简直就是天堂的模样。

嘎玛跑去问美术老师，北京有没有学校可以考？老师说，北京有全中国最好的美术学校叫中央美术学院。可以考一考，但是特别地难，我估计你们都考不上。还有挺多其他学校，工艺美院、广播学院、轻工业学院，都可以考，去吧去试试。

商量来商量去，原来一起去呼和浩特考学的伙伴都犹豫、退缩了，只有嘎玛在内的两个人想去。怎么去呢，不能跟家里人说，家里人不给你钱。去趟北京得多少钱啊。父母一辈子都没去过北京。嘎玛去给人家看牲口，赚钱、攒钱。等到要去北京的日子到了，两人就各自跟父母说，是去对方家里住，帮忙看牲口。

火车"咣哧咣哧"进站了。

去北京，当时得二十八个小时，票是买不起的。两个少年"猫"上车去，跟人求情，想藏在火车座位下面。一看是牧区上来的小孩，没钱，大人们听了几句好话就让两人钻到下面躲起来了。查票的来问，就说下面放了书包。躲在座位下面，嘎玛觉得一点也不累，也不渴。北京！

走出北京站，木地板之上的世界开始疯狂扩张，庞大无序。每一口呼吸都夹带新鲜刺激的东西进入大脑和身体。

嘎玛生平第一次见有轨电车，汽车上面长着两根大天线。第一次见大高楼。第一次见外国人，大个子、金头发、蓝眼睛。第一次见到卖打口带的，第一次听到了国外的摇滚。第一次吃了麦当劳（很快钱用光了，让他对这个冲动的行为后悔不已）。最重要的，是第一次去了中央美院的校园。天光从画室的顶上落下来，嘎玛伸手摩挲着空气，手指变得洁白、透明，画布和颜料都在召唤着手指。嘎玛的心跳得快极了。

然而，看牲口攒下的钱很快没有了。虽然两人住在地下室里，但北京的消费跟牧区相比贵了几十倍。地下室在朝阳区的一个小区里，住的全是他们一般大的学生。外地来考试的，男孩女孩。在这里，嘎玛第一次听南方人说话，"听不

我愿意学习发抖 |

懂"。中午推三轮车的大爷卖盒饭，白色的盒饭，有三块的五块的八块的十块的，有肉没肉的。

像每一个初到北京的外省青年，嘎玛也学北京人说话，卷舌音儿化音的京腔。但现实并不像口音那样容易掩盖。有几次半夜醒来，看见成群结队的蟑螂像水管爆裂后涌出的脏水一样在地上蔓延。嘎玛会想，自己是不是错了。一意孤行，跑到北京来考学，到底结果会是什么。但在白天，在更多的时刻，他仍然觉得，自己手里是有一把钥匙的。

钱用完了，两人也不敢找活儿。在等待报名考试的期间，嘎玛跟朋友去卖血。各卖了两次。知道北京存在着一个天堂般的世界时，嘎玛曾拍打身体想要找到一把钥匙。时间过去了，他除了一副好身体，并没有被加持别的什么。好吧，就用这具好身体。卖血的人排着队，没有一个人带着笑容，似乎等待他们的不是立刻兑现的钞票，而是难言的屈辱。第二次卖血后，嘎玛在地下室里躺了一下午。想着马上就要考试了，他大声笑了起来。似乎，血从身体里抽出来后，恐惧也随之汩汩流走了。

邻居们奔走相告嘎玛考上了北京的大学。父亲说，你别去了，没钱，供不起，你自己想办法。嘎玛说，不行我非要上学。父亲说，我的意见是你不能去上。你在这儿还是挣点钱养这个家吧。

嘎玛的妈妈那时候已经不是牧民了，她在一个制药厂里干包装的活儿。一排中年妇女坐在流水线上给人包药。妈妈说，我每个月挣四百，给你两百，"你去吧，我相信你。"

离开家的那天，妈妈一人送嘎玛到那个他曾天天去"报到"的火车站。车开了后，妈妈一个人在站台上的样子越来越小越来越远，最后变成了一个白色的圆点。

嘎玛一去北京，父母就分居了。逢年过节同学全部回家，可是嘎玛不知道该去哪儿，只能一个人在宿舍。

妈妈还是妈妈，爸爸当然也还是爸爸。但在客观属性与称谓之下，什么东西却已经本质地改变了。嘎玛自然还是这个男人与这个女人共同诞下的独子，但也许从他卖血养活自己的那天起，这个被给予的身体，就在抽取自己的血肉去锻造钥匙。

不惜代价地，要到另一个世界去。

九十年代末，北京的家庭时兴挂名画仿制品。达·芬奇《蒙娜丽莎》、梵高《向日葵》、安格尔《泉》等等。嘎玛靠临画挣了些钱，画得像，对他来说是很容易的事。这些仿画解决了他的日常开销，但并不能让他获得更多的快乐。甚至，课堂上千篇一律的写实也让他厌倦。如果艺术家只是负责在画布上重现与现实别无二致的真实，那内心的汹涌该流向何处？

首都的各国大使馆经常举办小型展览，很多国外的原画能看到了。波普正热，安迪·沃霍尔的金宝汤罐头预示着即将席卷中国的消费主义洪流。中国艺术家们热衷政治波普，成了外国藏家的抢手货。

很多年后，离开中国已很久很久的嘎玛，在北京宋庄吃惊地发现，跟他一样年纪甚至年轻得多的画家们，还在画红卫兵或红卫兵的变种。要么是大胖子，要么是小眼睛，要么戴着红头巾。身姿与脸色，拧成麻绳或松树树干一样的遒劲狰狞。历史被嘲弄被戏仿，资本被追逐被崇拜。

政治的镜子是障眼法。一个中国艺术家从拿起画笔、把油彩挤到调色板上的那天开始，就注定了身份的悖谬。这是诞生于欧洲的艺术语言，经历数代巨匠的劳作与更迭。技术只是入场券。当然，可以模仿，但工夫可以练出来，艺术无法练出来。东亚与欧洲的艺术如对垒的两壁。

这些事实是残酷的。大概也是因此，让在这套语言里沉浮的中国艺术家，披挂起政治符号做外衣。

还是学生时，嘎玛只是本能地不喜欢这套语言。他看到了德国表现主义的作品。看到那些原画，就像他第一次从大喇叭里听到摇滚乐一样，是精神上的强刺激。

埃德施米德[1]说："世界就存在于此，仅仅再现它是毫无意思的。""必须创造一个新的世界图像。"新的图像世界把艺术家的感情转化为幻象，背后是竭尽全力的呐喊。这份本能的冲动让嘎玛震撼。

全新的视觉体验，让嘎玛在神魂颠倒中惊讶地张大嘴巴，也让他确定了那是他的艺术要寻找的"他方"。一个美丽新世界。

那时的"出国潮"中，大多数人的首选是美国，但嘎玛知道自己想去德国。当然，德国读书不收学费也是个好消息。在网上联系了一个语言学校，把打工几年挣的钱兑换成美元再兑换成马克。热望终究压过了忐忑，揣着薄得不能再薄的钱，他出发了。

北京飞慕尼黑的飞机上，嘎玛的身体慢慢冷却。恐惧未经预告就淹没了他，让他失声痛哭起来。

出国准备的过程中，固然也想过前途未卜，但飞机离开地面后，他终于意识到自己像离开草原一样，再次从自己所属的文化母体中剥离了。他知道，这条路非常地难，而自己只有三个月的语言签证，不能打工，很难延签。手中的画笔

1.卡西米尔·埃德施米德，德国表现主义文学理论家。

　　　　　　　　　　　我愿意学习发抖　|

是钥匙也是魔咒，蛊惑着他，奴役着他，折磨着他。

他哭得厉害。

旁边坐的德国老太太问他："孩子，你是不是病了？"

是啊，除了止不住的疼痛，还有什么会让人那样哭呢。

那时没有"旅游攻略"一说。嘎玛也就不知道德国的交通枢纽是法兰克福，只因为飞慕尼黑的机票便宜就飞到了慕尼黑。

坐高速直达火车，从慕尼黑到弗莱堡只需两小时，嘎玛却坐了两天。

慕尼黑机场就可以直接上高速火车，但嘎玛从慕尼黑机场先坐到了慕尼黑市区总火车站。他以为，火车就要从总火车站才能出发去别的地方，在中国必须这样。他还觉得，这一路上必须要在什么地方转车，因为中国老要转车。

于是，他从慕尼黑总站坐到乌尔姆，从乌尔姆坐到斯图加特，从斯图加特坐到曼海姆，从曼海姆坐到卡尔斯鲁厄。一直坐到晚上两点，所有车都没了。他拎着行李在站台上，不知何处去。他用一等车的票坐了最慢的车，还带着一大堆行李。

第一个德国的夜晚，嘎玛在站台上度过。那天是3月26日，春天来了，空气特别好，绿色开始冒出来。一切新鲜，有趣，生机勃勃。新芽与春风在夜色里浮动。站台空旷，世界只剩一人。嘎玛兴奋地掏出纸和笔，画了几幅速写。心与风景在纸上定型。

三个月的语言签证最多只能再延一次语言签证，也就是再三个月，要不然就只有大学录取通知书可以换取继续留在德国的权利了。六个月的语言学校，加上吃喝房租，从国内带来的钱很快就没了。没有打工许可，嘎玛只能去香港人开的餐馆打黑工。两小时洗两百个盘子。工资是三马克一小时。洗到最后，手指肿得跟胡萝卜一样，抻都抻不开。"你来这儿你不是要上学吗？你的手不是要画画的吗？你这样你的手要废了。"

心越急，身体反而越弱，病来如山倒。真的穷途末路了。

只有考大学一条路。

他带上来德国画的几幅速写（没钱买颜料），车站即景、风景什么的，去弗莱堡附近的一个私立大学面试。公立大学每年的招生和入学都是固定时段，只能先试试私立大学。校长让他缴费入读，带他去了教室。教授在画室里看了他带来的速写，说，你不能在这儿上，你应该去卡尔斯鲁厄、斯图加特、柏林那边上。因为你画得已经很好，很专业。在我这儿上的都是业余的，闲暇时间花点钱学学画画。

但为了拿到留在德国的签证，嘎玛还是先注册了。

注册之后马上换了签证，两年，可以打工，大学生了。

嘎玛觉得骄傲极了。但如何生存仍是最大的问题。他的德语太差了,之前在语言学校一直在打工,没怎么上课。专门去上语言班又很贵,上不起。如果语言不行,就意味着不能去餐馆打工,你没法点菜端盘子,只能去就业中心找那些最脏最累德国人不愿干的活儿。

就这样,嘎玛在养老院打工,给老人们擦屎端尿。脏,累,都不是太大的问题。只是那些行将朽坏的肉体让嘎玛的精神受到了很大冲击。"二战"后留在德国的苏联老红军、儿女双失的德国老太太,如果要更细致地分类,还可以说,产业工人、大学教授、皮革商人。人最后在天堂门口排队时,姿态并不好看。而一天天失控的肉体,则让人除了承受屈辱之外也没有其他。

再这样下去自己就要崩溃了,嘎玛知道。他不能再听之任之。他想起蒙古包。姑婆的蒙古包外面,那些抱着孩子和牲口来寻求医治的牧民。生命困囿于肉体,而肉体的疼痛永远不会止息。如果他不能把手中画笔攥得紧一点,再紧一点,他就什么也不是,也会就这样朽坏和消失。

他耐心地给老太太擦洗干净,可是,她马上又尿了嘎玛一身。

必须学会开口说话。不然,又怎么说出你的祈望?

弗莱堡是个大学城,大学生想招合租很难很难,都要排长队。嘎玛细心看登在报纸上找合租的，特意找男生的，一起住交流会更多，能更快地学会德语。很快，发现有三个男生在找一个合租伙伴，条件很合适。去了之后，发现"应试者"大排长龙让他们"面试"，有些"应试者"还准备了简历。这三个男生住在弗莱堡特别好的地段，房子还是幢别墅，而且特别便宜。

终于排到嘎玛时，他说，我没有简历，但是我会做中国饭，"只要我能住在这儿，我每天给你们做中餐"。这三个男生，一个学哲学一个学物理一个学数学，每天科研之外就是吃食堂。三人交换了一下眼神，说，行吧就你吧。

搬进去的那天，嘎玛吃惊地发现，整个屋子里所有的东西上都贴了黄色的便利贴。每个物件上都写了对应的德语。盘子、桌子、叉子，窗帘、沙发、电视。嘎玛要记住这些单词才能把纸条撕掉。就像一个寻宝的游戏，嘎玛打开所有的抽屉都能看到黄色便利贴。

词是世界的入口。看见它们，像咒语一样反复念诵它们，稻草就会被纺成金线，金线就会在房间里转动起来，守护着入口的小精灵才会翩然降临。

一年后，嘎玛申请卡尔斯鲁厄和慕尼黑两所专业艺术院校，全通过。他揣着词铸成的钥匙，奔赴卡尔斯鲁厄。

在卡尔斯鲁厄艺术学院上学，美术史课、解剖课、绘画技法科目繁多。教授每两星期来一次，做一次小组讨论。学生们把自己的画拿出来，大家边看边讨论。嘎玛是极度勤奋的学生，每次小组讨论他都拿四五幅画出来，平均每个星期画两三幅。但教授对他的作品每次都是否定。

第一个学期结束，要做学期创作。嘎玛被否定得已经快要崩溃，他拼命想，自己画画到底是为了什么。自己从草原跑到北京，从北京跑到德国，到底是为了画出什么。为什么他看到颜料就会有一种欲望一种冲动，不论是油画颜料还是丙烯颜料，只要它们从管子里挤出来，他就觉得特别美，就想用它们。哪怕在手里捏一捏抹一抹，都会很满足。如果把颜料涂抹在画布上，是他抑制不了的渴望，那他要怎么画，才能匹配这份渴望。

颜料在画布上被固定时，被固定住的到底是什么。而他明明站在艺术殿堂的大门前，可手里这几千把钥匙，到底哪一把才能打开门？

他画了一幅裸体像，两个男人赤身裸体，各高两米宽一米，合起来这幅画高两米宽两米。两个巨人。一个撅着屁股一个玩着阴茎，画叫作《亚当与夏娃》。嘎玛用了全部的技法和热情去画他们。全校震惊。然而震惊是因为——德国人早已不这么画画了，这么细腻写实的肌肉与皮肤，早已落后的艺术手法与观念，被一个外国学生这样过分认真地履行，像是一种怪异的信仰。

教授问他，你为什么要画这个东西？

嘎玛说，我只是画此前在我脑子里被禁止的东西。如果画画是自由，我先要把被禁止的东西发泄出来，我才能自由。在中国什么是不可能画的，我要先把它画一通。

教授理解他，给这幅让所有人瞠目结舌的《亚当与夏娃》颁发了年度奖学金。

但教授同时也说，这幅画，是对你过去所学的完美句号。就把它当成一个句号，你必须重新开始。

重新开始是困难的，绝大部分出去留学的人，都被自由打倒了。当你什么都可以画什么都可以用的时候，反倒束手无策。

教授让嘎玛"画句号"、"把所有东西全扔掉"。他学了那么久，从在火车站画速写开始，那些扎实的基本功，以写实为诉求的技巧，全扔掉的话，他还有什么？他是谁？

从具象中出走，一个想当然的选择——那就画抽象吧。一个看似很前卫、很现代的选择。但其实在欧洲也早已落伍。但嘎玛没办法，在找到自己的语言和方式之前，只能先试试。抽象一画就是三年，没画出什么名堂，只是在他以后的画作里留下了冷抽象的因素和痕迹。

在卡尔斯鲁厄，嘎玛继续读了艺术硕士。在德国的日子越久，跟德国的朋友交往越深，他越发现并确认，彼此是不同的人，被不同的文明哺育大的人。曾经，嘎玛觉得语言就是一把钥匙。自己语言好了，就能打工，就能畅通自如地交流。钥匙确实也插进锁孔了，但转了一圈就转不动了。他意识到，虽然可以跟德国朋友在很多观点上达成共识，但骨子里，审美观念、思考路径都不一样。慢慢地，嘎玛接受了这个事实——虽然他学油画这么多年，学西方美术史这么多年，但他根本不了解整个西方的文明。他只能是他自己。

在命运面前，强者奋起反抗，但即使是强者，更多的时候也是在顺服与思考。嘎玛想做点新的事，想找到真正的钥匙。但这需要时间。

尤其吊诡的是——他是谁？他厌恶中国艺术家蜂拥而上的政治波普，但也不能进入德国艺术家的新世界。从踏上木地板的那一天起，他就混杂了自己的血液。如何才能萃取出一个真正的自己？

看的展览越多，嘎玛越发现，面对一幅当代油画画作，第一眼认不出来是法国人德国人英国人美国人画的。但那些到达欧洲的中国艺术家的作品，一眼就能被认出是中国人画的。他想从这个抽屉里跳出来，想寻找一条新路子。但翻阅现代以来的中国油画作品，他知道在他之前，已经有无数的前辈先驱已经试验过了，试验来试验去结果失败，回去了。一千人一万人已经试验过了，因为这个试验风险太大了。东西方艺术之间隔离太大。纯粹的中国人看不懂西方的油画，西方人也看不懂中国人的东西。

但东西方毕竟在这个年代前所未有地交融了。一个个的人，从东方到西方，或者从西方到东方，开始新的生活方式、适应新的思想观念。如果这是现实一种，那么艺术一定也有某个交叉之处，某个点。

嘎玛说，那个点就是他的钥匙。他站在一座大楼前，大楼有无数的窗无数的门，大楼里面是个艺术殿堂。他手里有一千把钥匙，不知道正确的是哪把。直到现在他也不能确定自己找到没有。

慢慢地，房间出现了，风从童年开始的世界漏进来，裹挟着草的气息、冰川的气息、日光的气息、牲口的气息、萨满的气息。那个他诞生时就被给予的世界，鼓动着心脏贴近现在这个世界的脉搏。奇异的交融，等待已久的唱和。一种启示。

如果艺术是艺术家个体与艺术之神之间的对话，那么，嘎玛的答案就是，他一切为艺术的理由，就是为了自由。德国的同学们不会说艺术是自由。他们从小就在自由当中生活长大。自由对他们来说就跟喝水一样。但正因为这种不同，让嘎玛确认了钥匙就埋藏在自己身体深处对自由最强烈的渴望中。

而让他最自由、最属于自己、不用扮演任何人的方式，来自踏上木地板之前、尚未被定义的意识与潜意识。

这是嘎玛的钥匙。

从来德国学艺术到领悟自己要怎么绘画这个过程，虽然只有三四年，但很漫长。是从面对一张铁板到最后捅破窗户纸的过程。

神奇的是，嘎玛那些呼啸着草原之风、萨满腾空一跃的作品，迅速得到接受与认可。德国的艺术从业者往往一眼就能认出，那个跳跃的小人是萨满。曾经远去的世界卷土重来，以意想不到的汹涌唤醒了嘎玛身体里最浓烈的情感。

嘎玛用画笔讲述东方的故事。东方故事的讲法，重意轻言。

对嘎玛来说，就像写一本书，书皮是西方的，但书的瓤是东方的。东方的留白、意境，都是不讲满，留出足够的想象空间。"如果一幅画像一本书的话，那我的画有一百页，从第一页到第三十页，从第六十页到第一百页，我把它留空，是白的，我只写第三十一页至第五十九页，因为前边后边需要留给观众，让他们的想象力把这幅画延伸。"

至于这本"书"的封面，绘画表面的语言，嘎玛认为是一个邀请函。时代已经变迁到二十一世纪了，颜色、穿着都不一样了。把邀请函做好以后，人才会进来。

讲一个故事。虽然我们通常都忽视了它。

通常，嘎玛的画里只有一个人物。他说，这大概是他的缩写。因为一直以来，他都是孤独走过。与他同去北京考大学的伙伴，并没有走上绘画之路。与他一起在央美读书的朋友，没像他一样不顾一切跑到德国。就算在卡尔斯鲁厄一起学艺术的同学，也没有他那样没有退路、孤注一掷的勤奋。大部分人一学期只画一两幅画，应付课业。毕业后，继续以艺术为职业、生存下来的同学更是凤毛麟角。跟世上的绝大部分职业相比，艺术家这个职业，淘汰率残酷得惊人。

而嘎玛的处境，就像他画面里那些饱和度极高的原色，耀眼夺目得就像孤独本身。

他的"千里走单骑"是色彩的盛宴。地平线上，苍穹之下，辽阔的空间里突然垂下一盏吊灯，或者长出一株顶天立地的蘑菇。在这个世界里，色彩是唯一的主人，斑斓的长方形色块整齐排列在空中，或者潜伏进地心深处，创造、主宰着我们的视觉世界。

在故事与故事的接力中，他试着自己的钥匙。

我告诉嘎玛，在我之前说给他听的关于钥匙的故事里，有一个常常被忽略的细节。

钥匙是金的，但箱子是铁的。虽然听众们的注意力都会被箱子吸引，都关心箱子能不能打开、打开后有些什么稀奇玩意，但真正重要的是，小伙子发现了一把金钥匙。

在卡尔斯鲁尔上学的时候，一天，嘎玛跟同学一起去看电影。看完后同学突然问他，什么是绘画？神启一般，嘎玛很快地就回答，绘画就是颜料在画布上，也就是自由的缩写。

但无论讲述的是哪一个故事，嘎玛说，他所表达的东西，所用的符号，所画的所有植物动物和人，都不是他创造出来的，而是生来就有的，来自大自然的。因为我们来自大自然。"我就像一个在海滩上散步的孩子，到处都可以捡到贝壳。"

古典的故事讲述者，都会在最后一个字被说出后，合上书页，或者吹熄蜡烛。带着对故事世界的信仰、尊重与爱。在嘎玛讲出的故事里，带着自己的语气与腔调，祭奠着来自草原深处的风。

在他那些最简洁的画里，你几乎看不到什么符号，但这些画的边框都非常精巧，被荧光色的包边裹了起来。圈封起来的情感和联想赋予了这片想象的风景以意义。而画家隐匿于画面之外。

在这片风景里，嘎玛暂时地、幸福地，忘记了自己。

我们到不来梅去

坐标

汉堡·德国北部

———

密码

《不来梅镇的音乐家》,《格林童话》第27则

———

主角

娜佳

("二战"时从柯尼斯堡流亡到汉堡的德国女性)

娜塔莎

(大学生、娜佳外孙女)

　　这三个离乡避难的走过农庄，看见一只公鸡立在门前尽力喊叫。驴子说："你怎么叫得这样可怕？"公鸡说："我在预报好天气。明天是星期天，有客人要来，主妇心狠，叫厨师明天用我煨汤吃，还叫她今天晚上杀我的头。现在我要趁我没死，大声喊叫。"驴子说："唉，红头，这是什么话，你同我们走吧，我们到不来梅去。你无论到哪里，总比死好一点。你有一个好嗓子，如果我们一起奏乐，一定很有趣。"这办法公鸡同意了，于是他们四个一起走去。

　　海就在这里。汉堡是德国"通往世界的门户"。曾有无数的移民，从这里登船，横渡大海，到达世界另一头的美利坚。也有来自北欧或其他国度的人在这里云集。巨型船舶在这里停靠，与城市的红砖建筑相呼应，空气中飘荡着自由、冒险的海洋气息。

　　这里也是有一千多年历史的商业古都，现代以后新闻业空前发达，为世界贡献出新闻业的标杆《明镜》。

　　在这里，你能吃到更多的鱼。在港口区云集的各国餐馆里，海鲜大餐会让人感受到这个城市与德国其他地方截然不同的魅力。

　　也是在这里，你几乎就站在了德国的最北部，德意志的森林与湖泊尽在身后，故事尽收行囊之中。

2015年10月4日　晴　说不同语言的人一起摇摆

为了赶上星期天上午的鱼市，我们坐最早一班火车离开柏林。早上的阳光和水雾笼罩在海面，人们吃着热气腾腾的香肠。

鱼市就在码头边，海鸥乱飞，腥气扑鼻。石头地面被水打得湿漉漉的，踩上去容易滑倒。鱼头，鱼肉。有日本餐馆在附近，为了对付这些新鲜的刺身。

一阵音乐喧闹。码头边高挑的大仓库里，挤满了从大客轮上下来休息的游客。乐手站在舞台上摇摆，用节奏让说不同语言的人一起摇摆。最酷的是一个大提琴手，他站在高达两米的大音箱上，忘情演奏的身姿跟那把琴一样让人震撼。

A面

柯尼斯堡

那天，父亲突然把孩子们叫到一起，给每人的衣襟缝了块写着字的布条。布条上写着孩子的名字、家的地址。"记住，如果我们不小心走散了，让大人们看这上面的字，一定要找到回家的路。"

很快，空袭轰炸就开始了。而家，无论是一家四口的栖居地，还是这座叫柯尼斯堡的古老城市，都在一天天衰毁。

第一次看见炸弹从飞机上掉下来时，娜佳还不知道它是什么。当房子倒塌、树木断裂，连她最崇敬的康德的雕像也被炸毁后，她开始瞪大眼睛捂住耳朵。

尤其在晴天，飞机常常会成群结队地来。孩子们跟着大人躲进地下室，从透气窗看着飞机掠过屋顶，丢下一串串闪光的炸弹。黑烟与火光随之窜起。也有飞机间的厮杀，当有飞机被击落坠毁时，孩子们会拍手唱歌，高兴起来，完全忘记了危险近在咫尺。

父亲一辈子都靠铁路讨生活，即使在战争爆发的时刻，他也不得不离开家去外地铺铁轨。给孩子们的衣襟缝上布条后，他离开的那天跟往常并无二致，帆布包挂在肩膀上，里面塞满工具。毛呢帽子，旧大衣。挂着包的那边肩膀低一些，不快不慢往前走去。

哥哥还在院子用石子击打核桃树的果实，一击即中的时刻，青色的核桃"噗"一声闷响坠落。娜佳依着门框，数算着核桃的多寡。向阳的那面，核桃长得更饱满，即使在深绿色叶片的掩映下，也能数得一清二楚。很快，核桃树被炮火熏成一棵黑色的枯木。果实半埋进燃烧过的土壤，青色的外壳斑驳或不知所踪，露出还未完全成形的核桃硬皮。

这里曾是荣耀之土。这里，濒临波罗的海的海港城市，普鲁士人古老的定居地。这里，在柏林作为城邦崛起之前，一度是德国最大的城市，文明的光灿之地。德语里，柯尼斯堡意指"国王之山"。

娜佳在书本上，在课堂上，在遍布城里的历史遗迹里铭记着这种荣耀。它属于条顿骑士团，属于波希米亚国王奥托卡二世，属于每一个柯尼斯堡人。

但对于一个孩子而言，世界图景的构建与形成，总是从身边"与我有关"的伟大名字开始。像老师说的那样，我们拥有克里斯蒂安·哥德巴赫，我们拥有莱昂哈德·欧拉，我们拥有范妮·莱瓦尔德，以及——我们拥有伊曼纽尔·康德。[1]这是让德意志人甚至全世界人都由衷地躬下身来竖起耳朵的名字。

对娜佳来说，这就是童年与家园的一切。当然，还有我们鼎鼎大名的肉丸子。白酱汁上撒满刺山柑花蕾，土豆配上大大的肉丸子！

除了肉丸子，伙伴们津津乐道的还有人工湖。低凹的水面，外围有长廊，在夏天，没有哪儿比这里更适合奔跑。在城里，还有数不清的城门——国王门、萨克海姆门、罗斯花园门、弗兰德门。就像一个个迷宫的入口！

所以你知道，柯尼斯堡是这世界上最好的城市。娜佳觉得，再没有别的地方更适合做自己的家乡了。

但战争爆发了。

城邦越丰沃，在战争中越快成为被凌虐的焦土。柯尼斯堡东临波兰、立陶宛、俄罗斯，也因此最早经受"二战"炮火的侵袭。

最严重的一次轰炸，大火烧了几天几夜。

1.克里斯蒂安·哥德巴赫和莱昂哈德·欧拉都是著名的数学家；范妮·莱瓦尔德，女性主义作家；伊曼纽尔·康德，哲学家。

市政厅，古老的城区阿尔茨塔特、克奈普霍夫和勒贝希特不复存在，位于其间的大教堂、城堡和大学均化为残骸。炸弹在教堂的青铜尖顶上留下黑色的烧痕，十字架倾颓、破裂，或者干脆倒在地上，无视人间悲苦。

孩子们缝着名字的外衣已肮脏破损，但父亲仍未归来。

大部分家庭开始计划逃亡。那时候，关于苏联会全面入侵对纳粹德国施以"报复"的说法甚嚣尘上，直至引发了东普鲁士地区的全民恐慌。

炸弹从头上掠过，击毁马车、城堡、教堂，撕碎着柯林斯堡人的意志。成千上万的德国人涌向邻近的港口城市但泽，希望从这里乘船往西边——更安全的地方去。虽然那些载着求生希望的船，似乎永不会来。

夜里，马蹄踏破结冰的道路，皮鞭在飞雪中扯出一声又一声脆响。柯尼斯堡从未如此安静，不，是沉默。似乎大家不过在屏气息声，担心死神率先嗅出自己的行踪。

趴在床上，娜佳幻想父亲能被天使簇拥从天而降。或者像童话里许诺的那样，父亲沿着铁路走啊走，战胜了所有的怪兽，就能凯旋而归。一家四口紧紧拥抱在一起，活下去，或者一起逃离。

只是，离逃亡的日子越来越近，幻想并未成真。

船来了。

关于让人类获救的方舟，及不可抗拒的洪水与灾难，自古以来就被记载、谈论与想象。上船要经历拣选，要与同是人类的诺亚相生相伴，而靠岸之日遥遥无期。在已知的无数关于逃亡的船舶故事中，生存与覆灭就是一体双生的连体婴。亦如逃亡本身的悖谬。

在比娜佳的声音洪亮得多、更为人所知的记录里，德国作家君特·格拉斯关于这艘方舟的讲述至今作为"权威"的见证留存。

但泽，就是那个成千上万的德国人在等待船靠岸的港口城市，是格拉斯的出生地。1927年，这位日后获得诺贝尔文学奖的作家出生于此。

格拉斯的父母在但泽经营一个小商店，靠小买卖营生。这个冬天，苏联人就要全面进攻的消息铺天盖地，而格拉斯远离父母身边，正在空军服役。他建议父母搭乘威廉·古斯特洛夫号逃往西部更安全的地方。但父母当时没有走。到了夏天，他们被攻陷但泽的苏军驱逐。

而从周边地区涌到但泽期待获救的人，逃亡的愿望更迫切。

这艘叫作威廉·古斯特洛夫号的船日后将非常著名，而此刻，它只是娜佳母亲不惜一切代价让自己和兄妹俩能攀附上的救生艇。必须往西逃。

甲板上密密麻麻站满了难民。有人在静静掰食碱水面包圈，掉落的碎末甚至面包圈上的盐粒还来不及捡拾就被海鸟叼走。娜佳觉得很饿。面包圈是冷的，并不会散发香味，但她就是止不住地饿起来。

威廉·古斯特洛夫号是一艘邮轮，与难民佝偻的身姿、愁眉不展的神情所应对的，是船身中间一个不合时宜的游泳池。此刻，泳池的边沿也坐满了人。一阵喧闹，一阵安静。母亲带着兄妹俩挤上船后，孩子们一人攥着一人的衣角，要连成不会被冲散的死结。

这天很冷，虽然人声鼎沸，但声音喊出来似乎在半空中就会被冻结，有一种诡异的静。娜佳与哥哥自觉地检查着胸襟前缝着的名牌，那几乎是他们能否与父母在一起唯一的凭证。

风突然大起来，甲板上的人缩手缩脚，也有人为免冻僵，开始跺起脚来。船开始鸣笛。呜——呜——呜——声音冲破了云层，也压制了鼓噪的人群。母亲突然从行李箱上站起身来。

"我们不能就这样走掉。"母亲说。

娜佳与哥哥怔怔看着母亲。

"我得等你们的父亲回来。"

汽笛声中，母子三人比上船时更艰难地攀越人群，要挤出一条下船的路，也许也是一条通往死亡之路。但母亲的决定如此突然而坚决，不容任何质疑。事后她告诉孩子，虽然父亲出门时间已经很长很长，而且目前音讯全无，但她不能在不知他生死的情况下就离开。无论如何，她也要回去等丈夫归来。

上岸后很久，娜佳才松开了哥哥的衣角。由于攥得太久太过用力，衣服挤成一坨后的纹路深深嵌进了她的手掌，以至于松开后，手剧烈地痛起来。那些没有船票或因各种原因无法挤上威廉·古斯特洛夫号的人，正把好奇或憎恨的眼光向他们母子投射过来。

哥哥不知是否站得太久太累，突然一屁股坐在了地上。他的羊毛袜子早已湿透，看不出是海水抑或汗水。母亲则一动不动看船离开，眼里涌动着泪水。

孩子们都没有说话，他们不能确定母亲到底怎么了。是因为他们失去了逃生的机会，或者是想到了不知所踪的父亲。

这艘娜佳母子三人最终没能登上的船，即将遭遇人类有史以来遇难人数最多的一次海难。

而此刻，海鸟不过继续俯冲、滑翔，在熙熙攘攘的人头间贪婪捡拾食物的碎屑。

威廉·古斯特洛夫号原本只能搭载2000人。但在东普鲁士的全民恐慌中，当天，超过8000名难民挤上了船。加上船上原本有的173名船员、918名第二潜艇训练师的士官及士兵、373名女性海军医护人员、162名受重伤的士兵，这艘船前所未有地超载。

就在娜佳、母亲与哥哥步履蹒跚，从但泽回到柯尼斯堡的途中，海难发生了。

这是1945年1月30日。早上，威廉·古斯特洛夫号离港，随行船只包括满载难民的汉萨号客轮和两艘鱼雷艇。但驶出港口后不久，汉萨号和两艘鱼雷艇中的一艘就发生了故障，中途返航，只剩一艘鱼雷艇负责护送威廉·古斯特洛夫号。一前一后，一大一小，驶入波罗的海。

回家的路上，母亲给娜佳和哥哥一人买了一个碱水面包圈。哥哥把自己面包圈的一环掰了下来，交给娜佳，然后舔了舔沾在手上的盐粒。他说，他不饿。回家的路很长，娜佳知道，可能比他们一路逃向但泽更为艰难。

情势是在夜间突然变坏的。

威廉·古斯特洛夫号有四位船长，其中三位是民航船长，一位是海军船长。在决定航线上，四位船长意见出现分歧。海军出身的扎恩海军中尉建议把船驶向近海的浅水领域，并关掉所有灯火，以避免受苏军潜艇伏击。彼德逊总船长则持不同看法，认为应该把船驶向深水区。之后，当得知德国扫雷舰正迎面驶来时，彼德逊决定开启船上红绿两色的导航灯以避免相撞。但这个错误的决定使威廉·古斯特洛夫号在夜间海面暴露了自己。

黝黑的海上，苏军S级潜艇S-13避开了德军的侦查，冒险驶到但泽湾找寻建功的好机会。果然，很快发现了打着红绿导航灯的威廉·古斯特洛夫号。

这是1945年1月30日。这一天，希特勒上台十二周年，正举办纪念日庆典。而就在当天晚上九点，希特勒在电台上发表完演讲不久，苏军潜艇向威廉·古斯特洛夫号发射出四枚鱼雷。

四枚鱼雷分别以俄文写着——"为了祖国""为了斯大林""为了苏联人民""为了列宁格勒"。

除了"为了斯大林"卡在了发射管、没有发射成功外，其余三枚全部命中目标。

黑夜的海上，一阵火光与轰鸣后，成百上千人的呼喊与啸叫汇聚成最可怕的声音，连巨浪之声也无法令之止息。

而娜佳一家，正缓慢行进在但泽回柯尼斯堡一百二十五公里的路途中。面包圈在嘴里留下淡淡的啤酒味道。

爆炸点附近的乘客当即丧命，挤在游泳池边的女性医护人员全部死亡，而船上其他乘客都听到响亮的爆炸声。随之而来的，是近万名乘客的失魂逃窜。

这是一月，波罗的海的平均水温是4摄氏度，但那天特别的寒冷，气温在0摄氏度以下。海面有浮冰。

难民涌向救生艇，争夺救生衣。混乱中，好些救生设备掉下海去。有些人被涌入的海水溺死，有些在楼梯里或甲板上遭踩死或压死，也有些乘客跳进冰冷的海水里冻毙。孩子们尖叫着哭起来，有一些孩子因穿上不合身的成人救生衣，在水中头下脚上，最后溺毙。

事发十五分钟后，跟随着威廉·古斯特洛夫号的鱼雷艇赶到，并尽量把生还者救起。而本身载着1500名难民的邮轮希柏上将号，接到威廉·古斯特洛夫号受袭的讯息后，仍然选择继续冒险救起海面上的生还者。

尽管如此，被三颗鱼雷击中仍是不可挽回的事实。

五十分钟后，威廉·古斯特洛夫号沉没。

这艘死亡人数比泰坦尼克号多六倍的难民船，并没有得到多少同情。希特勒的帝国正在崩溃。苏联飞机盘旋在空中。希特勒残酷的"种族灭绝"政策，造成人类空前的苦难，一切以复仇之名的屠杀，都获得了残酷的默许。

浮冰不语，只作见证。

"我虽行过死荫之地，却不怕遭害，因你与我同在。"

娜佳祈祷，不断地祈祷。她盼望父亲回来。母子三人回到了城里后，很快得知沉船的消息，惊魂不定。

　　但父亲迟迟没有出现。

　　出现的是如传言中来"复仇"的苏联军队，迅速攻陷并占领了柯尼斯堡。

　　在从但泽回家的路上，有一段铁路被封锁了。母亲带着孩子沿着铁轨边的小路往前走。来来往往的是些跟他们一样逃亡的人。大家的面容都晦暗而沉闷，步子都沉滞而迫切，似乎心里的应许之地都有一个确切的名字。但又都被这块绝望的土地牢牢吸附着，无法抽身离去。

　　所以，当那个牵着奶牛的男人出现时，娜佳产生了强烈的幻觉。那并不是一头真的奶牛。它没有乳房，也没有天然的黑白斑纹。它的黑色皮毛上，被人用白色的颜料拙劣地画上了过于规整的圆斑。你甚至可以数得清，那些玩笑一样的圆斑的数目。奶牛，不，牛路过娜佳身边时正在反刍。鼻息里喷散出草的味道，有力，蓬勃，带着湿润的暖意。娜佳瞪大眼睛看向牛的眼睛。与牛的沉默黯哑不同，牵牛的男人亢奋地唱着歌："我的伙计，你的力气大如山，你的乳汁甜如蜜……"这头瘦牛在他的歌声里就是这世界最强壮多产的奶牛之王。不少人被他吸引了目光，以为他是卖艺的艺人，但看了一会儿后，发现这男人既不翻跟斗，也不会更多的歌曲，翻来覆去就那一句。大概是疯了吧。人们于是退避不及。

娜佳却不断回头。她看见了奶牛的世界和牵牛男人的秘密。他用歌声编织出了一个真正可以逃亡的出口。娜佳想跟着他走进去。

一个真正流淌着奶与蜜的应许之地。

父亲出现的那一天，没有任何征兆。

已是四月，苏军的攻势排山倒海，德军的溃败已如定势。很快，柯尼斯堡德军司令奥托·拉施宣告投降。太多人死去，如果按照日后官方的统计数据，城里军民死亡总数超过四万人，更有超过九万人被俘。

幸存的十二万人中，大部分是妇女、儿童和老人。娜佳母子三人，就属于这幸存者数字中的三个。

这天，母亲在院子里晾衣服。在挂起第二件衣服时，一个男人的身影在布料与风之间闪动。那是怎样一个熟悉又陌生的身影呢——消瘦，苍老，原本只是有些塌陷的右侧肩膀现在已经完全塌陷了下去。他看过来，寻找她的眼睛，安然交接。

母亲异常地平静。都没有死。孩子们还活着，虽然面黄肌瘦。她还活着，虽然看起来已像一个老妇人般羸弱。他也没有死。

食物已经没有了。柯尼斯堡也没有了。房子毁掉了三分之二。邻居与朋友四散。只剩活着一件事。

父亲与母亲静静拥抱在一起。大人没哭，孩子们哭了。

此时城里已没什么人气了，走在路上，你几乎遇不到其他活物。偶尔一只猫，或者三两成群觅食的狗。狗的眼睛带着血红，散发恶劣的臭味。在夜里，整座城就像废墟，阴影与阴影之间，显得尤其狰狞。

想着战争开始前就夭折的两个弟弟，娜佳竟生出几分羡慕。

柯尼斯堡张开嘴，一些生命被吞进去，再来，再吞进去。波兰人，匈牙利人，都是犹太人，被关押在柯尼斯堡的集中营。只是苏联军队毕竟打过来，这些人又被成批地运走，移送到桑比亚半岛。最终，他们在帕尔姆尼肯被处死。而那些为关押他们而修筑出来的集中营，就变成了德国难民和俘虏在柯尼斯堡的新住处。

逐水而居般，娜佳一家搬出了几近倾颓的旧屋，紧靠难民营住下。食物是唯一还有价值的东西。父亲尝试开垦出一片小小的菜园，把土豆切成小块种下去。甚至，多少能种出一些蔬菜来，虽然远远填不饱肚子。

父亲佝偻着背挖土豆的时候，栅栏背后的难民营总有眼睛盯过来。是那些脸色比土豆的青皮更青更硬的俘虏。父亲捡起一两个土豆，隔着栅栏递给他们。

饥饿的折磨下，最痛苦的是哥哥。他已经进入了青春期，每天饿得头晕目眩。

一天，他跟娜佳说，我们一起去找吃的，好不好？

他们先是在城里晃悠。哥哥很擅长辨认方向，他能指出维斯图拉湖在哪边，大教堂（已被炸成废墟）又在哪里。几乎没有所获。走得太远，两人筋疲力尽，只能扯蒲公英的杆嚼一嚼。

哥哥说，在国王门，有奥托卡一世、阿尔布雷希特和腓特烈一世的雕像。

娜佳问，他们会守护我们吗？像守护天使一样。

哥哥把手中最后一根蒲公英的杆递给她，说："他们不会。"

在城里像没头苍蝇一样转了好几次后，哥哥终于发现了一个可能找到食物的办法。柯尼斯堡是德国东部的交通要塞，火车通往克莱佩达、波列斯克、泽列诺格拉茨克、蒂尔西特和但泽。车进站时要减速，或者会停下来，装货卸货。两人就这么跳上车去，在根本不知道目的地的情况下往外跑。

空气已经开始暖和起来，但早上或者夜晚，还是冻得慌。哥哥弓起背，像伞，像蘑菇，像屋顶，像盾牌，从风中割出一个人形的通道。娜佳就躲在这里面。

只要离开，只要离开柯尼斯堡，总有办法找到吃的。那

　　　　　　　　　　我愿意学习发抖　|

些荒废的农田里，刨一刨总有土豆，或者被遗漏的麦粒。

那天，娜佳跟哥哥不小心上了一部快车，开了很远很远才停下来，他们下车找食物，再想方设法回到柯尼斯堡时，已经是几个星期之后了。那些捡拾来的麦粒，几个发育不良的胡萝卜，在他们回家的路上，早已被咀嚼过度再吞咽得一点不剩。娜佳的头发已经结块，发臭，但身体光溜溜，没有虫子要来寄居。到底是怎么回去的，娜佳印象似乎模糊，删除了这段最恐惧的记忆。只留下哥哥沿着铁轨跑，要找到一个缺口的身影。哥哥的肩膀跟父亲一样不平整，用力跑起来时，手臂和腿像要从四面八方拉开这个身体。

母亲与父亲重逢时没有哭，见到哥哥与娜佳出现时，突然嚎啕大哭起来。母亲已经瘦得两颊凹陷，如此剧烈的哭泣让她的整个身体如冬天的枯枝一样摇摆起来。

被占领的时光过得异常缓慢。一度，柯尼斯堡被苏军更名为基奥尼斯堡。1946年7月4日，苏联最高苏维埃委员会主席、早期布尔什维克之一的米哈伊尔·加里宁逝世，柯尼斯堡因此更名为加里宁格勒。古城从此失去了德意志的名字与身份。那些曾荣耀娜佳的荣耀。

在那些开往远方、目的地不明的火车上，娜佳常常祈祷。她握住哥哥的手，兄妹俩紧紧靠在一起，同声地祈祷——不叫我们遇见试探，救我们脱离凶恶。不叫我们遇见试探，救我们脱离凶恶。然而这样每一次的"出逃"，并不能给两个孩子带来自由。他们知道。

在君特·格拉斯的长篇小说《铁皮鼓》里，德国东部被苏军占领后一片狼藉。《蚂蚁大道》这一章里，苏军开进但泽地区，暴行遍地。《在货车皮里长个儿》这章里，德国人在不久之后遭到驱逐，乘货车逃难，难民在货车上遭到抢劫。后来，君特·格拉斯又写了小说《蟹行》，以威廉·古斯特洛夫号海难为事件，讲述苏军驱赶前德国东部地区居民和一千多万人逃难的事。

娜佳还是个孩子，孩子看不到这些。或者她看到了，但那又如何。她只是记得，城里讲波兰语和俄语的人越来越多了。

苏军占领三年后，柯尼斯堡的德国人已不足三万。对这些人，苏军的做法是，要么被遣返至盟军占领区，要么发配至西伯利亚古拉格。

只有一点土豆可吃的日子也继续不下去了。

娜佳一家踏上了遣返之路，他们将逃往汉堡。后来，娜佳知道，去西伯利亚的人，一大半都死于疾病或饥饿。

　　　　　　我愿意学习发抖　|

娜塔莎 旁白

一个寻常的星期五。每个星期五，妈妈都需要去公司上班——她在一家进出口公司负责货物检验工作，是汉堡这座港口城市常见的工种之一。所以，在这一天，我都会跟外婆和外公一起度过。

我的外婆名叫娜佳，外公名叫汉斯。

通常是这样，上午放学后，外公外婆就去接我。他们把红色的小汽车停在学校门口的停车道上，然后坐在车里等我。一下课，我就会走出来寻找红色小汽车。然后，三个人就一起回到家。

外婆负责做午餐。我最爱的食物是煎饼，所以，外婆在这一天通常都做煎饼。面粉加入黄油和牛奶，在平底锅里摊成香喷喷的煎饼。再浇上苹果糖浆、草莓酱。三个人，我、外婆与外公，就这么围坐着吃全世界最美味的食物。

外公是汉堡人，说标准德语，用词准确清晰。而外婆说话则随意得多，叽叽喳喳个没完。吃完午饭，外公通常都会去打个盹儿。那时候，他已经退休了，他一辈子都是建筑工人。而做了一辈子清洁女工的外婆，也退休了。两人的星期五，都完全属于我。

午睡时间，外婆和我可兴奋得睡不着，刚吃完煎饼的能量还足着呢，我们就好好地玩起游戏来。

外婆是个想象力十足的人，看似平常的家用物件，在她的描述下，都会变成另一样新鲜东西。比如这天，她拿起熨衣板，往我面前一放，说："售货员小姐，请问你有糖果卖吗？"熨衣板一下就变成了柜台。

我站在"柜台"后面，开始一件一件地出售想象中的小物件。外婆扮作一个挑剔的顾客，常常对售货小姐提供的物品不满意。于是，我们就开始细致地描述想象中的物品。颜色，形状，摸起来的质感，闪闪发光或者有高雅的花纹。

也许就是这些时刻，我看见了那些并不真实存在的东西。我拿起它们，一件件递到外婆手里。她开心极了，空气被勾勒出钻石般闪光的线条，是一件件我们用语言"变"出来的好东西。

外公醒来后，我们三人会一起吃饼干或者蛋糕，外公和外婆喝咖啡。但我与外婆之间的游戏并不会停止，我们会继续聊着想象中的世界与人物，比如，"隔壁搬来了一位漂亮女士，你发现了吗？""一个像屋子一样大的草莓蛋糕，你看见了吗？"

说着说着，当外婆和我都有点累了的时候，就会拿起童话故事书，进入那些古老、经典的想象中去。

当你还是个孩子时，可曾想过，今生会去最远的地方在哪里？又可曾想过，会遇见什么样的人，过什么样的生活？

那时候，我总是缠着外婆要听故事，而在一本又一本的童话书中，我发现，外婆最喜欢讲的故事就是《不来梅的乐师》。没有灰姑娘的水晶鞋，没有莴苣姑娘的金发辫，这个故事的主角是几只因年老体衰而失宠的动物。他们不服气，要去寻找生命的新价值。每次，他们大闹强盗屋的情节都能逗得我哈哈大笑，但我其实不明白，外婆为什么特别钟爱这故事？

我知四只动物的结局是在一个美好家园里快乐地活下去。但家园不就是我们眼前可见的这所房子吗？有什么特别。

自然，我太小了，小得不能理解这个童话的含义。很多小时候听的故事，我们都需要阅历与时间，才能真正地了解。

四只平凡得不能再平凡的动物——驴、猫、

狗、公鸡。都是家禽家畜，为主人服务了一辈子后，终于，它们老了，不再被主人喜欢和重视。驴子最先决定要去寻找新生活，他想自己可以去不来梅当音乐家——为什么不呢？走着走着遇到了狗，他鼓励狗说，你是老了，但你可以打打鼓。后来又遇见了猫，他说，走吧走吧，我们一起到不来梅去，你会奏夜间的音乐。又遇见了公鸡，正在被主人宰杀前大声喊叫。驴子说："你同我们走吧，我们到不来梅去。你无论到哪里，总比死好一点。"

故事最妙的地方是，四只动物走到一半，遇到了改变他们命运的事。在森林里，他们发现了一座强盗屋，那些为非作歹的强盗正在里面胡吃海喝。四只动物想出了一个吓唬强盗的办法，他们叠罗汉，狗站在驴背上，猫站在狗背上，公鸡站在猫背上。他们叠罗汉的影子映在窗户上，再加上齐声乱叫，把强盗吓得魂飞魄散。后来，强盗们壮着胆子回来想夺回屋子，但被动物们又教训了一次。他误把猫眼当成了燃烧的煤块，就擦了根火柴想点燃，结果被猫爪狠狠抓了脸。当他捂着脸往外逃时，绊到了门口躺着的狗，狗狠狠咬了他一口。再往外逃，院子里的驴子被惊醒了，狠狠踢了他一脚。他

　　　　　我愿意学习发抖　|

尖叫着吵醒了公鸡，公鸡打起鸣来，突如其来的尖利声音让他吓破了胆。

就这样，四只动物只是从属自己本性的行为，却让强盗再也不敢上门了。外婆最喜欢这个故事的是结尾的那句话："四个不来梅镇的音乐家住在那里，非常高兴，不要再往别处去了。讲这个童话的人现在还活着呢。"

外婆第一次讲《不来梅的乐师》的故事时，告诉我，看哪，动物们本来因年老被主人抛弃，怀抱希望要去不来梅成为音乐家。最终，虽然没有去成不来梅，却也有所归宿。"这个故事是多么甜美。"外婆说。

直到长大到可以一个人待在家里，也就是十一二岁，我都跟外婆共度星期五。这些星期五里，我们玩游戏、读童话。长大后，你知道，我现在是一名认知心理学的博士生，我渐渐明白，这些我们相互陪伴的时光，是对外婆过于艰难的童年的偿还。政治、历史、战争这些让人苍白渺小的大事，我们不怎么说，我们只在意馅饼、游戏、童话，喜悦与陪伴。

"那些静默的祈祷。"外婆说，所有的故事里都有声音在场。

"什么是静默的祈祷？"我问过外婆。

"那些不知是否被应许的祈祷。"外婆说。

B面

汉堡

从柯尼斯堡坐船到达汉堡的那天，是个星期天。之所以记得这么清楚，是因为一家人下了船后，沿着码头走了走，就遇见了鱼市。沿着岸边，一辆辆车撑起阳伞和雨棚，三文鱼的头立在案板上。

鱼市每周日一次。这天也没有什么不同。鲜红的有纹路的鱼肉，银白色的光滑外皮，黑白分明的眼珠，一排排洁净锋利的牙齿。人类的主要肉食种类之一，就这么摆放在案板上，等待交易、拣选、烹制、吞咽。鱼废弃的内脏与边角散发出浓重的腥气，引来红嘴海鸥与黑嘴海鸥，毫不躲避地从人头顶飞过，像要撞出一条加冕之路，宣布它们对人类的嘲讽和对鱼类的权威。

下船后，登记身份时，每个人需回答如下问题。无论这一船人看起来如何像是战争的残废品——老弱病残为主，长长的队伍里间杂一两个成年男子。

名字。

我愿意学习发抖　｜

年龄。

男性还是女性。

婚否。

职业。

有无书写能力（是不是文盲）。

来自哪个国家（不少人号称自己是某国人但看起来听起来都不像）。

种族。

最后的定居地。

在汉堡有无亲属。

是否曾入狱，进过集中营，或者疯人院。

身体有无残障或畸形。

有无可辨认的身体特征（伤疤，胎记，文身）。

……

娜佳的登记表上，也盖上了钢戳。至于这些问题，她已经记不清自己是怎么回答的了。她只是像被罚站一样，拘谨地站着，从嗓子里抠出一些词来回答那位问话的先生。

战争期间的折磨毁坏了母亲的身体。在安置难民的定居点，母亲躺了下去，此后经年不再能起来。父亲也不过在硬撑。大人们的脸上都罩着一层灰色，混合了绝望与屈辱。可能他们知道的事情已经足够多，记忆力已经足够好。无论如何忘不掉。

不种不收的日子里，人并不能如天上的飞鸟般不为明日之事忧虑。相反，定居点里充斥着父亲的责骂，母亲的眼泪，孩子的嚣叫。或者父亲的嚣叫，母亲的责骂，孩子的眼泪。食物固然有，床铺固然有，屋檐固然有，生存却前所未有得艰难。比战争期间更艰难——那时死神在身后追赶，你至少发自本能地想要逃。

而在这里，连德语听起来都那么陌生的地方，还有什么？

一些真正丑陋的事登场。比如那个在交换食物时总是要滑头的男人，就叫他K吧，面包、黄油、牛奶、香肠，总是缺斤少两。但那些比他高大、正义、勇敢的人又做了些什么呢？不过在一个傍晚，围成一圈，让这个矮小的男人猴子一样爬来爬去，"鸡是什么，告诉我们鸡是什么"。K蹲低了身子，像俄国人的舞步一样贴着地面行进，双手在身体两侧鼓动。嘴里"咯咯咯"叫着。"下个蛋啊！"人们喊。他把屁股冲上，高高翘起，五官紧缩，像是双手合十捧住的那团圆形的空气，真从他的身体里诞生，真给他的屁股带来了痛苦。再后来，人们不满足，让他一件件脱掉衣服，像铁笼后的猴子，脖子上捆着锁链，无耻地展示着与脸一样红的阴部。为什么那么红，不过是因为被抽打得厉害。

娜佳的眼睛被哥哥捂住。

军装，制服，注射器。床单，毯子，热牛奶。恐惧与安适之间，是长长的灰色通道。编号，印章，消毒室。或者肥皂，清水，一碗热汤。这前后两种的对比，可以无限地罗列下去。只要想起它们，每一个从这场瘟疫中趟过的人都会呼吸急促，不能安息。精神上的伤疤——有人这么总结归纳。

娜佳跟哥哥继续在城里游荡。几乎成了他们心照不宣的游戏。

内湖，外湖，圣彼得大教堂。河道纵横的汉堡陌生、强硬。海水蒸腾出的水汽让建筑和天空都变得雾蒙蒙的，无数的桥，架在水上，架在陆地上，架在建筑与建筑之间。幽深的河道里，水并不干净。

娜佳想起柯尼斯堡，犹如一块琥珀。古老的树脂沉入地底，凝结蜕变成化石。

而汉堡，是一块铸铁的船锚。人们向喷泉里投下祈愿的钱币，再随船驶入大海，或冀望的乐土。

来汉堡的船上，有个男人看起来格格不入。首先，他只有一个人。连上那顶破呢帽在内，他也算不上拥有他者。虽然，呢帽被他时不时从头上摘下来，拿在手中揉捏，就像一个活物。即使每个船上的人都看起来又脏又穷，但他脏污和衰败的程度仍触目惊心。手指像沾染了石油再被风干，漆黑油腻，指甲几乎都不见了，秃秃的手指像未发育完成的动物。就这样，没有人靠近他。保持着安全、节制和几分蔑视的距离。他却突然说起话来，背诵了一段《圣经》里的诗篇，"耶和华是我的牧者，我必不至缺乏。他使我躺卧在青草地上，领我在可安歇的水边。"

然后，鱼突然从他的嘴里跌落下来。

他曾是个鱼贩，在战争开始前。不是港口前把鱼冲刷干净、排列整齐，等待人们闲逛着用篮子拎走它的那种买卖。而是在邻近俄国的村庄里，把鱼串起来，搭在肩膀上叫卖。那边的人不吃腌过的鱼，所以鱼就这么一条条从嘴巴处被串起来，贴着他的前胸和后背。走的脚程越长，买鱼的人越少，鱼就越发地生气，发起臭来。他也就开始咒骂这些鱼——就算我把你们的嘴打了孔，就算我往你们的鳔里注了水（用针管打进去，鱼会重，而且看起来肥美极了），就算我让你们干巴巴地行进在林间远离了水，但你们死得其所，去喂饱孩子和女人，老人和傻子。填进他们的肚子，你们去天堂。所以——别那么把你们的臭嘴对着我嚷嚷。

鱼的嘴自然不会闭上。

他当然是个骗子，可又做不得大恶。那天，就剩下最后两条鱼了，一条过分地大，一条又过分地小。似乎吃下去，嘴里要么是脂肪要么就是骨刺。他走到一座木屋前兜售。包黑头巾的女人出来，手指戳了戳鱼。三个小男孩也跟着出来，看着鱼。我们没有钱，女人说。拿东西换也可以，他说，指指耳朵、手指、手臂这些可能戴首饰的部位。女人说，我没有，我丈夫死了，只有三个孩子。他像惯常的那样，面对孤儿寡母的弱势，直接走进厨房，拉开柜门，掀开桌布，搜寻他们尚有交换价值的东西，然后做个漂亮买卖。女人牵着孩子，站在厨房门口看他。翻箱倒柜，一无所获，他突然愤怒起来，大声责骂女人，你这个婊子，什么都没有，还想买我的鱼。你知道什么是买卖？孩子不明所以地哭起来。这里大概不是第一次冲进他这样的人，男人、统治者、法西斯，脸上挂着有形和无形的靴子，只想索取和褫夺。

女人说，我真的没有钱。

他抓过一只平底锅，摔打着桌子、门、灶台，让整座房子都"嗡嗡"作响。灰尘大簇大簇地跌落。女人和孩子看起来就要被拖进地狱。

他卖过的所有鱼开始啃噬他的身体，像接到了不容置疑的指令。鱼群呼啸着碾压过他，让他的灵魂碎成比玻璃渣更细更硬的颗粒，再不能黏合。

娜佳猜，他最后把那两条鱼扔了下来，从肩上摔在了厨房的桌上，夺门而逃。或者，他也可能殴打乃至杀害了母子三人。或者，他只是和这艘船上诸多濒临失常的人一样，要用一个疯狂的故事来消解自己，融化耻辱。谁知道呢。

只是在船上，他不断大声向天空祷告，呼求着耶和华万军之神的名，一遍又一遍。

所以人们说，他疯了。

母亲去世的那天，汉堡下起了雨。

初春，雨从海面上过来，又湿又冷。娜佳、哥哥和父亲并排站在墓园里，听牧师祈祷。送葬的人打着黑色的伞，从天空看下来，是环绕着墓坑长出的一朵朵黑色蘑菇，在风中点头。祈祷词随着雨滴，一个一个打在母亲的棺椁和即将埋葬它的泥土上，很快消失不见。

到汉堡时，母亲病了一年多，在病床上躺着起不来。社工上门来勘察（那时一家人已从暂居点搬到了离圣彼得大教堂步行二十分钟距离的居民区，红砖外墙的排屋），坐在木箱子上问父亲话。

鉴于您的经济收入和家庭状况，我们建议将两个孩子暂时送到儿童之家。社工穿一件粉色毛衣，紧紧勒在发胖的身体上。

看在上帝分上。父亲咳了又咳。

看在上帝分上，这样孩子起码能吃饱，你也能照顾好夫人。

我愿意学习发抖 |

父亲环顾了这个被称为"家"的地方，俯下身握住母亲的手。

看在上帝分上。

娜佳和哥哥被社工带到了儿童之家。自然，并不是所有被叫作"家"的地方都是家。

如果对日子数算得足够清楚，你会知道，这是1950年，德国已战败。

柯尼斯堡被划归苏联领土。城市开始重建，作为苏联最西端领土，更名为"加里宁格勒"。被更换的不止是名字。

天气好的时候，天气不好的时候，娜佳和哥哥从儿童之家跑出来，像当年他们爬火车远离柯尼斯堡一样，他们用双脚尽可能地往外走。轮船停泊在港口，建筑都是红砖外墙。

儿童之家的保姆总是把东西量化。做得好，奖励一颗糖。做错了，罚站半小时。牛奶喝完必须舔干净杯沿。做操每天一次，每次半小时。娜佳远远地看着哥哥，知道家绝不是可以量化和数算的样子。

母亲一生只做过一份工作——家庭主妇。对她来说，家园就是厨房的炉灶、熨烫平整的衣服和床单、秋天自家制作的橘子酱。而她信任和依赖的，从求生的船上决然离开的勇气，都被衰弱的身体毁灭了。

母亲葬礼上，娜佳跟哥哥并肩走出墓园来。哥哥，当年为了填饱肚子冒着危险去跳火车的人，在回答她"想不想柯尼斯堡"的问题时说："很少想。亲爱的，我们在那里遭受了太多的苦难。"哥哥的头发已经白了。

可是她总觉得，哥哥的某一部分，母亲的某一部分，她自己的某一部分，是留在柯尼斯堡了。想想父亲隔着栅栏递给俘虏的那些土豆。那只疤痕累累的手。这些不会存在于汉堡。也不会存在于加里宁格勒。

娜佳读了一阵书就退学了，开始做清洁女工养家。

每天，她到不同人的家里去给人打扫清洁。在一个陌生的地方，可以很亲近地跟人交往，进入一个个家庭，也许是这份工作最大的长处。

汉堡是个兼容并蓄的城市。住在这里的似乎人人都怀揣故事。

比如，一位独居的老太太，是从奥地利的乡下移居到汉堡的。"一打起仗来，农民就没地种了。但谁能想到，汉堡……"

另一位老先生，原本世代住在德国南方。1848年革命爆发，他的祖父跑到汉堡来，做了记者。而这位老先生现在也还在印刷厂工作。

还有一对犹太夫妇，纳粹统治时从德国东部逃到汉堡，打算从这里乘船去美国，但丈夫突发重病，两人去法国藏匿下来，战争结束后回到汉堡。

在种种逃亡的故事中，她发现，从原属德国的领土上被迫迁徙的人，最沉默。或者是，他们的声音最不被重视。人们把这看作是惩罚，是代价。

哥哥和她双双辍学的结果，是两人都只能干体力活。她做清洁女工，哥哥做建筑工人。但她天生聪慧，喜爱阅读。雇佣她打扫屋子的主人们知道她爱读书，就时不时送她一两本。他们带着几分仁慈与怜悯送书给这位年轻的清洁女工。通常都是宗教小册子，偶尔也会有童书。

阿斯特里德·林格伦的《长袜子皮皮》、塞尔玛·拉格洛夫的《尼尔斯骑鹅旅行记》，当然还有格林兄弟的《儿童与家庭故事集》。读的故事越多，她禁不住越要想——为什么故事有魔力？为什么她会切切地相信那些故事？小时候，在柯尼斯堡的时候，母亲总告诫她要祈祷，她也祈祷了。祈祷，带来了好的事，也带来了无法预料的事。但祈祷是诉说，是相信之后的诉说。而故事是倾听，是倾听之后的相信。她常想着这些，有时候会觉得这些乱七八糟的想法逾越了自己的身份，一个清洁女工，可笑啊。但更多的时候，那些不需要向任何人解释的时候，她觉得满足并快乐。只要能阅读，就足够快乐了。

她试图在故事里找到对家园的回应。家园对人类来说到底是什么？是不是有一个水草丰茂的乐土存在？如果永久地失去了家园，人是不是就缺少了什么？失去的家园会在别处重生吗？

这些问题让她既亢奋又沮丧。固然，她流离失所。但那些留在了故土上的人，却也被从这个国家分裂出去了。他们的家园又还是家园吗？尤其有一天，她震惊地得知，加里宁格勒，也就是她永远的柯尼斯堡，居然出产一种叫"东德马克"的啤酒。她有点伤心。

1962年，易北河洪水淹没了汉堡。他们家的房子地势较低，被淹了个底朝天。在救助站里，她见到了这个城市最多的异乡人。葡萄牙人聚在一起，还有长相容易辨认的土耳其人，也有为数不少的波兰人。一个紧挨着他们坐下的混血家庭，父亲德裔母亲亚裔，则是曾常驻远东做茶叶生意的商人。那时娜佳已经生下了女儿，抱着女儿坐在满地狼藉中时，常常回想起父母辛苦抚养他们兄妹二人的那些日子。那些她和哥哥从土里刨出来的根茎芽块，母亲总是煮得软软的让他们吃掉，自己不吃。

而在很多年后，当她给女儿的女儿，也就是她亲爱的外孙女娜塔莎讲故事的时候，外孙女问她为什么那么喜欢故事，

她终于能回答："是因为那些静默的祈祷。"

那些在结冰的海面上挣扎浮沉的灵魂，那些在炮弹与轰炸中被燃亮的脸庞，一个个消失了的、不再被记得的生命。他们若能诉说，一定会说出自己的故事。而故事的开头，一定是——我记得……

外孙女问她为什么喜欢《不来梅镇的音乐家》，她说，这是个多么甜美的故事啊。他们不仅一鸣惊人，还半途而废，可就算这样，他们最终找到了自己的家园，就像生来就属于此地，就像从没有离开过。

我愿意学习发抖 |

后记

两个场景。

一个天色像下午的中午，我跟着几个大孩子穿过学校背后的松林。他们已经知道如何抄近路回家，而我显然忘记了自己的年龄。金色的松针上，塔状的松果迷惑了我，我蹲下去。树与树之间看不到出路，只有松树被强风吹拂时特殊的"沙沙"声。我忘了自己在原地等了多久，也忘了是什么心情，总之，我独自等待。

一个盛夏的午后，我决定独自去看望住在疗养院的爷爷和奶奶。此前，我们仨一直住在一起，直到有一天爷爷突然脑溢血倒在了地上。对六岁的孩子而言，三四公里是一段相当长的距离。但我只是赤手空拳上路，踢着红色皮凉鞋。推开疗养院的房门时，爷爷躺在床上，奶奶坐在床沿。像是知道我将到来。

可以说，这本书最初诞生的动力，部分埋藏于多年前的这两个真实场景中。无论是我在松林里迷路，还是决定独自推门而出，没有人知道那几小时里发生了什么。除了我自己。而如果我愿意讲述，像日后每一次在纸张上的讲述那样，故事的版本可以千奇百怪，永不相同。

而我的目标看似明确，却都要独自面对一段很长的、未知的路。这确可视为写作的一种隐喻。现实与虚构间灰色不明但可能无限的领地。

2015年2月，我打包行囊，从居住了十年的广州起飞，前往德国。说来可笑，看似计划缜密的田野调查，只不过源于我童年的幻梦。一个孩子，在还没有认知所谓国度、权柄、荣耀之前，通过阅读想象出了一整个世界。而这个世界，比她的身体所嵌入的世界更能予她安慰。在还没有学过地理，不知道欧洲大陆形状几何时，我就知道并相信，亨舍尔和格莱特在黑森林里迷了路；把莴苣公主围困在高塔的是爱；而那个想要出门去学习发抖的年轻人，并不是一个他父亲眼中一无是处的傻瓜。他们的血肉和恐惧，比我在真实世界里见过的人更值得信赖。

讽刺的是，你没法开口跟任何人说这些。就像我们没法跟任何人说真正的秘密。在现实世界里，动物从不会开口说话，桌子也不会跳舞，人走进森林迷了路就会死。所以成年人，或者说世俗化的人，不相信这些。他们只信赖眼见之物。一个身边人突然决定去欧洲，她一定不会只是为了一些幻想，而是一些结果。

虽然我一意孤行，但德国之旅仍是一场注定失败的旅程，一记当头棒喝。

我已经聪明而顺服地活得太久了。这聪明部分取决于智力，部分取决于面对主流时的胆怯。人生浓缩为正确而毫无用处的简历。考一个好大学。找一份好工作。以及，情感与婚姻。这些游戏关卡自然会给你奖励，通过了就会天降金币。这样的活法会让你在一个陌生城市里有尊严，虽然这尊严也是虚妄。或者有自信，因为走在街上十个人有九个都跟你怀揣着同样的痛苦或理想。只是，你从此就变成了九个人中的一个。所谓活得更好，不过是一场自欺欺人的骗局。

我并没有能力看清这些。并不比九个人中的其他八个更聪明。如果没有触及真正的绝望。

大学毕业后的十年里，我都在同一行业里。十年前，这是一个光鲜的行业。世俗意义的光鲜。你可以挣得比同龄人的平均工资高不少，不用打卡上班，出入高档场合，时间无比自由。如果你努力或者愿意，甚至可以凭借工作积累一些公共领域的名气。这样的生活本身会给人一种幻觉，觉得这就是正确。如果不幸的，你再浸染上这里面流行的一知半解或者理想主义，就会出现更严重的幻觉，觉得这不仅正确，而且有意义。

直到2013年。整个行业滑铁卢。

即使我不曾笃信过，但仍无可回避地感受了体系的瞬间崩塌和体系背后更大体系的操控感与荒诞感。这跟人与人之间关系的崩塌不同，当崩塌来自集体或者更大的系统时，对我这样的人的摧毁更彻底。因为，除了在高考的时候早恋、离家并绝不回头这两件事，我并没有真正叛逆过。

我真的厌弃这一套了。厌弃这十年里的某个自我。它们过于真实了。每个细部都从属于这个真实世界的一个链条，因此也随时可以被这个真实世界夺走。

几乎在同时，我莫名其妙地开始写小说。此前，我虽然在报纸上写过不少专栏，虚构过不少故事，但那不是小说。写出的第一篇小说叫《把戏》，讲一个在微博上伪装自己的女孩的故事。很快又写了一篇，讲两个女孩对谈，而在场的角色除了女孩A女孩B，还有女孩A眼中的女孩B、女孩B眼中的女孩A。这些文字在电脑屏幕上凝结，最后都变成一句话，一遍遍敲打我的脑袋——你，你，你是谁？

而我是一个碎掉的，混乱的我。

很多时候，文学都显得毫无意义。它并不提供行动指南，也不负责道德规范，更不能予皮肉以安慰。但它能给每个读者建立一个只属于自己的王国。对我来说，卡拉马佐夫兄弟和《山海经》里的异兽，共存于这片丰茂的土地上。它锁住时间，扭结空间，以记忆和想象修筑、加固。在认知真实的世界之前，我早已认识了它们。只要像爱丽丝一样猛吞一大口药剂，或者根本只用闭上眼睛，就能走进那个世界去。它能让我发现和重新体验另外那个真实的世界，让我前所未有地辨认自我的眉眼与骨血。它让现实显得并非坚不可摧。而有些时候，它能让人免于绝望。

但总有第一个住下来的房客。总有第一片瓦，第一间小屋子。

还是个孩子时，我就着迷于房屋的剖面图。我喜欢看到铺着桌布、整饬一新的客厅隔壁，热气未散的床铺。早餐煎蛋在平底锅里"滋滋"作响，而水池里堆着前一晚狼藉的酒杯。等我长大了一些，明白了"家中院墙藏匿的秘密，比中国长城还要多"时，这种想象与观察就有了更多的意味。那些住在我脑子里的房客们，虽然面容不一、言语参差，但他们中总有些人，长了张孩子的脸。即使是在虚构的王国里，也总有些角色，显得更天真。

他们的天真不在于年龄，而在于他们在人类心灵与想象的历史中，诞生得更早。他们是傻子，却总肩负起降魔的使命。他们是孩子，却总得战胜邪恶的巫婆。而那些更晚一些诞生的房客，虽然他们都长了张大人脸，长得跟我们更像，但他们自己也好、魔鬼与巫婆也好都始终存在，不过内化了，变成了角色或曰我们的一部分。

二十多年前，我在松林迷路的那天，以及我独自出门去看爷爷的那天，都并不是孤身一人。如果当时有双眼睛看见了我，那他一定记得，这个小孩一直在自言自语，自得其乐。她有她的队伍，她的王国。而她可以扮一个男孩，也可以演一个女孩，或者独角兽、精灵、流星，她是自由的。

于是，就这么决定了。我要去德国找那个童年的自己。要看看那片被想象了成百上千次的土地上是不是长着真的童话。

注定是失败。

2015年2月从南到北穿越德国全境的寻访，拿到无数资料、走遍许多景点。事后看都是一种徒劳。想象中的世界注定不能在现实世界扎根。如果没有人的情感与声音，故事注定干枯。

而2015年9月我再度到达德国时，奇迹发生了。

朋友特蕾莎的遭遇让我的情感遭受了巨大冲击。她是我在德国第一个能称之为朋友的人。而我们能成为朋友，只不过因为两人都曾在《幸运的汉斯》这个故事里得到抚慰。故事与共同的想象拉近我们，手指能细微地触摸到彼此的感情与痛苦。我们不再是陌生人。

她从未离开家乡，而她的家族已经在那个小镇居住了五百年。安定，美满，生儿育女的平静一生，是我初识她时的想象。她却着迷于《幸运的汉斯》这个关于失去的故事。关于一个失去了一切的人，如何是一个真正的幸运者。故事给予人的安慰，往往在于隐喻。当她亲口告诉我，其实我眼见的美满生活并不存在，她已经离婚并独自抚养女儿时，我的痛苦无以复加。我那么愿意相信，她是快乐的。

跟我一路在交谈的那些"大人物"相比，特蕾莎是个普通人。她是个在故事里投注了幻想与情感的普通读者。而故事的世界，则因为她的相信和盼望，给予她前所未有的安慰。她信任那个并不真实存在的世界，就像还是孩子的我们，因相信一个咒语，而决定跟幻想的世界结成盟誓。

一种强烈的冲动让我决定，要为特蕾莎写点什么。当这个故事写完后，之前的写作标准变得可疑。我觉察到，自己忽略了身边真正重要的事。每个擦肩而过的路人，都怀有生命隐秘的欢乐和痛苦。如果我们对他人的揣度和判断往往是错误的，那么，要如何才能去靠近真实？

我的寻访彻底变成了随波逐流。像一个长居德国的人那样，每天去餐馆吃饭、跟邻居聊天、听音乐会、毫无目的地散步。我不期待结果，只付出时间。而当我试着去摘除自己的身份、去掉目的与技巧，变成一对普通的耳朵、一双天真的眼睛之后，我变回那个独自一人却并不畏惧任何事的小女孩。

而这时，故事的话语真正开启。我写下那些在心上留下划痕的事。

在不同的角落，我遇见携带着故事的人。我辨认出他们，那些虽然长大了，还相信奇迹、还携带着孩子的眼睛的人。我们喝了一杯又一杯咖啡，我进入他们生活的细部，我们通信。

失去铠甲的人，如何赤身走在旷野里。失去信心的人，如何再度相信。故事与想象建构出来的王国，到底会给人带来什么样的秘密。还有，日复一日，每一分每一秒，我们的生活。

所以，你在这本书里读到的，是几个活生生的人，如何去面对伤痛、幻灭、成长、离别。而我珍视和捍卫的，是他们在对我敞开生命的一角时，金子般的信任与交托。我们之间的联结，正如每个故事的标题，来自更古老的世界，是一句口诀，一个密码，一个眼神。

你将会遇见他们，认识他们，像久违的老朋友般感到亲切。就像我最初遇见他们时一样。

本书由罗伯特·博世基金会在华德无界行者框架内所赞助。

　　　　　　　　　　　我愿意学习发抖　|

文
景
——
Horizon

社 科 新 知　文 艺 新 潮

我愿意学习发抖

郭爽　著

出 品 人：姚映然
特约策划：乐府文化
责任编辑：朱艺星
营销编辑：雷静宜
装帧设计：杨林青 + 彭彭

出　　　品：北京世纪文景文化传播有限责任公司
　　　　　　（北京朝阳区东土城路8号林达大厦A座4A　100013）
出版发行：上海人民出版社
印　　　刷：山东临沂新华印刷物流集团有限责任公司

开　　本：850 mm × 1168 mm　1 / 32
印　　张：12.25　　字　　数：186,000　　插　　页：2
2019年1月第1版　2019年1月第1次印刷
定　　价：65.00元
ISBN：978 - 7 - 208 - 15454 - 4 / I · 1770

图书在版编目（CIP）数据

我愿意学习发抖 / 郭爽著. -- 上海：上海人民出
版社，2018
　　ISBN 978 - 7 - 208 - 15454 - 4

　　Ⅰ . ①我 … Ⅱ . ①郭 … Ⅲ . ①散文集–中国–当代
Ⅳ . ①I267

中国版本图书馆CIP数据核字（2018）第220703号

本书如有印装错误，请致电本社更换 010 - 52187586

樂府

心里滿了，就从口中溢出